Dorothee Riese

Wir sind hier für die Stille

Dorothee Riese

Wir sind hier für die Stille

Roman

BERLIN VERLAG

Mehr über unsere Autor:innen und Bücher:
www.berlinverlag.de

Unser Versprechen für mehr Nachhaltigkeit
• Klimaneutrales Produkt
• FSC®-zertifiziertes Papier
• Hergestellt in Deutschland

FSC www.fsc.org
MIX
Papier | Fördert gute Waldnutzung
FSC® C014496

ISBN 978-3-8270-1493-1

Satz: Eberl & Koesel Studio, Kempten
Gesetzt aus der Adobe Garamond
Druck und Bindung: GGP Media GmbH, Pößneck
Printed in Germany

»Was siehst du,
Wenn du mich anschaust?«
Charles Smith: Identität

»Weißt du noch, wir liefen zusammen
durchs Dorf und sagten
allen Gänsen und Hühnern
Guten Tag.«
Ioana

»Die Mutter aber rannte
über Felder und Berge
und suchte nach ihrem Sohn,
dem Schäfer,
sie weinte aus den Augen
und fragte alle, die sie traf:
›Wer hat ihn gesehen,
meinen Schmalschultrigen,
meinen Rabenhaarigen,
meinen Ährenbärtigen,
meinen Milchschaumhäutigen,
meinen Brombeeräugigen.‹«
nach der Volksballade Mioriţa

Teil 1

Am Transformator begann das Dorf

Der große Strommast hieß im Dorf Transformator. Am Transformator endeten zwei Landstraßen. Die Straße von Şedref, wo der Bürgermeister und der Waldinspektor ihre Geschäfte machten, denn das war allgemein bekannt, dass sie es waren, die die Eichen fällten, und die Straße vom Marktflecken Rota, wohin die Dörfler freitags fuhren, um Ferkel und Lackschuhe zu kaufen. Am Transformator begann das Dorf.

Judith stand zu Hause im Hof und schnitt Blumen. Über dem Hof lag schwarz der Wald. *Silva* hieß der Wald auf Latein, und das war die Sprache der Römer. Der Wald war sehr groß, und daher lag das Dorf im Land hinter den Wäldern, in *Transsilvania*. In den Adern der Bewohner von hinter dem Wald floss Trajans Blut, Römerblut. Hier floss davon mehr als sonst wo, weil hier das Herz war. Darum hatte das Dorf im Kommunismus einen neuen Namen bekommen: Sarmizegetusa. Die Deutschen von hier nannten sich Sachsen und sagten zum Dorf Waldlichten. Valihta, das war nicht melodiös, das war ein hässliches Sprachgemisch. So etwas musste man abschaffen, deshalb war es richtig, dass das Dorf nicht mehr Valihta hieß, dass am Eingangsschild *Sarmizegetusa* und *Waldlichten* stand.

Sarmizegetusa, so hieß die Hauptstadt des glücklichen Landes *Dacia felix*. Dort trafen sich Römer und Daker im Jahr 106 zum Kampf. Deshalb sprachen hier alle Rumänisch, eine Sprache, die fließt. Sie fließt wie ein Bergbach, flink und geschmeidig, sie fließt wie ein reißender Strom, gewaltig und stark. Solch ein Satz, dafür hatte die Lehrerin Judith über die Zöpfe gestrichen und gesagt: »Unsere kleine Rumänerin.«

Judith schnitt die Trikolore. Blaue, gelbe, rote Blumen. Aus dem Daumen lief Blut. Sie leckte daran. Das Blut floss wie ein Bergbach, floss in Strömen. Judith drehte sich um den Daumen, sang die Hymne: »Auferstanden, du Rumäne«, und fiel um.

Über Judith stand ihre Mutter und sagte: »Blutet ja schon gar nicht mehr, ich hol ein Pflaster.«

Judith schrie: »Du bist ja Deutsche, du hast ja gar kein Römerblut.« Und sie rannte ins Dorf, bis zum Transformator und vom Transformator noch weiter. Irina war vor dem Diensthaus und spielte mit dem Kettenhund. Judith zerrte Irina an den Haaren zu sich. Sie sagte: »Jetzt machen wir Blutsfreundschaft wie Huck Finn.« Sie nahm das Messer, und Irina rannte vom Hof bis zum Transformator und rannte um den Transformator herum. Judith rannte hinterher und rief dabei: »Du feige Rumänerin. Ich hab ein echtes Schweizer Taschenmesser.«

Irina lag endlich unter ihr. So gehörte es sich für das Mädchen mit der Ziege. Judith schnitt ihr vorsichtig in den Finger und drückte ihren Daumen auf die Wunde. An dem Strommast stand etwas in roten Buchstaben. Judith las Irina die drei Wörter vor: *»Pericol de moarte.«*

Kurt hatte einmal gesagt, dass man verbrennt, wenn man den Transformator berührt.

1.

Auf der Ladefläche des Milchautos fuhr es sich gut. Judith schaukelte auf einer Milchkanne. In der anderen Ecke hockte ein Mädchen mit einer Ziege. Es hatte eine Ziege und Judith hatte keine. Sie rief dem Mädchen zu: »Ich hab auch eine Ziege, aber meine Ziege ist groß, und meine Ziege ist tot.«

Judiths Ziege war nämlich gestorben, weil das Zicklein nicht aus ihr hatte herauskommen wollen.

Das Mädchen hörte es nicht; es tat so, als ob es nichts hörte. Guckte aus den Haaren heraus, aber tat so, als ob es nicht guckte. Jetzt kämmte es der Ziege wieder mit den Fingern den Bart. Küsste die Ziegennase. Das Milchauto rumpelte über große Steine. Judith lachte, weil sie fast bis zu den Pappelzweigen hochhüpfte. Aber das Mädchen lachte nicht. Es hatte Angst vor der wilden Fahrt, legte sich auf die Ziege, als ob die ihm gehörte. Es hätte beim Hochhüpfen fast die Ziegennase abgebissen.

Das Mädchen hatte Haare, das waren nicht irgendwelche Haare, die waren so dicht, dass Judith sein Gesicht nicht sehen konnte. Judith hatte geflochtene Zöpfe, weil es im Sommer zu heiß war, um nicht Zöpfe zu tragen. Sie wollte das Mädchen loswerden, aber die Pappeln hörten nicht auf. Das Mädchen streckte die Zunge heraus. Judith schubste eine Milchkanne an, sie rollte über die Ladefläche und stieß an die anderen Kannen. Es war ein tolles Scheppern und Klirren. Sie hasste die Haarige dort auf immer und ewig, weil die sogar eine rosa Zunge hatte, die so spitz war, dass sie bestimmt bis zur Nase ging. Judith erreichte mit ihrer Zunge die Nasenspitze nicht und konnte auch nicht mit den Ohren wackeln. Die leeren Milchkannen rollten durcheinander. Judith rollte hinterher, sodass sie mit dem Kopf in den Bauch der Ziege stieß. Sie mochte den Geruch des Körpers der Ziege. Auch dem Mädchen war sie jetzt ganz nah, und das war so verdutzt, Judith plötzlich zwischen den Beinen der Ziege zu sehen, dass es sich gar nicht mehr bewegte.

Sie zischte dem Mädchen das gruselige Wort *Sarmizegetusa* ins Ohr. Das Mädchen roch auch nach Ziegenmilch. Es zeigte auf eine Burg mit Türmen, unter der Häuser herumstanden. Aber das war ein Trick. Judith sah nur kurz auf, aber schon griff das Mädchen nach ihren Zöpfen rechts und links. Es ließ die Finger über ihre Zöpfe gleiten. Das Mädchen sagte etwas und lächelte. Judith wollte ihm mit dem Kopf in den Bauch stoßen. Das Mädchen zuckte zusammen und versteckte sich hinter einer Milchkanne. Als ob Judith das nicht gesehen hätte. Jetzt würde sie dem Mädchen zeigen, wie gut sie fangen konnte. Sie krallte sich in den Haaren des Mädchens fest. Der Strick der Ziege war ans Handgelenk des Mädchens gebunden. Die Ziege sprang von der Ladefläche herunter und riss das Mädchen mit. Vielleicht war es tot. Schade, dass Judith nicht herunterkonnte, dann hätte sie ihm die Haare abgeschnitten.

Der Milchautofahrer hielt an einem großen Strommast. Nach diesem Mädchen und seiner Ziege fragte er nicht. Er rieb Zeigefinger und Daumen aneinander.

»Geld«, sagte ihre Mutter.

»Der hat uns doch mitgenommen«, sagte Kurt.

»Oder vielleicht Kuchen?«, sagte die Mutter.

Warum denn Kuchen?, dachte Judith.

»Selbst gebacken«, sagte die Mutter.

Der Fahrer schleuderte den Apfelkuchen durch die Luft und schrie, sodass alle Kühe stehen blieben und zu pinkeln anfingen.

Judith musste auch pinkeln, sie hockte sich an den Strommast, aber bei den Kühen brauste es lauter. Sie konnte keinen so großen See machen, der die Fliegen fortschwemmte. Da stupste sie ein Ziegenbart von hinten an. Das Mädchen mit der Ziege! Judith holte ein großes Taschentuch aus Kurts Hosentasche und hielt es dem Mädchen hin, weil es eine blutige Nase hatte. Das Mädchen wischte sich damit quer über das Gesicht. Die Mutter streckte die Hand aus und streichelte dem Mädchen über die Haare. Dann öffnete sie noch einmal die Dose und gab ihm das letzte Stück Apfelkuchen. Das war übertrieben. Judith hatte auch Hunger. Aber die mit der Ziege aß den Apfelkuchen auf, ohne nachzufragen, ob Judith auch etwas wollte. Sie hatte das Taschentuch abgegeben, das Mädchen aber gab nichts ab.

*

Die alte Frau saß auf der Bank vor dem Haus und strickte. Vor ihr pickten Hühner. So eine alte Frau hatte Judith noch nie gesehen. Die Eltern passten nicht auf, sie fingen gleich an zu reden. Die alte Frau aber stand auf, sodass sie riesig wurde. Die Hühner rannten auseinander. Der Hahn blieb stehen, flatterte mit den Flügeln, rannte einem der Hühner hinterher und hieb ihm mit dem Schnabel in den Hals. Unter dem Strohhut der alten Frau war es ganz schwarz. Sie schwang ihren Krückstock durch die Luft, dessen Spitze scharf war, und er sauste nieder. Judith wollte schon ihre Zöpfe nehmen und davonlaufen, als ein schreckliches Donnern voller R und T hervorbrach: »Und wer ist die Verrotzte dort?«

Das Mädchen mit der Ziege stand hinter ihnen. Die Ziege riss es fast um. Judith war einverstanden, das war Rotz, kein Blut.

»Das ist unser guter Engel«, sagte Kurt.

»Sie hat uns den Weg gezeigt«, sagte die Mutter.

»Du Teufel«, zischte die alte Frau. Sie legte die Stricknadeln aus den Händen, und das Wollknäuel rollte ihr auf die Pflastersteine. Judith drehte sich zu dem Mädchen um, das ein paar Schritte hinter ihnen stand. Sie hoffte, dass es sich hinter der Ziege verstecken würde, um sich in Sicherheit zu bringen. Das Mädchen aber machte die Augen an den Winterschuhen fest und sah dabei fast genauso grimmig drein wie die Alte. Die bückte sich, streckte die Hand aus und griff nach Judiths Kopf mit ihren Knochenfingern.

»Ich bin Lizitanti«, sagte sie.

Das weiße Wollknäuel rollte über die Steine, die moosig waren zwischen dem Gänsekot. Lizitanti hatte breite Beine, und sie trug, obwohl es Sommer war, eine wollweiße Strumpfhose. Ihre Schuhe waren klobig, die waren schon auf dem Mist gewesen. Lizitanti war sehr schwarz, sie trug einen schwarzen Rock, eine schwarze Schürze und unter dem Hut auch ein schwarzes Kopftuch. Aber die Ärmel ihrer Bluse waren weiß.

Lizitanti hatte hellblaue Augen, die sahen alles. Und sie sprach auch so eine Sprache. Das war Deutsch, aber es pikste, rollte und stach. Sie sah streng zu Judiths Füßen: »Warum hast du deine Schuhe nicht an?«

Kurt wollte erklären, dass Kinder keine Schuhe brauchten, aber die Mutter zwickte ihn in die Hand.

»Der Herr Vater hat auch nackte Füße«, sagte die alte Frau langsam, ihre Augen wanderten von den Füßen zu Kurts Kopf.

»Ich bin Kurt«, sagte er und begann davon zu reden, wie heilsam es sei, barfuß zu laufen. Die Mutter zwickte wieder, aber zu spät.

Die senkrechte Falte zwischen Lizitantis Augen wurde ein finsterer Graben. Sie erzählte von ihren Zehen, die im Winter in Russland fast abgefallen waren. »Wollen Sie das sehen?«, fragte sie. »Meine Niere ist krank. Ein ordentlicher Mensch soll nicht ohne Schuhe gehen.«

Die Mutter wollte sie beruhigen. Ihr Mann habe unbedingt neue Schuhe mitnehmen wollen und da sofort Blasen bekommen. Da habe die Kleine natürlich auch die Schuhe ausgezogen.

Lizitanti machte aus den Augen Schlitze, weil sie der Mutter nicht glaubte, und auch Judith glaubte ihr nicht. Das mit dem Mann kam schon hin, nur klein war hier niemand, außer dem Mädchen da vielleicht. Aber Judith verstand, dass Lizitanti richtig wütend werden könnte, wenn sie wüsste, dass Kurt immer barfuß lief.

Zu Hause in Bad Rosau waren die Kinder nicht mehr zum Spielen gekommen, weil er barfuß gegangen war und Judith schon allein durch den Ort hatte laufen dürfen. Bei der Brotzeit im Kindergarten hatten die Tischnachbarinnen laut geschmatzt, ihre Zähne gezeigt und geflüstert, wenn Judith ihre Apfelsinenstücke aß: »Blut.« In der Arche, dem Mitgliederbioladen, bei dem ihre Mutter gearbeitet hatte, gab es diese Apfelsinen mit rotem Fleisch, die sehr saftig waren. Kurt hatte ihr erklärt, dass es nicht die Kinder seien, die Judith nicht mochten. Die Eltern seien es, meinte er, die etwas dagegen hätten, wenn jemand, statt mit dem Auto zu fahren, barfuß ging. Aber Judith könne stolz auf ihren Vater sein, weil er für die Freiheit barfuß gehe. Judith war wirklich stolz, auch wenn sie sich fragte, was Freiheit mit nackten Füßen zu tun hatte. Die Tiere im Zoo hatten ja auch nichts an und waren trotzdem unfrei. Auf jeden Fall wollte sie es den Kindern und ihren Eltern zeigen. Sie schmatzte jetzt so laut, dass selbst die Kinder am Nachbartisch kicherten, und ließ sich den roten Saft der Blutorangen das Kinn hinunterlaufen. Nur die Puppe musste zu Hause bleiben, weil die es nicht vertrug, wenn die Kinder sie auslachten, nur weil sie keinen glatten Plastikbabykopf hatte, sondern richtige Haare zum Kämmen. Ihre Mutter hatte aber gesagt, dass Kurt sich ruhig mal Schuhe anziehen könnte, das sei doch nicht so schlimm. Sie wolle nicht, dass Judith immer das Außenseiterkind sein müsse.

Auch Lizitanti war nicht dafür, dass Kurt barfuß lief. Und Lizitanti hatte den Schlüssel für die Nummer 26. Sar-mi-ze-ge-tu-sa, Nummer 26. Judith hatte sich alles Wichtige gemerkt.

Sie hatte einen Einfall: »Die hat unsere Schuhe geklaut.« Sie zeigte auf das Mädchen mit der Ziege, das immer noch hinter ihnen auf seine Schuhe schaute. Zum Glück verstand es ja ihre Sprache nicht.

Das gefiel Lizitanti. Sie kam mit ihrem Gesicht herunter. Es war so nah, dass Judith sich im Schatten der breiten Krempe des Strohhuts verstecken konnte. Lizitanti krümmte zwei Finger und streichelte Judith damit über die Wange, die Finger waren kühl, was bei der Hitze angenehm war.

»Aber –«, sagte die Mutter und kam nicht weiter, denn Lizitanti warf ihr *Aber* mit einer schroffen Handbewegung weg, klopfte mit dem Stock auf den Boden und flüsterte scharf: *»Fuga!«*

Das Mädchen schaute durch die Haare, rührte sich aber immer noch nicht. Da wurde Lizitanti fuchsteufelswild. Dreimal hieb sie den Stock auf den Boden, und dann rollte ein ganzes Gewitter über Judiths Kopf hinweg, sodass sie sich die Ohren zuhalten wollte, aber sich nicht traute, weil das bei so einer donnernden Frau gefährlich war.

Jetzt rannte das Mädchen los und zog an der Ziege, die noch einen Moment stehen blieb und dieser Lizitanti ins Gesicht starrte.

Judith wollte dem Mädchen hinterher, aber ihr Hosenträger hing fest am Krückstock der Alten. Sie sagte, wieder sanft: »Was ein braves Mädchen.«

Lizitanti nahm ihr Wollknäuel und hieb den Stock auf das Kopfsteinpflaster. Ein letztes Mal sah sie auf Kurts Füße, der den Schlüssel für die Nummer 26 nehmen wollte, und sagte: »Den bekommt die Frau.«

*

Judith ging mit ihren Eltern zur Nummer 26. Auf der Straße liefen Menschen mit Eimern. Kurt lächelte die Frauen an, die auf den Köpfen geblümte Tücher mit Knoten unterm Kinn trugen. Manchmal war der Knoten auch hinten. Kurt konnte mit Frauen besonders gut sprechen. Er ging an die Eimer heran und sah hinein.

»Milch«, sagte er.

Die Frauen sahen flüchtig zu seinem zerzausten Bart und zu Judith, die neugierig war, der die Zöpfe in den Milcheimer hingen. Sie sagten *»Sara«* mit scharfem S und gingen schnell weiter. Kurt sah jetzt auch auf die Milcheimer, weil es Abend war und er hungrig wurde.

Die Häuser am Rand der Straße waren rostrot, sandgelb, himmelblau, bleistiftgrau und hatten lackgrüne Fensterläden, die geschlossen waren. Zur Straße hin bildeten die Häuser mit ihren Hoftoren eine Mauer, wie bei einer Burg. Davor standen zu spät heimgekommene Kühe und muhten, damit ihnen jemand den Weg wies oder weil sie vielleicht noch nicht in den Stall wollten. Die Nummer 26 war rosa mit grauen Flecken vom abblätternden Putz.

»Unser Zuhause«, sagte die Mutter.

Während die Eltern versuchten, das Schloss vom großen Hoftor zu öffnen, kam ein Junge daher, der ein rotes Eimerchen trug. Er sah aufmerksam auf den Boden und hielt den Eimer weit ab von seinen Beinen, damit die Milch nicht überschwappte. Der Junge trug eine Pudelmütze, obwohl es immer noch warm war.

Judith sagte: *»Sara«*, mit sehr scharfem S, und: »Können wir deine Milch kaufen?« Sie sagte es höflich und zupfte an ihren Zöpfen.

Der Junge sah zu Judith, die jetzt direkt vor ihm stand, und antwortete nicht. Er sah sie so neugierig an, dass er nicht bemerkte, wie sie den Finger in die warme Milch tauchte. Die Milch war schaumig und so weiß, dass sie leuchtete. Sie schmeckte süß und ergoss sich mit einem Schwall in den Staub. Der Eimer rollte die Straße hinab. Der Junge bekam dicke Augen vor Schreck und rannte weg.

Judith hob den Eimer auf. Im Naturschwimmbad hatte es einen gelben Eimer gegeben. Damit hatte sie immer Wasser für ihre Ziege geholt. Die hatte die Aufgabe gehabt, das Gras rund ums Schwimmbecken kurz zu halten, aber jetzt lag die Ziege in ihrem Grab unter dem Kirschbaum, der noch wachsen musste. Judith hatte ihn selbst mit einem Kirschkern gepflanzt. Die Ziege hatte die Badegäste gestört, weil es im Schwimmbad nach ihr roch. Als die Ziege starb, schrieb die Zeitung vom *Ende der Ziege*. Kurt las es Judith vor. Da stand, dass man den Rosauern keine Ziege in einem Schwimmbad hätte zumuten dürfen, da Bad Rosau ein Luftkurort sei. Judith wollte nicht mehr in den Kindergarten gehen, wo die Erzieherin sagte, wie leid es ihr tue, dass die Ziege nicht mehr lebte. Ihre Mutter schimpfte mit Kurt, weil er Judith aus der Zeitung vorgelesen hatte und das nichts für die Ohren von Kindern sei, aber Judith fand es vollkommen richtig, sie musste alles wissen, was die Leute über ihre Ziege sagten. Da stand auch: *Jetzt müssen nur noch die Bauwagen weg.* Das sollte heißen, die Bauwagen neben dem Schwimmteich. Einer war von Judith, in dem lebten auch ihre Eltern, und einer war der Stallwagen, da wohnte die Ziege, wenn es im Winter zu kalt wurde. Jetzt waren sogar die Freunde von der Umweltpartei gekommen: um mit den Eltern über die Bauwagen zu sprechen, wie sie sagten.

Judith fiel eine Birne auf den Kopf. Eine schrumpelige, viel zu kleine Birne. Eine Kuh kratzte sich die Flanke am Birnbaum. Sie ging einfach so auf den Hof durch die kleine Tür im hohen Tor.

Judith lief hinter dem Kuhschwanz her und rief: »Die kommt hier einfach rein!«

»Die wohnt vielleicht hier, eine Kuh ist ein freies Tier!«, rief Kurt aus dem Haus.

»Gibt die uns jetzt ihre Milch?« Judith wollte gern den roten Eimer benutzen.

»Das ist ein Stier«, sagte Kurt leise.

»Macht nichts«, sagte Judith.

Irgendwann wurde es dunkel. Aus dem Tier gähnte es brüllend. Vom Nachbarhof bellte ein Hund zurück. Im Dorf wurde es laut. Es waren wohl richtig große Hunde, die nicht bellten, sondern heulten, die heulen mussten, weil die Nacht hier finster war.

Judith sah sich im Hof um, der von allen Seiten von Mauern umgeben war. An der Rückseite hatte das Haus ein Vordach, unter dem ein langer Tisch stand. »Eine Tafel für viele«, hatte Kurt dazu gesagt, und Judith hatte die Vorfreude in seiner Stimme gehört. Eine Treppe führte ins Haus, hinter der Treppe stand ein Lehmherd ohne Ofenrohr. Judith öffnete die Ofentür, Asche fiel ihr entgegen.

Die Eltern entschieden, nicht draußen zu schlafen. Im

Haus sah man nichts mehr, weil der Strom nicht funktionierte. Deswegen legten sie ihre Isomatten unters Fenster. Judith auch, denn das einzige Bett, das im Zimmer stand, roch nach Mäusepisse.

Im Hof graste der Stier unter einem dürren Pflaumen- oder Mirabellenbaum. Judith musste an ihre tote Ziege denken. Weil sie sehr geweint hatte, hatten sie die Ziege selbst begraben, als es dunkel war. Gut, dass niemand in Bad Rosau wusste, dass die Ziege dort mit dem gelben Eimer unter der Erde lag und nur noch ein Gerippe war. Denn in Bad Rosau war es verboten, Ziegen und gelbe Eimer beim Naturschwimmbad zu begraben.

»Hier hast du jetzt einen Stier«, versuchte Kurt sie zu trösten.

»Der gehört jemand anders«, sagte ihre Mutter streng.

»Der Stier ist ein freies Tier«, sagte Kurt noch einmal. »Er wohnt hier, und wir sind seine Gäste.« Aber dass ausgerechnet ein Stier so frei war, war ihm doch nicht so recht, das wusste Judith.

Vom Hoftor her quietschte etwas. Judith ging nachsehen, was los war. Ein Mann mit Schnurrbart und Peitsche mit langen Troddeln schritt um das Haus. Judith musste näher treten, um ihn anzuschauen. Vielleicht war er ein Räuberhauptmann. Er beugte sich zu ihr, und weit unter dem Schnurrbart öffnete sich ein Mund und lachte so, dass Judith anfing, den Schnurrbart zu mögen. Der Räuberhauptmann drückte ihr seine Peitsche in die Hand, und sie trieben den Stier aus dem Hof. Hinter ihnen lief hurtig eine kleine Frau, die vom Kopftuch einen großen Knoten unterm Kinn sitzen hatte und das eine Bein beim Gehen hinterherzog. Vielleicht war sie die Räubersfrau. Vielleicht waren ihr die Zehen in Gefangenschaft abgefallen, wie bei Lizitanti. Die kleine Frau tauschte den roten Plastikeimer auf dem großen Tisch unter dem Vordach gegen eine Kanne aus Blech mit Henkel. Die Eltern, die nun auch rausgekommen waren, riefen: »*Sara!*«

In der Kanne stand schaumige Milch.

Judith lag zwischen den hohen Rücken der Eltern. Beide schliefen sie schon, aber sie schlief nicht, obwohl die beiden ihr sogar zusammen das Abendlied gesungen hatten. Es musste den Eltern gefallen auf diesem Holzfußboden, sie gingen sonst nie alle gleichzeitig ins Bett. Nur bei Gewitter, da durfte Judith länger aufbleiben und ihren Kopf auf den Schoß der Mutter legen. Wenn die Eltern hier so friedlich waren, war sie damit einverstanden, hier zu bleiben. Sie überlegte, ob sie Kurt in den Rücken zwicken sollte, damit er ihr noch etwas erzählte. Meistens sagte er, dass er dafür zu müde sei, und klappte die Augen zu, aber vielleicht würde er wenigstens heute von dem Mädchen mit den großen Stiefeln erzählen, das mit seinem Regenschirm durchs Gewitter flog. Doch war da körperwarmer Milchschaum, der sich über Judiths Augen ergoss, sie versuchte, den umgestürzten Eimer zu finden, aber der Eimer schwamm einfach davon.

*

Judith und ihren Eltern gefiel das Teilen. In Bad Rosau hatte jeder alles für sich haben wollen. Hier in Rumänien teilten alle. Sie saß auf einem Hocker am Kopfende des Tischs unterm Vordach. Auf den langen Bänken saßen rechts ihre Mutter und links Kurt. Wenn der Tisch eine Wippe wäre, würde er jetzt kippen.

»Unser Tisch für viele«, sagte Kurt immer wieder.

Judith stützte das Kinn auf der Platte ab und spähte über die meterlange Rennbahn für Weinbergschnecken. Sie aßen zu Abend. Sie sangen: »Brot, Brot, danke für das Brot, lasst uns bei dem Essen andere nicht vergessen.« Judith dachte, dass sie die Schnecken im Einmachglas nicht vergessen durfte. Die hatte sie seit gestern nicht gefüttert.

Hinter ihrer Mutter hing das grässliche Tuch. Es hieß Hungertuch, weil die Menschen, die darauf abgebildet waren, Durst und Hunger litten. Wenn Judith die Gefesselten anschaute, die mit Stricken an Balken gebunden waren und dabei mit Ruten geschlagen wurden, musste sie die Augen schließen. Kurt hatte gesagt, dass man das Folter nenne, wenn Gefesselte geschlagen würden, aber sie würden bald freigelassen werden, weil Jesus sie zu sich rufe. Im Gesicht und am Oberkörper hatte Jesus tiefe Falten, und um sich herum hatte er Leute versammelt, die Kurt *Mühselige und Beladene* nannte. Judith wusste aber, dass sie eigentlich aus Amerika waren. Die Menschen hatten schon keinen Hunger mehr. Weil jetzt Maiskolben an dürren Pflanzen wuchsen.

In Rumänien gab es auch Mais. Aber die Menschen hätten trotzdem Hunger, hatte ihre Mutter gesagt. Viele Menschen ritten ohne Sattel auf Pferden und Eseln mit roten Troddeln. Vielleicht wohnten sie sogar in Tipis. Zum Brot gab es Butter, die schwitzte, bröckelte und ranzig schmeckte. Die Rumänen konnten keine anständige Butter machen. Zur Butter gab es frisches Brot und Schnittlauch aus dem Garten.

Jemand schlug ans Tor. Die Mutter ging hin und öffnete. Sie kam zurück und holte das Brot. Judith sah um die Ecke, da war eine Frau am Tor, sie hatte einen dicken Zopf, der hing aus dem Kopftuch heraus. Im Gesicht der Frau war kein Lächeln. Die Zähne leuchteten so weiß, dass Judith kaum sah, wie schief die Frau stand, damit das Baby auf ihrer Hüfte sitzen konnte. Und an der Hosentasche der Frau hielt sich ein Mädchen fest, es war das mit der Ziege. Die Frau schob das Brot unter den Pullover. Judith folgte den beiden ein paar Schritte, aber da streckte das Mädchen ihr diese lange rosa

Zunge raus. Die war so spitz, die konnte sicher zustechen, und die Frau machte ein Geräusch, »KSCH«, als ob sie eine Katze verscheuchen wollte. Judith wagte keinen Schritt mehr vorwärts.

Die Eltern saßen am Tisch. Sie hatten die Zunge nicht gesehen und nicht das »KSCH« gehört. Judith sagte nichts, aber Kurt machte Falten wie Jesus. Er ärgerte sich darüber, dass die Mutter das letzte Brot hergegeben hatte, weil heute Freitag war und es im Dorfladen nur dienstags Brot gab. Nach Rota, wo der Bahnhof und der Markt waren, mussten sie trampen oder den Bus nehmen, der auch nur einmal pro Woche fuhr.

Ihre Mutter aber sagte zu ihm: »Wir sind hier für die Stille, nicht für das Brot.«

*

Die Eltern legten im Hof einen Steinkreis an, Judith schnitzte Muster in einen Stock. Der sollte in die Mitte des Kreises, ein Zeiger für die Sonnenuhr.

»Zwölf Uhr, haargenau«, sagte Kurt, als er den Stock befestigte, der seinen Schatten fast auf den größten Stein der Sonnenuhr warf. Da fingen von der Kirchenburg her die Glocken an zu läuten, und die Eltern stellten sich im Steinkreis auf und sangen ein Lied für den Frieden. Es ging darum, dass der Friede für die ganze Welt da sein sollte, und dazu breiteten die Eltern ihre Arme aus. Das machten sie, damit auch Judith mitsingen konnte. Sie aber musste rücklings auf allen vieren über diese Steine balancieren, die heute eine Straße waren. Als sie versuchte, die Hände zu lösen und wieder aufzusetzen, fiel sie auf die spitzen Kanten und hätte vor Schmerz laut aufgeschrien, doch genau in diesem Moment quietschte das Hoftor, und es war Lizitanti. Sie trug den schweren Schlüsselbund von der Kirchenburg in der Hand.

»Ich müsste nicht so viel beten, wenn sie nicht alle gefahren wären. Aber sie sind gefahren«, sagte sie, als sie dann auf dem dreibeinigen Hocker am langen Tisch saß. Judith füllte ihr Brunnenwasser in eine geblümte Tasse. Lizitanti klagte, und sie schlug dabei mit dem Schlüsselbund auf den Tisch. Sie rollte wieder das R, und es war ein Donnern, dass Judith ganz still saß und horchte, und sie verstand, dass Lizitanti hoffte, wenigstens sie, die Eltern und Judith, würden in Sarmizegetusa bleiben.

Judith sagte: »Wir fahren nie.« Sie merkte, wie sie für Lizitanti das I in die Länge zog und sogar versuchte, mit dem R zu donnern. Davon wurden Lizitantis Augen sanft und hell.

Die alte Frau hielt drei Finger in die Luft und meinte damit ihre Töchter. Sie erklärte, dass die drei ihre Adoptivtöchter gewesen seien, sie habe die mutterlosen Mädchen des Dorfes eingesammelt, weil sie nach der Verschleppung in den russischen Wald zu alt gewesen sei. Doch, einmal sei sie noch schwanger geworden und habe das Kind auch ausgetragen, aber der Arzt war ins Wirtshaus gegangen, die Hebammen versuchten es mit Zangen, aber die hatten nicht geholfen. »Das Kind haben sie blau aus mir herausgeschnitten«, sagte sie.

Die Mutter bekam rote Augen, als Lizitanti das sagte, und da kroch Judith unter den Tisch. Sie setzte sich auf Lizitantis Füße. Und als die Alte wieder sagte: »Sie sind gefahren«, und dabei wahrscheinlich ihre Finger hob, da war ihre Stimme schon ein bisschen weicher. Mit den drei Fingern meinte sie die Adoptivtöchter, sie meinte vielleicht aber auch die Nachbarn, die Frauen und Kinder, die weggezogen waren. Und sie erzählte vom Dorf, wie es gewesen war, als die Männer vor den Höfen ihre Hüte lupften, wenn sie vorbeiging, und die jungen Leute sich zum Maientanz an der Linde im Kirchhof trafen, sie erzählte von den Brüdern, denn früher hießen die Nachbarn Brüder und die Nachbarinnen Schwestern und halfen sich gegenseitig dabei, Feuer zu löschen und Gräber für die Toten auszuheben.

»An meinem Rock ging immer das kleine Mädchen«, sagte Lizitanti. Die ersten beiden Adoptivtöchter waren nach der Revolution sofort nach Deutschland abgereist. Die *Revolution*, das hatte Kurt Judith erklärt, war kurz nach Judiths Geburt passiert, da hätten welche den Mann, der die 26, die Kirchenburg, aber auch Lizitantis Haus, ja ganz Sarmizegetusa abreißen und die Dörfler in Hochhäuser umziehen lassen wollte, umgebracht. Judith hätte viel lieber gewusst, wo dieses kleine Mädchen von Lizitantis Rock war, aber die Eltern fragten nicht nach, das musste die jüngste Tochter sein, von der Lizitanti gar nicht erzählte.

»Ich bin die Letzte, die sich noch um die Blumen kümmert und die Glocken läutet, jeden Mittag, jeden Abend. Die Leute aus Şlam, sie ziehen durchs Dorf und setzen sich in unsere Häuser, das ist wie nach dem Krieg.«

Da öffnete Lizitanti den doppelten Knoten ihres Kopftuchs und lupfte es, so wie früher die Brüder ihre Hüte. Für einen Augenblick sah Judith weiße Flechtzöpfe, weich und dünn um den Kopf gebunden. Sie hätte fast ihre Hand ausgestreckt, um deren Windungen zu zählen, zog dann aber doch rechtzeitig den Finger zurück.

Lizitanti sagte: »Komm mit, Kind, ich zeige dir meine Hühner.«

Aber Judith hielt sich fest an der Hand von Kurt.

*

Es kam ein Mann mit einer Sense auf dem Rücken, der hatte einen runden Kopf. Er hieß Nea Gheorghe und sagte, dass er der Nachbar sei. Judith fand, dass Rundkopf besser zu ihm passte, aber das behielt sie für sich.

Die Sense hatte in der Mitte einen Holzgriff, an dem ein Bündel hing. Er zeigte Judith, was da drin war: ein Taschentuch, ein Stein, etwas Brot, eine Mundharmonika und ein Heftchen. In das Heftchen hatte der Rundkopf grüne Schlingpflanzen mit Glockenblüten gemalt, auf jede Seite. Der Stein war ein Schleifstein, damit schliff er die Sense und schnitt dann die Wiese bis zur letzten Spitze.

Wenn er beim Sensen eine Pause machte, wischte sich der Rundkopf mit dem Taschentuch über die Stirn. Er fing an zu erzählen, was die Eltern gar nicht verstanden und Judith nur ein wenig. Es ging um etwas, was früher passiert war. Wenn die Erwachsenen Geschichten von früher erzählten, konnten sie gar nicht mehr aufhören. Es ging ums Sensen, um das *Kollektiv* und die drei Höfe, auf denen er immer gearbeitet und Holz gehackt habe, für Kohl und Kompott, und dabei musste er sich die Stirn abwischen. Die Sachsen waren große Haushälter. Jetzt waren sie in Deutschland. »Gott gebe ihnen Gesundheit.« Zum Schluss spuckte er sich in beide Hände und verrieb die Spucke.

Sein Haus stand auf dem anderen Hügel, oberhalb der rumänischen Kirche, es war tiefblau. Er nannte die Mutter *Doamna*, und die Mutter versuchte, das mit *Domnule vecine* zu erwidern. Judith fand, dass er nicht ihr Nachbar war, das Haus war zu weit weg. Aber der Mutter gefiel es, ihn so anzusprechen, sie fühle sich solchen Menschen verbunden, erklärte sie.

Als der Rundkopf fertig mit dem Sensen war, lud ihn die Mutter zum Mittagessen ein. Er aß einen ganzen Topf Kartoffeln. Er verlangte Brot. Ihre Mutter gab ihm selbst gebackenes Schwarzbrot, und er aß auch davon eine Scheibe nach der anderen.

Die Mutter sagte zu Judith: »So essen nur Leute, die wissen, was Hunger ist.«

Als er fertig war, verlangte der Rundkopf nach Kurt, der an seinen Briefen saß. Der Rundkopf sagte auch zu Kurt *Domnule*, und manchmal sagte er *Frate*. Wenn der Rundkopf *Herr* sagte, dann schüttelte Kurt freundlich den Kopf, und wenn er *Bruder* sagte und seinen Arm um ihn legte, lächelte der Vater, aber wich zurück. Da nickte der Rundkopf in die Richtung der Mutter, die wieder am Arbeitstisch stand und in zwei großen Plastikschüsseln das Geschirr wusch. Kurt hatte den Lehmherd gesäubert und ein Ofenrohr angebracht, das jetzt unter dem Dach herausführte. Judith durfte die Asche in einer Schubkarre zum Plumpsklo bringen. Die Mutter hatte mit einem Regal, einem Arbeitstisch und einem alten Kasten aus Blech, auf den Judith Brote gemalt hatte, eine Küchenzeile eingerichtet, eine Draußenküche wie im Naturschwimmbad.

Der Rundkopf sagte zu Kurt: »Du musst Pilze für sie sammeln, dann wird sie buttrig.« Er habe auch so eine hagere Frau, so eine Frau sei für den Mann gefährlich, die habe ihn nur ins Bett gelassen, wenn er ihr die Faust gezeigt habe. Er hob seine hornhäutige Hand in die Luft und machte eine Faust daraus, sodass Kurt zurückwich. Deswegen sei er nach Sarmizegetusa zurückgekehrt und habe die Frau mit dem Kind im anderen Dorf gelassen.

Kurt klopfte dem Rundkopf auf die Schulter und nickte, weil er höflich sein wollte, und vielleicht auch, weil er erleichtert war, dass die Faust wieder auf dem Tisch lag. Als Judith etwas fragen wollte, denn es fiel ihr schwer, zu verstehen, was der Rundkopf alles noch erzählte, schüttelte Kurt leicht den Kopf.

Der Rundkopf sagte, sie müssten immer auf dem Weg laufen, am Wäldchen hinter der Kirchenburg entlang, zuerst durch den Morast, dann weiter an den Weiden, den Hügel bis zur Tränke hinauf und dann noch ein Stück weiter aufwärts. Dort sei eine rote Buche, die ihre Zweige hängen lasse. An der Buche würde es steil nach unten abgehen. Da komme man kaum runter. Er musste reden und reden, als wäre er Lizitanti. Der Baum heiße eigentlich Buche der Tränen, sagte er. Und er, der Sohn des Horea, wisse, dass da oben, unterhalb der Buche, herrliche gelbe Pilze wüchsen.

»Gelbe Pilze, das müssen Pfifferlinge sein«, sagte Kurt.

*

Auf den meisten Hügeln war Wald, manche waren aber auch kahl, es wuchsen nur ein paar Dornenhecken, weil da die Schafe grasten. Unten an den Hängen fingen die Felder an. Dort wuchs Hopfen links der Landstraße und Getreide rechts. So hoch, dass man die Straße nicht sah, nur die Pappeln. Die Pappeln wurden krumm, weil der Wind hineinfuhr. Judiths Kleid war ein blauer Luftballon. Die Blätter am Baum glänzten silbern, im Staub wurden sie gräulich grün.

Judith und Kurt liefen zum Mähdrescher aufs Feld, der auch gräulich grün war. Die Maschine stand still. Laut war nur der Wind in den Pappeln. Judith sprang auf die Leiter, kletterte auf den Fahrersitz und rief: »Leinen los!«

Kurt rief: »Ahoi.«

Das Weizenfeld wogte und trieb den Mähdrescher voran.

Da hörten sie ein Motorengeräusch. Es kam in der Stille der Landschaft so unerwartet, dass sie zusammenzuckten. Das Auto kam aus Richtung Rota die Pappelallee entlang. Es war ein Jeep oder so etwas, auf jeden Fall hatte Judith ein so großes Auto im Dorf noch nie gesehen.

»Wie aus dem Krieg!«, rief Kurt und sprang erschrocken von der seitlichen Plattform des Mähdreschers, wo er es sich mit seiner Flöte bequem gemacht hatte. Judith kletterte die Leiter von der Fahrerkabine herunter und rannte zu ihm.

Der Mann, der aus dem Auto stieg, lachte breit, als er sie dort stehen sah. Seine Kleidung hatte denselben unauffälligen Grünton wie das Auto, seine Haare hatten die Farbe der Pappelblätter im Staub, nur glänzten sie und standen ab, als wären sie lackiert. Er stieg zum Fahrersitz hoch, schloss die Kabine auf und rief Judith und Kurt zu: »Kommt, ihr Deutschen, *Sema* beißt nicht.«

Judith kletterte zu ihm hinauf, Kurt kam etwas unwillig nach. Das musste also der Staatsfarmler sein, über den sich die Dörfler beschwerten, weil er die Löhne nicht zahlte. Der Staatsfarmler war anders als die Männer im Dorf, er hatte, obwohl seine Haare schon grau waren, volle Wangen, trug keinen Hut, nicht einmal einen aus Stroh, und er sprach so klar und deutlich, dass selbst Kurt ihn verstehen musste.

»Das ist die alte *Sema*«, sagte er plötzlich auf Deutsch. »Seid ihr Deutschen schon mal mit so einer Maschine gefahren? Das ist ihre letzte Fahrt.«

»Kommt dann der Sensenmann?«, fragte Kurt, er mochte Sprachwitze, aber nicht diese ölige Kabine, die war ihm zu eng.

Judith dachte, dass der Staatsfarmler zu schlecht Deutsch konnte, um den Scherz zu verstehen, aber er grinste trotzdem und bot Kurt an, selbst einmal die *Sema* zu lenken, aber der wollte nicht.

»Ich habe große deutsche Lkw für Gerüstbau Adler in Werderbrück gefahren. Aber so ein Mähdrescher ist dagegen ein Ozeandampfer«, sagte der Staatsfarmler und nahm Judith auf den Schoß. Sie wusste zwar nicht, was es mit dem Gerüstbau auf sich hatte, aber sie steuerte die alte *Sema* durch den wogenden Weizen, auch wenn das Parfüm des Mannes sie in der Nase kitzelte.

*

Morgens gingen die Eltern durch das feuchte Gras zum Plumpsklo, dann kurbelten sie Wasser aus dem Brunnen und trugen es an den Waschplatz. Die Mutter sagte, dass sie mit jedem Schritt durchs Gras am Morgen mehr ankomme.

Obwohl sie das Haus nun wieder an die Stromleitung angeschlossen hatten, fand die Mutter es zu dunkel, weil es eine Burg mit dicken Wänden war und nur ein paar kleinen Fenstern zur Gasse. Die Gardinen hatte sie sofort abnehmen müssen. »Die erinnern mich an mein Elternhaus«, sagte sie. Das Elternhaus war das Haus, in dem Oma Marli und Opa Ernst wohnten. Judith dachte an das Esszimmer mit der Essensklappe zur Küche, da gab es am Fenster eine Gardine, und auf dem Tisch lag eine feine Spitzentischdecke, auf die sie nicht kleckern sollte, wenn sie Suppe mit Klößchen aßen, Klößchen, die ihr eigentlich schmeckten, die ihre Mutter aber nicht aß, weil da Knochenmark drin war. Jedes Mal, wenn sie mit dem Löffel an den Teller stieß, griff die Mutter ihr an die Schulter und drückte fest zu. Deshalb ging Judith lieber zu Herbert dem Dackel, der im Wintergarten warten musste, während sie aßen. Der Wintergarten hatte eine Glastür, auch mit einer Gardine daran, die war gehäkelt, da hingen sogar Holzperlen an Troddeln. Im Wintergarten gab es einen *Ficus elastica*, aber auch Kakteen in einem Setzkasten an der Wand. Herbert liebte es, an seiner Leine spazieren zu gehen, die man mit einem Knopf aus- und einfahren konnte.

Die Mutter putzte die Dielen der 26, weil sie staubig waren und Mäuseköttel herumlagen. Auch Judith fand für sich einen guten Platz, das war der Bretterverschlag unterm Vordach, über dem meterlangen Tisch. Mit der Leiter konnte sie dort sogar ihren Teppich hinaufbringen, auf den hatte Oma Marli Tipis, Mustangs und Federhäupter gestickt. Judith hatte den Teppich aus ihrer Spielecke im Bauwagen mitgenommen. Ein Ziegel im Dach war locker, den nahm sie heraus, so konnte sie den Pflaumenbaum und in der Nacht die Sterne sehen.

Judith wäre gern noch auf die Speicher gegangen, dort gab es große Truhen, und in die Scheune, in der ein alter Pferdewagen mit Deichsel und Holzrädern stand. Aber die Mutter wollte nichts erkunden, sie hatte jeden Tag zu tun. Sie sagte, dass sie es häuslich brauche. Wenigstens Kurt aber hätte Judith gerne mit in die große Scheune genommen, weil sie schon von draußen finster aussah, aber der ging durchs Dorf und stellte sich bei den Sachsen vor, das waren die alten Leute, die schwarze Kleidung trugen wie Lizitanti und auch so ein Deutsch sprachen. Auch die 26 war ein Sachsenhaus. Deswegen war es trutzig, hatte viele Stallungen und am Obstgarten hinter der Scheune keinen Zaun, nur einen Stein als Markierung zwischen den Gärten, weil die Sachsen eine Gemeinschaft gewesen waren, da gab es klare Regeln.

Judith und Kurt mussten täglich Äpfel sammeln für Mus, die Mutter kochte einen großen Topf mit Schrotgrütze dazu, von der alle essen durften, auch die Leute aus dem Dorf und die Kinder.

Denn jetzt kam das Dorf in den Hof. Die Frauen wollten Judith in die Wange kneifen. Sie erzählten von den Nierensteinen ihrer Ehemänner, und die Kinder versteckten sich in ihren Rockfalten und waren schüchtern. Judith kletterte unter das Vordach und legte sich auf die Oma-Decke, die nach Herbert roch und auf der sie die Holztiere aufstellte, die sie mit Kurt bunt lackiert hatte. Wegen der Decke hatte

Judith Oma Marli sogar anrufen müssen, um sich zu bedanken. Das hatte sie nur ungern getan, immerhin hatte auch die Mutter nur samstagabends mit der Oma telefoniert, weil das ihre Pflicht sei.

Es war nur Pflicht, weil das Schweigen am Esstisch der Eltern beklemmend war, sie nur einmal im Jahr *Stille Nacht, heilige Nacht* zusammen sangen und Oma Marli beim Monopolyspielen immer weinte. Weil es so beklemmend war, war die Mutter nach der Schule nicht in die hübsche Nachbarstadt gegangen, sondern nach Paderborn, das war eine Stadt, die dreihundert Kilometer weit entfernt von ihrer Heimat lag. Das war sehr viel, fand Judith. Aber jetzt waren sie sogar so weit weg, dass sie die Eltern der Mutter nur einmal im Jahr besuchen konnten und einen Tag, eine Nacht und ein paar Stunden mit dem Zug und dann noch eine Stunde mit der Regionalbahn fahren mussten, die ihre Endstation im Ort der Großeltern hatte.

Kurt konnte seine Eltern auch nicht ertragen. Das lag daran, dass sein Vater so spät aus der Kriegsgefangenschaft heimgekehrt war. Abends hatte er die Hosentaschen seiner Kinder geleert und die Einlagen aus den Schuhen geholt. Als Judith fragte, was das mit den Hosentaschen und den Einlagen sollte, sagte Kurt so kurz angebunden, wie sie es sonst nicht von ihm kannte: »Ein Verhör nennt man das, das hat er aus Griechenland mitgebracht.« Ein Verhör, das musste etwas Schreckliches sein.

*

Am Sonntag gingen sie in die Kirche. Judith hielt sich am weißen Spitzenkragen ihres Sonntagskleides fest. Den hatte sie mit der Mutter gebügelt, aber mitkommen hatte sie trotzdem nicht wollen.

»Kirche ist Krampf«, sagte die Mutter, weil ihre Eltern *streng katholisch* seien und sie mit ihrem Freund nur am Sofatisch habe sitzen dürfen.

»Das ist doch hier was anderes«, sagte Kurt. Er fand es wichtig, sich mit allen Leuten im Dorf gut zu stellen.

»Nein, wir können Lizitanti das zumuten, wir haben auch unsere Grenzen«, sagte die Mutter. Judith wusste schon: Sie sagte *unsere*, weil sie es nicht gern sah, dass Kurt zum Gottesdienst ging.

Er tat aber so, als verstünde er das nicht: »Wir müssen los.«

Kurt ging zum Gottesdienst, weil er den Schlüssel für die Kirche haben wollte. Er trug zwar Sandalen, aber die schwarzen Strümpfe, die er zu solchen Anlässen anziehen sollte, aus *Rücksichtnahme*, wie es die Mutter nannte, vergaß er doch zu Hause. Lizitanti wartete an der Pforte zum Kirchberg auf sie und machte, als sie Kurts Schuhwerk sah, einen zweiten Knoten in ihr Kopftuch.

»Mein Vater, Gott sei ihm gnädig, war auch ein Schlendrian. In die Kirche kam er nicht, er ging auf die Hügel und redete mit den Blumen und Bäumen. Wochenlang blieb er dort und kam ganz zerzaust zurück, unrasiert und ungekämmt.«

2.

Jeden Abend kam der Stier. Und dem Stier hinterher lief die kleine Frau des Räuberhauptmanns, der zwar einen großen Schnurrbart hatte, aber eigentlich Schäfer war. Jeden Abend zog die Frau auf der einen Seite das Bein nach, und auf der anderen lief der Junge mit der Pudelmütze, vorsichtig und so leise, als ob er nicht sprechen könnte. Die kleine Frau war immer beladen, denn sie trug zwei Eimer, um Wasser aus dem Brunnen im Hof der 26 zu holen.

Ihren Rock hielt sie vorne zusammen. Judith stellte der Frau einen Schemel hin, den sie im alten Kuhstall gefunden hatte. Ihre Mutter klopfte darauf. Aber die kleine Frau blieb neben dem dreibeinigen Hocker stehen, der Junge ein paar Schritte hinter ihr. Sie zog zwei fettige Zeitungsknäuel aus ihrem Rock hervor und legte sie auf den großen Tisch unter dem Vordach. Dazu stellte sie eine Glasflasche und sagte: *»Fuga, fuga.«* Sie holte Eier aus dem Rock. Die Mutter schob die fettigen Zeitungen und die Eier zurück in den Rock der kleinen Frau. Die Frau lachte und steckte ihre Hände zu den Händen der Mutter in den Rock. Da zerbrachen die Eier.

Die kleine Frau zeigte auf die Flasche und sagte: *»Ţuică.«*

Judiths Mutter schüttelte den Kopf und sagte auf Rumänisch: »Ich – nein *Ţuică.*« Das Wort hörte sich bei ihr nicht so schnell und fröhlich an, es war laut und langsam, *Tsui-ka.*

Die kleine Frau nickte aber heftig, und Judiths Mutter sagte: »Ich Milch.« Sie rieb sich den Bauch.

Da legte sich die kleine Frau die Hand auf die Brust und sagte: »Ana.«

Und die Mutter klopfte sich auf die Brust und sagte auch: »Anna.«

Die kleine Frau und Judiths Mutter lachten. Die Mutter holte vier Tassen aus der Küche, und dann redeten sie laut, weil Judiths Mutter sonst keinen Alkohol trank und weil die beiden Frauen denselben Namen trugen.

Judith und der Junge mit der Pudelmütze tranken Milch aus Emailletassen. Die eine war mit roten Punkten verziert. Judith gab dem Jungen die schönere. Auf ihrer war ein blauer Elefant, der auf den Hinterbeinen lief und aus dem Rüssel Wasser spritzte. Die Krapfen aus der Zeitung rieb die kleine Frau mit einer Speckschwarte ein und wälzte sie in einem Teller mit körnigem Zucker. Die Zuckerkörner blieben auf der braunen Haut der Krapfen kleben.

Um zur kleinen Frau nach Hause zu gelangen, musste man den Kirchberg hinauf, am Zaun der Kirchenburg entlang auf einem Trampelpfad, bis man hinter den Hügel kam. Dort war ein einziger Hof, das war der Hof der kleinen Frau, bei der auch der Räuberhauptmann wohnte, der eigentlich Schäfer war. Das Tor war zu, und dahinter bellten zwei Hunde. Einer hörte sich heiser und tief an, einer krächzte, als hätte er etwas im Hals. Eine braune Schnauze und eine schwarze Schnauze guckten unter dem Hoftor hindurch. Judith steckte ihre Nase dazu und schnüffelte zurück.

Judith gelang es, das Brett beiseite zu schieben, das das Tor unten abdichtete, sie legte sich auf den Bauch und kroch hindurch. Die Hunde sprangen an ihr hoch, und sie rannten zusammen über den Hof zur kleinen Frau. Die hatte ihre

Arme in einem großen Holztrog, sie sprach mit dem Teig im Trog, richtete sich zwischendurch auf und sagte: *»Ioi.«*

Die kleine Frau fuhr zusammen, als sie Judiths Stimme hörte. Sie jagte die Hunde mit verklebtem Finger davon, legte beide Hände in eine Blechschüssel und kam, ihr krankes Bein geschickt hinter sich herziehend, dann zum Tor, um Judiths Mutter aufzuschließen. Sie goss frisches Wasser in die Schüssel für die Hände, denn Judiths Mutter wollte Brot backen lernen.

Im Gehege lag George, der Junge mit der Pudelmütze, unter einem Schaf und zog an dessen Zitzen. Als er Judith mit dem braunen Hund sah, zog er den Kopf ein, wie immer, wenn sie kam. Da legte sich Judith auch unter ein Schaf und zog an dessen Zitzen. George hatte einen Stier und Schafe, und Judith hatte eine Ziege, die war groß, und die war tot. Das Schaf trat ihr in den Bauch.

Als die Laibe schwarz waren und dampften, gab die kleine Frau Judith einen Holzlöffel. Judith schlug damit auf das Brot ein, sodass die verkohlte Kruste durch die Luft stob. Dann schabte sie mit dem Schweizer Taschenmesser, das sie für die Reise nach Rumänien vom Großvater geschenkt bekommen hatte, die schwarzen Reste vom Laib, und die kleine Frau schabte mit einer rostigen Klinge.

Die Brotkrusten wurden rot vom Sonnenuntergang. Judith gab George auch ein Stück von ihrem Brot ab, weil die Mutter es besser fand, wenn sie teilte. Aus dem Teig, der innen noch heiß war, formten sie kleine Kugeln und teilten sie mit den Hunden, die aufgeregt an den Kindern hochsprangen und ihre feuchten Schnauzen an Judiths Beinen rieben.

Die kleine Frau habe raue Hände, erklärte die Mutter Judith auf dem Nachhauseweg. Die Mutter wollte vieles von ihr lernen und auch so raue Hände haben. Sie sagte, dass das mit dem Trog Knochenarbeit sei. Sie wollte auch Knochenarbeit verrichten, weil sie Demut wichtig fand. Wegen der Demut kochte sie mittwochs und samstags Wäsche in einem Topf, bürstete sie auf dem langen Tisch unterm Vordach und würde alle zwei Wochen mit der kleinen Frau Brotteig im Holztrog kneten.

*

Die Eltern schickten immer Judith vor, weil Kurt bei Lizitanti an seine Mutter denken musste. Er sagte zu ihr: »Sie mag deine Zöpfe.«

Die Mutter sagte zu Kurt: »Und du magst ihre Eierbrote.« Er solle Judith die Haare ordentlich kämmen und sie zu Zöpfen flechten. Aber die Mutter machte die Zöpfe dann doch wieder auf und flocht sie selber. Judith fand das unangenehm, hielt jedoch still, weil sie loswollte. Die Mutter gab ihr die roten Sandalen und sagte, dass die schön seien. Sie sagte das, damit Judith nicht barfuß ging. Die Sandalen waren prächtig. Sie hoffte, dass sie das Mädchen mit der Ziege treffen würde, dann könnte sie ihm die Sandalen zeigen.

Wenn Judith allein die Kirchgasse hinunterrannte, am Schulhaus in die Hauptstraße abbog, hielt sie sich an ihren Zöpfen fest, und der Staub brannte zwischen ihren Zehen. Da kam die alte Tanti Simona die Straße hoch, die immer Beeren und Pilze in Plastikeimern durchs Dorf trug, sie manchmal auch in die 26 brachte und schüchtern fragte, ob die Familie nicht welche gebrauchen könnte. Aber wenn Judith sie allein traf, war sie nicht so schüchtern, da steckte sie ihr die Finger in den Pony und kniff in die Wange, das wusste Judith schon. An der Tränke graste Lizitantis Kuh. Lizitanti vertraute den Kuhhirten nicht, die ihr Tier morgens mit auf die Weide nehmen könnten. Sie sagte, früher hätten die Hirten auf die Kühe geachtet wie auf ihr Augenlicht, heute würden sie sich unter die nächstbeste Heckenrose legen.

Die Kuh schlabberte mit der Zunge und schlug den Schwanz hin und her, um die Fliegen zu vertreiben. Judith grüßte die Kuh. Die Leute grüßten hier mit *bună* und *ce mai faci*, die Männer sagten zu Kurt *sănătate* und manchmal auch *noroc bun*. Judith hätte das gern alles aufgeschrieben, aber die Eltern konnten die rumänischen Buchstaben noch nicht, weswegen sie schnell in die Schule wollte. Zur Mutter sagten sie *sărămâna*, was *Lass dir die Hand küssen* hieß und gar kein richtiges Rumänisch war, wie Costache erklärte, richtig war *sărut mâna*. Jedenfalls tat der Rundkopf, der nun regelmäßig vorbeikam, um das Gras im Hof und Obstgarten zu schneiden, das auch. Der Rundkopf sagte zu Judith *domnişoară*, das war besonders höflich, aber Judith mochte es lieber, wenn die Leute im Dorf zu ihr *Iudita* sagten. Das mussten sie so sagen, weil sie ihren Namen ohne A am Ende gar nicht aussprechen konnten. Aber dass ihr jemand die Hand küsste, das wollte sie lieber nicht.

Unter dem Tor des rosa Hauses kam schon Doiniţa hervor. Das schrieb man mit einem T mit Zopf unten dran, es war ein hübscher Buchstabe, den die Eltern sehr schwierig fanden, den Judith aber auf das Bild mit dem Hund schrieb, das sie für Oma Marli in einen Briefumschlag steckte. Doiniţa hießen im Dorf alle Hündinnen, und deshalb hieß auch Doiniţa so. Doiniţa und Judith liefen zusammen durchs Dorf seit dem Tag, an dem Judith unterm Tor hindurchgekrochen war. Doiniţa war der Hund mit der braunen Schnauze, eine Streunerin, mal bei der kleinen Frau, mal im rosa Haus, da wohnte ein Mann mit schrägem Rücken, der nie etwas sagte, der nur auf dem Fensterbrett lehnte und Judith und der Hündin hinterherschaute. Judith lief mit Doinița weiter, jetzt waren sie zu zweit: ein Kind mit Zöpfen und roten Schuhen und eine lockige, braune Hündin, die bellte, als würde sie jammern.

Noch das Haus der Humplerin und noch eins, da saß die Frau mit dem Busen vor dem Tor, die auch tagsüber auf der Bank saß, weil sie schon Großmutter war und neben sich eine Enkelin mit geflochtenem Kranz auf dem Kopf hatte, die nie herumrannte. Die Post. Der Briefkasten. Aber jetzt waren sie ja zu zweit.

»*Hai*, Doinița, komm!«

Judith fiel das Rennen jetzt leichter. Doch traf sie fast der Schlag: Dort spielten die Jungs! Sie hatten lange Beine und riefen: »Da kommt die …« Es war ein schlimmes, langes Wort, Judith wusste nicht, was es bedeutete. Die Mutter hatte gesagt, dass die Jungs heute bestimmt in der Schule wären. Die Hündin war längst auf und davon.

Judith setzte an: Komm her, du lausiger Hund! Aber rufen konnte sie Doinița jetzt nicht, das hätten die Jungs gehört. Sie wollte sich umdrehen, zischte aber »S-S-S-S-S«. Sie war ein Gänserich. Die Spucke lief, und Judith rannte.

Die Hühner pickten heute nicht am Rinnsal vor Lizitantis Haus. Da stand: das Mädchen mit der Ziege. Es hatte diesmal aber keine Ziege dabei, es hatte ein Geschwisterkind an der Hand. Judith erinnerte sich an das »KSCH« und sah sich nach der Mutter mit den weißen Zähnen um. Sie war nirgends zu sehen. Da streckte Judith die Zunge heraus, zog sie jedoch gleich wieder in den Mund, weil sie gar nicht spitz war. Aber das Mädchen hatte die Zunge schon gesehen und bückte sich. Es war ein Kieselstein, der Judith an der Schulter traf.

Sie bückte sich auch. Sie hatte noch nie einen Stein geworfen, das hatte Kurt gesagt, dass sie nie mit Steinen nach jemandem werfen würden, Kurt nicht und Judith auch nicht. Deshalb schmiss sie dem Mädchen mit der Ziege eine Sandale hinterher.

Doiniţa steckte schon ihr Maul in einen Napf mit Wasser und altem Brot.

Lizitanti sagte: »Komm, mein braves Mädchen.«

Ihre Schürze kratzte an Judiths Gesicht. Sie gingen in die Küche, wo das Feuer im Herd knackte. Sie hörte das Feuer, sie hörte Lizitanti Eier aufschlagen. Sie roch das Braten der Eier, sie hörte die Pfanne brutzeln. Dabei stand sie vorm Spiegelschrank und schaute sich an: Vom Rennen waren ihr Haare aus den Zöpfen gerutscht. Sie griff sich an die schiefen Zähne, aber die saßen noch immer ganz fest. Nur die roten Entenschnallen an ihren Hosenträgern waren schon wieder lose, und das Unterhemd war aus dem Schottenrock gerutscht. Sie versuchte eilig, ihre Kleidung zu richten, damit Lizitanti nicht bemerkte, wie unordentlich sie war. Dabei sah sie plötzlich im Spiegel ein Mädchen über ihre Schulter schauen. Ein schwarz-weißes Mädchen im Bilderrahmen, das neben der Bank vor Lizitantis Haus stand und sich am Rock einer schwarz-weißen Frau mit einem fein gemusterten Kopftuch festhielt. Neben der schwarz-weißen Frau saßen noch zwei jüngere. Die Frauen, die saßen, lächelten mit geschlossenen Mündern, und sie hatten lange Zöpfe links und rechts, weiße Zöpfe, die auf den Schultern lagen. Das kleine Mädchen aber hielt sich am Rock der Frau fest. Es trug das Haar ebenfalls in Zöpfen, aber die waren ganz dunkel. Judith fuhr mit dem Finger über die schwarzen Zöpfe, die dem Mädchen so gleichmäßig über den Schultern lagen, und zeichnete die hellen Bänder nach, die in die Zöpfe eingeflochten waren.

Da hörte sie Lizitanti rufen. Ihr zitterten die Finger, und sie merkte, dass sie eine glänzende Spur auf den Bändern hinterlassen hatte. Aber es blieb keine Zeit mehr, mit dem Ärmel darüberzuwischen, Lizitanti kam schon mit dem Eibrotteller. Judith drehte sich schnell wieder zum Spiegel und wischte die Finger an einem über den Rock hängenden Unterhemdzipfel ab, was Lizitanti zum Glück nicht bemerkte.

Aber als sie etwas später in den Hühnerhof gingen, vergaß Judith, dass Lizitanti beim Sprechen donnerte und ihr in die Zöpfe griff und sie *braves Mädchen* nannte, und sie vergaß auch die Fettspuren auf dem Foto.

Lizitanti sprach mit ihren Hühnern. Sie sagte zu ihnen: »Besser, ihr bleibt heute zu Haus, die Gänse fliegen durchs Dorf, die sind wild und gefährlich.« Sie nannte ihre Hühner Elisabeth und Martha und Kathi und zählte sie jedes Mal mit drei Fingern. Elisabeth und Martha waren stattliche, braune Hennen. Judith fand die kleine schwarze Kathi mit Zierfedern am Hals besonders schön.

»Die kommt aus der Fabrik«, sagte Lizitanti. »Piepst wie ein Küken, Eier legt sie keine.«

Weil Kathi sich nicht traute, mit den anderen Hühnern Mais zu picken, bekam sie einen eigenen Napf. Judith durfte Kathi fangen und sie füttern. Den Schnabel zwischen die Finger, von hinten öffnen und die Maiskörner auf die Zunge.

Aber Lizitanti fand, dass Kathi ein listiges Huhn sei, es könne gut allein fressen und tue nur so, als bräuchte es Hilfe. »Ich weiß nicht, warum ich sie noch halte.«

*

Der einzige Bus war ein ausrangierter deutscher Reisebus. Er wartete auf dem Platz vor der Post, dort, wo die Dorfstraße breit wurde, dort, wo sonst ein Mähdrescher, ein Traktor und ein Anhänger standen, auf die die Kinder heimlich kletterten. Es war Kurt, der erkannte, dass es ein deutscher Bus war. Eine braun-bläuliche Rauchwolke pufFte hinten heraus. Aus der Vordertür sprang die kleine Frau und rief sie zu sich, sie hielt ihnen einen Platz direkt hinter dem Fahrer frei.

Abgase zogen von unten in den Bus. Die Mutter wollte das obere Schiebefenster öffnen, aber da zeigten die alten Frauen auf ihre Augen. Judith und die Eltern banden sich Tücher vor den Mund, denn fahren mussten sie, sie brauchten Geschirr und Töpfe, Bettzeug und Lebensmittel. Die kleine Frau hatte gesagt, dass es auf dem Freitagsmarkt in Rota so etwas geben könnte, auch wenn nicht sicher war, was es geben würde, denn es herrschte immer noch Mangel.

Judith konnte gar nicht aus dem Fenster schauen, so schlecht wurde ihr von dem Rauch und dem Ruckeln des Busses auf der Schotterstraße. Die Frauen packten Plastiktüten aus und verteilten sie an die Kinder, die zu spucken anfingen. Die Mutter ermahnte Judith, ja nur nach vorn zu schauen. Im Busfenster stand verkehrt herum ein Schild mit verschnörkelten Buchstaben.

Kurt, neben ihr, sagte immer wieder »Schrecklich«, nicht weil ihn der Rauch störte, er fragte Judith auch nicht, ob sie spucken müsse, er ärgerte sich über dieses Schild, das ihn an die einzige Urlaubsreise mit seinen Eltern erinnerte, da war er schon erwachsen gewesen, aber mitgefahren, weil sie einmal die ganze Familie hatten beisammenhaben wollen. Die Reise hatte nur einen einzigen Tag gedauert, es ging nicht nach Griechenland, wo der Großvater so gern mal wieder hingefahren wäre, weil er ja seine Jugendjahre dort verbracht hatte, sie fuhren in ein Dorf in den Harz, da wollten die Eltern neues Kaffeegeschirr erwerben. Kurt war die ganze Zeit übel gewesen, aber das hatte nicht an den Kurven oder am Geruch des Busses gelegen, sondern daran, dass seine Eltern hinter ihm gesessen und mit den kleinen Geschwistern Wanderlieder gesungen hatten.

Judith wäre auch am liebsten ausgestiegen.

Der Busfahrer nahm seine rechte Hand vom Lenkrad und machte vor der Brust ein Zeichen. Auch die Dörflerinnen taten das. Die Mutter deutete mit dem Kinn zum Wegrand, wo eine Jesusfigur ans Kreuz genagelt war und aus den Einstichstellen blutete.

»Das tun sie deswegen«, sagte sie. Aber Judith wusste es schon, auch das Mädchen hatte es auf der Ladefläche des Milchautos so gemacht.

Der Bus rumpelte nur noch ab und zu durch ein Schlagloch, die Straße war jetzt geteert, weil Rota eine Stadt war. Zumindest war es freitags eine Stadt, erklärte Kurt. Die Leute aus dem Dorf trugen große karierte Taschen, die Eltern aber hatten ihre Wanderrucksäcke auf dem Rücken, da sollten die Einkäufe hinein.

Auf einem geteerten Viereck standen Tischplatten aus bröseligem Beton auf weiß gestrichenen Pfeilern aufgereiht, die überdacht waren. Das war der Lebensmittelmarkt. Auf den Tischen lagen Gemüse- und Obsthaufen. Aber die Mutter wollte nicht dorthin. Sie ging zu den alten Frauen, die sie Mütterchen nannte, weil sie wie die Dörflerinnen Kopftücher trugen und faltige Gesichter hatten. Eine hatte Walnüsse, einzelne Knoblauchzehen und ein paar schrumpelige Äpfel nebeneinandergelegt, eine andere hatte an den Stielen zusammengebundene Zwetschgen, zwei Gläser Pflaumenmus und ein paar alte Schuhe. Die Mutter kaufte die Hälfte von allem und nahm auch die Schuhe mit, um sie der kleinen Frau zu schenken. Die Mütterchen teilten sich eine Waage. Da aber die Gewichte nicht ausreichten, holten sie noch ein weiteres von den Händlerinnen. Als Restgeld bekam Judith für eine

Hand eine Nuss und für die andere eine Zwetschge. Sie hätte gern die straffen Äpfel von der Händlerin gekauft, aber das konnte sie der Mutter nicht sagen.

Hinter dem Lebensmittelmarkt standen Autos und Pferdewagen. Auf den Motorhauben der Autos war Kleidung ausgelegt. Die Bauern hatten die Rückwände ihrer Pferdewagen herausgenommen, darin waren Mehlsäcke gestapelt, in anderen drängten sich Schweine oder Schafe. Ein Händler hatte unter einem Sonnenschirm Käfige mit weißen Hühnern aufgestellt, die keinen Laut von sich gaben und vom Kot beschmutzte Federn hatten. In einem Pferdewagen gab es auch braune und schwarz-weiß gestreifte Hühner, die lagen auf dem Boden, weil ihnen die Füße zusammengebunden waren.

Die Mutter wollte zum Stand mit den geschnitzten Holzlöffeln und Brettchen, den geflochtenen Körben und Weidenrutenbesen.

Sämtliche Kleider, Schürze und Kopftuch der Verkäuferin waren bunt, Judith hatte so eine Frau im Dorf noch nicht gesehen. Im Dorf trugen die jüngeren zwar auch geblümte Kopftücher, bei dieser Frau aber war alles geblümt. Sie brachte immer neue Löffel, und die Mutter versuchte auf Rumänisch zu sagen, dass diese doch viel haltbarer seien als Löffel aus Emaille oder Plastik. Die Mutter konnte gar nicht aufhören, sich Ware zeigen zu lassen, so gut gefielen ihr die Löffel und Körbe.

Judith wollte weiter, denn die Frau fing an, ihr zu sagen, wie schön ihre Haare seien, so blond, und ihre Haut so weiß. Da auch Kurt langweilig war, stellten sie sich an einer Menschenschlange an. Als sie an der Reihe waren, winkte der Händler fröhlich, weil blonde Mädchen heute *mici* umsonst bekämen. Judith aß wegen der Tiere kein Fleisch. Aber Kurt kaufte zwei von diesen Bällchen, weil er sich hier als Gast fühlte und sie doch außerdem einen Happen essen könnten, da es praktisch sei und günstig. Sie lehnten sich an eine Wand des Kiosks, Judith versuchte das Lied aus einem Kassettenrekorder zu verstehen: »Ich hab kein Geld, bin nicht reich«, sang eine Männerstimme, »*hei lei lei,* du bist mein Herz.« Kurt lachte in die Runde der rauchenden Männer.

Kurt und Judith fanden ein Lokal, das eine braun getönte Fensterfront hatte und über der mit roten Leuchtbuchstaben *Restaurant* stand. Die Tür war offen, da ging das Kabel von den Plastikbuchstaben hinein und Judith hinterher. Die Mutter sagte nur, dass die kleine Frau das bestimmt nicht verstehen würde, wenn sie sie jetzt sähe. Drinnen war niemand, aber viele Tische, die eng aneinanderstanden, und rot lackierte Metallstühle, und auf den Tischen lagen weiße Decken mit Spitzenmuster. Der Raum war mit Teppich ausgelegt, der war so grün wie der Rasen im Garten der Großeltern, auf den sich Judith gelegt hatte, als Opa Ernst zur Mutter sagte, dass sie immer nach Hause zurückkommen könne, wenn sie es nicht mehr aushalte. Die Mutter hatte erwidert, dass es nur einen einzigen Ort auf der Welt gebe, an dem sie es nicht aushalte, und das sei ihr Elternhaus. Opa Ernst sah dabei so traurig drein, dass Judith ihr Gesicht ins Gras grub und sogar hineinbiss. Aber es war noch schlimmer gekommen. Kurt rief: »Wir reisen sofort wieder ab«, und Opa Ernst entgegnete: »Du reist ab, meine Tochter und meine Enkelin bleiben hier.« Judith hatte Erde im Mund gehabt, als der Opa sie hochzog und ins Haus tragen wollte, und sie hatte so sehr gestrampelt, dass er sie wieder losließ und allein ins Haus ging.

Die Kellnerin hatte ganz goldene Haare, *gefärbt*, sagte die Mutter, und Striche über den Augen, *ausgerissen*, schob sie hinterher. Aber Judith fand ihr weißes Hütchen mit Spitzenbesatz sehr hübsch. Kurt ließ sich von der Frau die Karte erklären und mischte Rumänisch mit Englisch. Er fand, dass das Lokal sehr landestypisch sei und ihre Mutter hier doch etwas ohne Fleisch probieren könnte. Es gefalle ihm wirklich gut. Judith fuhr die Ränder der Tischdecke entlang, die war aus Papier, aber ganz sauber, sie fragte sich, ob sie ihre Buntstifte aus dem kleinen Rucksack auspacken sollte, vielleicht könnte sie etwas Schönes für die Mutter malen, damit es auch ihr hier besser gefiel. Die Mutter ging nicht oft in Restaurants, sie sagte immer, dass sie kein Geld für so etwas hätten, und manchmal erzählte sie auch davon, wie Oma Marli am Anfang des Monats Geldstapel gemacht hatte. Kurt nickte dann sehr ernst, strich der Mutter über die Schulter und versuchte manchmal sogar, ihr seine Lippen auf die Wange zu drücken. Oder er suchte nach seinem Geldbeutel, um ihr einen Schein zuzustecken, was sie immer ablehnte, denn Geld habe Kurt von den wenigen Klavier- und Gitarrenstunden, die er in Bad Rosau gegeben hatte, doch kaum mehr übrig. Judith nahm die Plastikblume aus der Vase in der Mitte des Tischs und hielt plötzlich abgefallene Blätter in der Hand. Sie versuchte schnell, die Blume zurückzustecken, weil die Kellnerin wiederkam.

Die Frau sagte, dass es nicht alle Gerichte gebe, sie ihnen aber *mici*, hausgemacht, bringen könne. Die Mutter wollte aufstehen, doch Kurt hielt sie fest. Sie presste die Lippen aufeinander und antwortete der Frau nicht mehr. Auch als die Kellnerin sehr freundlich fragte, ob sie Ketchup dazu haben wolle, sagte die Mutter nichts. Judith hoffte, dass die Mutter jetzt nicht anfangen würde zu weinen, sie wollte noch ein wenig weiter malen. Aber da warf Kurt seinen Rucksack auf den Boden.

Judith sah einen Mann in einer Ecke, der mit dem Rücken zu ihnen saß und aus dem Fenster schaute, den hatte sie vorher nicht bemerkt. Kurt schrie jetzt sogar, dass er seit drei

Monaten in diesem Loch sitze und er wohl einmal ausgehen dürfe und dass sich ihre Mutter da nicht stur stellen könne. Es würde auch nichts bringen, immer aufs Geld zu schauen. Judith fand auch, dass sie genügend Geld hatten, sie öffnete das Portemonnaie, das ihr um den Hals hing. Sie hatte zehn Lei-Münzen aus ihrem Sparkörbchen hineingetan. Das Körbchen war voll gewesen; seit sie in Sarmizegetusa waren, sammelte sie nur und gab nichts aus. Die Kellnerin versprach ihnen sogar Spiegeleier und Bratkartoffeln, die im Restaurant Stroh-Kartoffeln hießen.

Die Kartoffeln waren in lange Schnitze geschnitten und sahen aus wie Pommes frites. Spiegeleier und Bratkartoffeln, das war doch was für ihre Mutter, das machte die kleine Frau immer für sie und sagte dann zu ihrem Mann: »Anna isst keine Kadaver.« Und es gab eine Flasche mit süßer, roter Soße. Die Mutter hatte sich beruhigt.

»Weißt du«, sagte Kurt, »mir setzen diese Armut und dieser Mangel auch zu. Das erbärmliche Kartoffelhäufchen hinterm Bett. Und diese Pflaumenbündel auf dem Markt. Und die Kinder mit den hungrigen Augen.«

Die Mutter sagte nichts, sie bekam nur eine lange Nase, wie immer, wenn sie besorgt war. Zum Glück aber wurden ihre Augen gar nicht rot. Sie fing an, von der Suppenküche zu sprechen, die sie eröffnen wollte. Kurt fand anscheinend, dass es jetzt gemütlich wurde, weshalb er sich einen Kaffee bestellte, zu dem die Kellnerin zwei Zuckerwürfel legte, aber Milch brachte sie nicht, nicht einmal diese Kaffeesahne in kleinen Plastikgefäßen, die es in den Speisewagen gab und die Judith immer ausschleckte. Judith fand Zuckerwürfel aber auch in Ordnung.

Als sie wieder aufbrechen wollten, trat plötzlich der Gast aus der Ecke zu ihnen. Er hatte einen goldenen Schnurrbart, rote Wangen und längeres Haar als die anderen Männer, sehr ordentlich gekämmt.

»Ihr seid Deutsche, ja«, sagte er und dann zur Kellnerin, dass er die Rechnung bezahlen werde. »Ich habe ein gutes Geschäft gemacht heute«, sagte er und schob das Geld von sich weg, das Kurt ihm geben wollte. »Wenn ihr mal Hilfe braucht«, er setzte seinen Hut auf und war schon über den grünen Teppichboden bei der Tür, »fragt nach Ovidiu!«

*

Die Mutter schickte jetzt immer Judith zum Laden, Öl kaufen. Den Laden nannten sie im Dorf *Privat*. Sie musste vorbei an der Schule, an der Tränke, am Rinnsal entlang, am Postkasten, an Lizitantis Haus, am Transformator vorbei bis zum Dorfausgang Richtung Rota. Erst dort war der Laden, der *La Leana* hieß, denn er gehörte Leana lu' Gigi. Gigi war Leanas Mann.

Judith trug die drei Glasflaschen im Rucksack. Sie waren schwer, und Doinița kam nicht unterm Tor von Relu hervor. Judith musste sehr rennen, damit sie nur leise *buzia* murmeln und nicht laut und deutlich das vollständige *bună ziua* über die Straße rufen musste, wenn da auf einer Bank eine Frau saß oder ein Mann mit Hut und ihr hinterherschaute, wie sie da lief, unübersehbar mit dem schweren Gepäck. Sie könnte jetzt zu Lizitanti abbiegen, einfach Eier braten gehen, denn die hatte immer Öl zu Hause und würde bestimmt sagen, dass es nicht gut war, ein Mädchen mit blonden Zöpfen allein zum Dorfladen, denn das hatte sie schon mal zu den Eltern gesagt, dass so ein Kind, so ein schönes Kind, doch nicht allein laufen sollte, dass es an die Hand gehöre. Aber die Mutter hatte den Kopf geschüttelt, weil Judith sonst Angst bekommen würde, und wovor solle ein Mädchen wie sie

Angst haben, was könne schon passieren? Die Augen der Frauen waren da, und sie schauten aufmerksam auf das Kind, das da lief, und Judiths Zöpfe flogen hinterher.

Sie öffnete die Ladentür langsam, weil sie noch immer daran dachte, kehrtzumachen. Es roch nach Bier, obwohl erst früher Nachmittag war, und da hatten Leanas Augen, die in der Brille groß waren, sie schon gesehen. Und die Männer auch. Sie saßen auf einer Stuhlreihe direkt neben der Tür und hatten Bierflaschen in den Händen und Zigaretten im Mund. Sie qualmten die Brote voll, die Mutter hatte sich schon bei Leana darüber beschwert. Aber sie saßen trotzdem wieder da. Judith schaute nur zur Theke, und die Männer riefen das schreckliche Wort und lachten. Das schreckliche Wort hatte etwas mit Kurts nackten Füßen zu tun, dabei trug Judith Schuhe, wenn sie durchs Dorf lief. Der Kopf saß starr auf ihrem Hals.

Leana lu' Gigi fasste über die Theke, kniff ihr in die Wange und sagte: »Lass sie reden, Kleine.« Sie gab ihr drei Flaschen und einen in Papier gewickelten Zuckerlutscher für das Restgeld.

Judith rannte nach Hause, mit dem Mund hielt sie sich am Lutscher fest.

Dann gab sie der Mutter die Flaschen. Und die machte eine auf, weil sie dabei war, Rührei zu braten.

»Judith«, sagte sie, »das ist doch kein Öl, das ist Essig!«

Die Mutter ärgerte sich, meinte, dass sie nicht zugehört habe. Wirklich, sie schickte Judith zurück zum *Privat*, die Flaschen umtauschen.

Judith konnte nichts dagegen sagen, sie musste noch einmal laufen, so war es. Sie konnte nicht sagen, dass sie im Laden ganz stumm gewesen war, dass sie kein Wort herausgebracht hatte, schon gar nicht in der rumänischen Sprache, weil sie nach hinten horchen und schnell sein und den Lutscher mit den Zähnen festhalten musste, damit die nicht klapperten.

Also lief sie wieder die Dorfstraße entlang, Doinița kam nicht, sie musste allein weiter. Die Frauen auf den Bänken schauten, und Judith stach es in den Seiten. Bei Lizitantis Haus öffnete sie vorsichtig das Tor und ging leise in den Hühnerhof. Sie pulte Maiskörner von den Kolben. Sie nahm Kathi auf den Schoß und erklärte Martha und Elisabeth, dass sie nicht schuld sei, der Laden sei schon zu gewesen. Sie werde es morgen noch einmal versuchen. Aber vielleicht sei das Öl dann ausverkauft. Dann schicke sie die Mutter mit dem Bus nach Rota auf den Markt, um Öl zu holen. Sie wusste aber nicht, wo es Öl gab, und sie würde den Bus verpassen und zu Fuß gehen und den Weg nicht kennen und in die falsche Richtung laufen, und natürlich würde es anfangen zu regnen. Sie könnte ein Auto anhalten, sie müsste Geldscheine nach vorn reichen und wüsste nicht, wie viele.

Da hörte Judith das Tor klappen und versteckte sich im Hühnerstall, das war nicht ihre Mutter, die wäre einfach ins Haus gegangen.

Jemand rief: »Tanti Lizi, Tanti Lizi.«

Judith öffnete die Tür einen Spalt. Da stand das Mädchen mit der Ziege, und Lizitanti kam die Treppe herunter. Sie gab dem Mädchen einen Laib Brot. Sie ging in den Keller und kam mit Äpfeln und einem Kohlkopf hoch. Das Mädchen schob alles unter seinen Pullover, sodass sein Bauch ganz kugelig aussah, und blieb noch stehen.

Lizitanti sagte zum Mädchen: »Jetzt kusch dich.«

Kusch dich, *cuști*, damit vertrieben sie im Dorf die Hunde. Das Mädchen blieb noch einen Augenblick stehen und schaute zur Stalltür, als hätte sie Judith im Spalt entdeckt. Wie sie so ernst und forsch zu ihr schaute, dachte Judith plötzlich an dieses schwarz-weiße Mädchen im Bilderrahmen, das jetzt einen fettigen Zopf hatte.

Lizitanti schimpfte nicht, als sie Judith im Hühnerstall entdeckte, sie fragte nur, und dabei waren ihre Augen hell: »Wohin des Wegs?«

Judith zuckte die Schultern, aber hielt den Rucksack mit den schweren Essigflaschen in der Hand. Die Alte nahm sie mit in ihre Küche und kochte ihr Milch. Sie wickelte Kandiszucker aus Zeitungspapier aus.

Bald wurde es dunkel, und als Judith mit Lizitanti am *Privat* ankam, waren schon die schweren Holzläden vor dem Fenster, und das Vorhängeschloss hing am roten Blechgitter der Tür. Das war aber nicht schlimm, weil Lizitanti immer ihren Stock dabeihatte, mit dem sie klopfen konnte.

*

Die Autotür hieb eine Macke in die Rinde des Birnbaums, als der Staatsfarmler, den man aber lieber Costache nennen sollte, sie aufstieß. Bei sich hatte er seine Tochter.

»Blanca«, sagte er, betonte beide Silben und zog die A in die Länge. Blanca blieb hinter ihm stehen und schaute zu Boden. Sie hatte Schneewittchenhaare und Schneewittchenhaut. Judith schob ein bisschen die Zunge heraus, und als sie es merkte, biss sie darauf.

Kurt sagte, Blanca sei ein schöner Name.

»Blanca will dich einladen«, sagte Costache zu Judith.

Neben dem Toreingang stand eine Hundehütte mit Ziegeldach in grellem Rot. Der Hund war ein echter Wolfshund, der Rex hieß.

»Unser König«, sagte Costache.

Weil Judith bei dem Hund bleiben wollte, trug Blanca ihr Barbiehaus in den Hof. Darin hingen Spiegel an der Wand, es gab einen Tisch und Stühle, die aber zu klein für die Puppen waren. Der Barbiemann hatte auf den Kopf gemalte Plastikhaare, die nicht zu kämmen waren. Blanca überließ Judith das Barbiepferd, das eine rosa Strähne im Schwanz hatte. Das konnte wiehern, wenn sie ihm auf den Bauch drückte. Sie hätte die Barbies gern umgezogen, weil Blanca auch einen Schrank mit Kleidung für die Puppen hatte. Blanca bestand darauf, sie so zu lassen, aber Judith durfte die passenden Schuhe aussuchen, kleine Plastikschuhe mit Absätzen.

Costache und Kurt saßen neben der Hundehütte in einer Gartenlaube, deren Dach ebenso grell war. Der Staatsfarmler fragte, ob Judith bald in die Schule kommen würde. »Schicken Sie sie in die Kreisstadt, das ist die beste deutsche Schule von ganz Transsilvanien. Sie kann mit Blanca in eine Klasse gehen. Hier im Dorf gibt es zu viele von diesen Rotzigen.«

Judith zog schnell den Schleim in der Nase hoch. Sie wollte nicht, dass der Mann bemerkte, dass auch sie eine Rotzige war.

Kurt wollte plötzlich nach Hause gehen, und von Costache fahren lassen wollte er sich nicht. Judith war einverstanden, denn Blanca hatte sie gerade gefragt, wie ihre Barbiepferde hießen.

*

Morgens ging sie mit Kurt durch dichten Nebel zur Sonne auf den Kirchberg. Der Pfarrer hatte ihm seinen Schlüssel für die Kirchenburg überlassen, er fand es gut, dass dort außer Lizitanti noch einer mit kirchlicher Ausbildung nach dem Rechten sah. Er wohnte in einem anderen Dorf, kam aber jeden zweiten Sonntag, um den Gottesdienst abzuhalten, danach saß er für eine Weile mit Kurt zusammen. Er überlasse ihm den Schlüssel gern. Er sagte, dass in den Kirchen jetzt überall Altarschmuck geklaut werde. Kurt wollte ab und zu den Orgeldienst übernehmen, das freute den Pfarrer besonders. Kurt konnte Orgel spielen, weil er sogar Kirchenmusik studiert hatte. Aber seine Stellen bei der Kirche und in einer städtischen Musikschule hatte er beide nach einem Jahr wieder gekündigt. »Ich bin kein Untertan«, sagte er zum Pfarrer, und der lachte, denn im *Kommunismus* hatte er in seinem Landpfarrhaus gelegentlich Leute wie Kurt beherbergt und war daraufhin von der Polizei zum Verhör bestellt worden. Der Pfarrer erklärte, dass die Polizei damals geheim gewesen war und *Securitate* hieß, was übersetzt *Sicherheit* bedeutete, aber eigentlich den Namen *Angst* hätte tragen sollen.

Der Nebel war immer noch so dicht, dass Judith den Weg kaum sah, aber sie fühlte weiches, feuchtes Moos zwischen den Pflastersteinen. Sie liefen ohne Schuhe, denn am frühen Morgen konnte Lizitanti unmöglich auf der Kirchenburg sein, da molk sie ihre Kuh. Die Kiefernzapfen piksten in ihre Füße, aber in der Mitte der Kirchenburg stand der Glockenturm, hinter dem die Kirche klein war. Judith wollte als Erste oben sein und sehen, wie sich der Nebel lichtete.

Kurt musste sich immer vor der Kirchenburg verneigen. Oben um den Glockenturm herum wand sich ein Gang aus Holz. *Dornenkranz* sagte Kurt dazu, weil in das Holz spitze Verzierungen geschnitzt waren und es sich dunkel vom weißen Turm abhob. In der Steinwand und am Fuß des Turms wuchsen, obwohl der Sommer langsam zu Ende ging, Lizitantis Löwenmäulchen. Kurt fand, dass die Blumen auch einen Kranz bildeten.

Die Kirchenburg war fast eine Ritterburg, denn sie hatte eine Burgmauer und sogar einen Wehrgang und viele Wehrtürme. In einem Turm hingen zwei große Speckschwarten, die schon ganz schwarz waren, weil sie sehr lange hier hingen, vielleicht schon seitdem vor langer Zeit solche Leute gekommen waren, die Tataren oder Türken hießen und die Burg gern erobert hätten.

Judith sprang die Stufen hoch und schob die Tür zum Glockenturm auf. Das war nicht einfach, denn das Holz kratzte über den Steinboden. Im dunklen Treppenaufgang stieß sie fast mit einer Frau zusammen, die rückwärts die Treppe herunterkam und die Stufen fegte. Sie hatte einen langen geflochtenen Zopf auf dem Rücken. Die Frau drehte sich um und zeigte zwei Reihen mit weißen Zähnen, sie riss die Augen auf und legte den Zeigefinger auf den Mund. Judith machte einen Satz über die Treppenstufen, fiel hin, sprang auf und rannte zur Tür hinaus zu Kurt. Das war die Mutter vom Mädchen mit der Ziege.

Kurt stand an einem Mäuerchen und sang sein Morgenlied. Er schaute durch die gelb und braun angelaufenen Blätter des Nussbaums in den Nebel. Er breitete beim Singen die Arme weit aus. Er nahm Judith hoch und stellte sie auf die Mauer. Er deutete in den Himmel. »Jetzt ist es so weit, die Sonne steigt aus dem Nebel.« Er begann seine Übungen zu machen, und Judith streckte auch die Arme in die Höhe, Kurt zählte die Bewegungen laut ab, damit sie mitkam. Aber sie konnte nicht, die Frau mit den Zähnen hatte sich im Turm versteckt, wollte sie nicht hinauflassen. Überall an ihren Beinen hatten sich die Haare aufgestellt. Ob das Mädchen mit der Ziege auch dort oben war? Judith hatte es hier noch nie gesehen. Lizitanti hatte gesagt, dass solche Mädchen in die andere, die rumänische Kirche gehen sollten, nicht auf die Kirchenburg.

Als Kurt fertig war und mit ihr auf den Turm wollte, sprang Judith auf und sagte: »Heut nicht, wir gehen nach Hause.« Sie sagte es so ernst und bestimmt, wie sie es von ihrer Mutter gelernt hatte. Dass die Frau den Eingang zum Turm bewachte, konnte sie ihm nicht sagen, er würde sofort hingehen, um mit ihr zu plaudern.

Es brachte aber nichts, Kurt wollte noch schnell etwas in sein Tagebuch schreiben. Deswegen machte er Judith Vorschläge: Sie solle um die Kirchenburg rennen, Tannenzapfen sammeln oder auf der Mauer balancieren. Sie könne sich Blätter hinter die Ohren stecken, sich einen schicken Kopfschmuck suchen. Er holte sogar einen Buntstift aus der Jackentasche hervor, damit sie eine Burg in sein Tagebuch malte. Judith verstand nicht, was das sollte.

»Lass uns ein paar Herbstzweige für Anna pflücken«, sagte er gut gelaunt, weil er vom Singen und den Morgenübungen erfrischt war. Er sah auf das Dorf, sprach über die hohen Steinmauern um die Sachsenhäuser und von den niedrigen Weidezäunen um die Lehmhütten. »Das Flechtwerk schlängelt sich und verbindet. Die Mauern trennen die Menschen. Siehst du?«

*

»*Hai*, Kindchen! *Hai*, George! *Hai*, *Omule*!« Die kleine Frau rief zum Essen.

Der Räuberhauptmann, der im Sommer ein Schäfer war, war ein Mensch – ein *Om*. Judith saß auf drei Kissen und schaute zum *Om* hinauf.

»Frau, zieh mir die Schuhe aus. – Frau, hol mir einen Stuhl, ich will die Beine ausstrecken. – Frau, koch schon mal Kaffee.«

Jetzt saß er gemütlich.

Judith hielt Abstand. Weiße Spitzen umrandeten die braunen Vierecke und roten Blüten der Plastiktischdecke. In den Vierecken putzten sich Fliegen Vorderbeine und Flügel. Mit der linken Hand zog Judith Kreise über den Fliegen, dann schlug sie zu. Noch bevor sie traf, waren die Fliegen weg.

»Ein Marmeladenbrot, das tapfere Schneiderlein hat ein Marmeladenbrot.« Die kleine Frau stellte das Glas mit Pflaumenmus zwischen die weißen Spitzen. »*Na!* Nimm!«

Judith nahm den Löffelstiel und schnitt ein Loch ins Cellophan. Sie strich sich etwas Mus auf die Handfläche. Die Fliegen hatten kleine Rüssel, wenn sie vom Mus aßen. Judith klatschte die Hände zusammen, doch die Fliegen saßen schon wieder in den braunen Vierecken. Fliegen waren schlauer als Menschen, die hatten Augen auf dem Rücken.

»*Na!* Nimm!« Jetzt standen zwei Tassen mit Milch und Maisklumpen auf dem Tisch, zwei Scheiben Weißbrot, ein großes Stück Schafskäse.

»Tanti Ana?«, fragte Judith, obwohl die kleine Frau gesagt hatte, dass sie sie *Mica* nennen sollte, wie George auch. »Wisst Ihr, wer Ovidiu ist?«

Die kleine Frau, die sonst hurtig hin und her lief, blieb plötzlich stehen, sah zum *Om*, der aber in die Nachrichten im Fernseher vertieft zu sein schien. Sie sagte leise: »Ovidiu. Der kommt nicht von hier …« Und da der *Om* sich nicht einmischte, holte sie weiter aus. Die alte Sächsin habe das damals nicht gern gesehen, so ein Dahergelaufener aus Rota. Die Kleine sei so ein kluges Köpfchen gewesen, sei mit sauberen Fingernägeln zur Schule gegangen und habe bei den Feiern auf der Bühne gestanden und die Gedichte in sauberem Rumänisch vorgetragen. Aber zu stolz sei sie gewesen, habe die Abende am Waschtisch verbracht, sich immer die Haut geschrubbt, dass sie ganz rot wurde. Und schwarz bleibe schwarz, das wisse sie, Ana, wohl am besten, oder? Sie zeigte sich auf den Unterleib und flüsterte: »Sind wir nicht alle da rausgekommen, beim Schwanz des Hengstes?«

Judith nickte, das brauchte man ihr nicht zu erzählen, wie

die Kinder auf die Welt kamen, aber George wusste das vielleicht noch nicht. Sogar einen Schäfer habe die Alte für sie gefunden, aber nein, sie wollte diesen *Schwängerer* und *Zuchthäusler*, der ihr auch noch diese hässliche, ungestalte Romsprache beibrachte. Das habe das Fass zum Überlaufen gebracht.

»Schwängerer und Zuchthäusler«, wiederholte Judith. Sie hätte gern auch noch gefragt, was das Ganze mit Lizitanti zu tun hatte. Aber die kleine Frau warf wieder einen Blick nach hinten zum *Om*, der nur langsam den Kopf schüttelte und dabei mit der Zunge schnalzte. Judith wusste nicht genau, was ein Zuchthäusler war, aber sie ahnte, dass es jemand zum Fürchten sein musste.

»Er hat uns geholfen«, sagte Judith, »er ist ein netter Mensch.«

Der *Om* lachte und sagte: »Kurt hält alle für gute Menschen. Aber man muss wissen, wie man mit guten Menschen umgeht. Das weiß man bei solchen Herumtreibern aus anderen Dörfern nicht.«

Judith hätte gern noch weiter nachgefragt, aber Georges Kissenberg kippelte. Er flüsterte Judith ins Ohr.

In der Scheune fanden George und Judith die kleinen Katzen. Für die Kätzchen hatten sie Mützen und Pullover gesammelt, und Judith hatte Hosen genäht. Sie fingen die Kätzchen. Sie zogen die Kätzchen an. Die Kätzchen kratzten, die Kätzchen fauchten.

»Ihr müsst euch anziehen, es ist kalt, Mamas Küken!«, rief die kleine Frau aus dem Hof. Sie sagte nicht nur zu George, sondern auch zu Judith *Mamas Küken*.

»Aber jetzt spielen wir.«

Sie warfen die Kätzchen in die Luft. Die Kätzchen maunzten.

»Hier, fang.«

Die Kätzchen maunzten nicht mehr. Sie bekamen blasse Augen.

»*Hai*, Mamas Küken! Wir fahren in den Wald, Reisig sammeln.«

Judith und George rannten hinaus. Auf dem Pferdekarren schwang der *Om* schon die Peitsche.

Bei George im Obstgarten stand ein prächtiger Nussbaum. Die Nüsse waren so groß wie Judiths Faust, es waren die größten Nüsse des Dorfes. Sie hatten noch die grüne Schale, die schälten sie mit Judiths Taschenmesser ab. So schmeckten sie am besten, wenn sie innen noch weiß waren, milchschaumweiß.

Als sie zum Mittagessen zusammen Brot in Sonnenblumenöl tunkten, sah der *Om* Georges braune Handflächen. George musste seine Hände offen auf den Tisch legen. Der Großvater schlug ihm mit einer Rute, die neben ihm im Bett lag, in die offenen Hände.

»Aus dir soll was werden«, sagte der *Om*, »kein Schäfer wie ich.«

Judith musste ihre Hände nicht auf den Tisch legen.

3.

Es war wieder Sommer, und sie kannten das Dorf schon gut.

Costache saß am Tisch und wartete auf die Eltern, die gerade Mittagsschlaf machten, und sagte zu Judith, dass dieses *ŞÎ* aus ihrem Mund unerträglich sei, das habe sie von den Rotzigen. Am Ende von *und* stehe ein klares I – *ŞI* –, nur das sei reines Rumänisch. Da seien bei ihr auch zu viele O, wo keine hingehörten. Er sprach sehr deutlich, fast mit deutschem Akzent, was er immer tat, wenn er wollte, dass sie ihn gut verstand.

Judith starrte unter den Tisch. Sie hatte es wirklich nicht nötig, dass er ihr die rumänische Sprache erklärte. Sie kletterte auf ihren Platz unterm Dach. Aber Costache hörte nicht auf, er wurde immer lauter und schimpfte, es sei ein unschönes *Românisch*, das liege an den Dorfkindern, ein Jahr hier und schon so ein rotziges *Zromânisch*, das sei unerträglich, ein kakofonisches *Dorfrumantsch*.

Judith merkte, wie ihr die Hitze ins Gesicht stieg wegen dieses arroganten Besserwissers, so hatte ihn auch ihre Mutter genannt. »Verlassen Sie den Hof.« Und jetzt, als sie angefangen hatte, machte sie auch weiter: »Sie gehen, sofort!«

Auch er siezte sie jetzt, aber grinste dabei. »Fräuleinchen, regen Sie sich nicht so auf. Kommen Sie bald mal zu meiner Blanca zu Besuch.«

Judith wollte den Hühnerstall putzen. Blanca zu besuchen war das Letzte, was sie vorhatte.

Aber wenn fortan Leute aus dem Dorf vorbeikamen, sprach sie lieber nicht mehr und verzog sich in die Scheune. Dort übte sie spitze I und verriet es niemandem.

*

Aus einer Holztruhe holte Lizitanti Maiskolben. Sie rieben die Kolben aneinander, sodass die Körner flogen und die Kolben unter den Körnern rot wurden. Die Körner flogen, Lizitanti rief »Pi-pi-pi«, und Judith rief auch »Pi-pi-pi«. Wie der Hahn kam, wie er tänzelte, wie er gackelte und gluckte und die Hühner zusammenrief. Er stand aufrecht, flatterte, und an seinem Hals standen golden glänzende Federn ab. Die Hühner pickten gierig, und der Hahn sprang auf die Hühner, drückte ihre Köpfe mit dem Schnabel zu Boden und schlug mit den Flügeln. Den Hühnern hinterdrein kamen die Kleinen, es waren die Küken der gestreiften Martha, sie hatten schon bunte Federn, aber sie konnten nicht gackern, sie piepsten noch. Eins der Küken war voller Blut, weil es auch ein Hahn werden sollte.

Da packte Lizitanti den großen, goldenen Hahn.

Kurt kam pünktlich für die Eierbrote durchs Tor, ohne die Mutter, die bei der kleinen Frau war. Zu Lizitanti sagte er, sie müsse Wäsche waschen. Er wollte noch etwas sagen, aber da drückte ihm die Alte den Hahn in den Arm.

»Die Axt ist im Schuppen«, sagte sie. »Es gibt Suppe.«

Dass es keine Eierbrote geben sollte, damit musste Kurt jetzt leben. Er gab den Hahn an Judith weiter, denn er hatte Respekt vor seinem Schnabel. Der Vogel atmete argwöhnisch, und ab und zu zuckte sein Körper, weil er aufspringen wollte. Judith war sich sicher, dass Kurt eine gute Idee haben würde, wie sie Lizitanti von ihrem Plan abbringen könnten. Doch als sie im Schuppen waren, sagte er nur: »Judith, die Alte will den Gockel kochen«, und setzte sich auf den Hackklotz.

Judith musste den Hahn vor Lizitantis Axt beschützen, während die aus einem langstieligen Topf Kaffee in zwei Emailletassen schenkte, Kandiszucker in den Kaffee gab und ihn löffelweise trank, während es ganz still war und sich nur das Klirren des Löffels am Tassenrand und das Schlürfen abwechselten. Judith hielt den Hahn fest und versuchte, ihn zu beruhigen. Sie streichelte ihm über den fleischigen Kamm. Sie musste ab und zu an seinen Kehllappen ziehen und über diese gräulich weißen Augenlider streichen. Sie tat es vorsichtig, denn es galt aufzupassen, dass der Hahn nicht aufsprang und die Küche in Unordnung brachte, denn dann würde die alte Frau sicher sofort die Axt holen und ihm die Kehle durchhacken.

Zum Glück fiel Kurt doch noch etwas Gutes ein. Und zum Glück musste Lizitanti sich, als er sie nach den Jahren ohne Hausbrot und *Palukes* fragte, auf den Tisch stützen, *»Ioi«* ausrufen und beim Erzählen schneller atmen. Daher hörte sie nicht, wie Judith aufschluchzte, wenn sie an die Axt dachte, die im Schuppen zwischen den Bienenkörben mit den Kalenderheftchen und dem Korb mit den zerbrochenen Tellern hing, die Lizitanti kleben und für die Judith ihr unbedingt eine Tube Alleskleber vom Markt in Rota mitbringen wollte. Und da zog Kurt zum Kaffee Studentenfutter aus seiner Latzhose. Lizitanti klopfte auf den Tisch, erst weil sie so viel erzählte, dann siebzehn Mal, weil die einheimischen Waldarbeiter bis zur nächsten Pause siebzehn Bäume gefällt hatten, die schweren Stämme hatten von ihr und den anderen

Frauen zum Güterbahnhof getragen werden müssen. Es hatte sehr viele Mücken gegeben.

Der Hahn wollte auch Studentenfutter fressen und schlug den Schnabel in die Warze an Judiths Zeigefinger. Es fing an zu bluten und tat so weh, dass sie den Gockel fast losgelassen hätte. Sie setzte sich auf den Vogel drauf, damit er nicht flattern konnte. »Ist nur zu deinem Besten«, flüsterte sie in die zarten Federbüschel, die aus seinen Ohren wuchsen.

Als Lizitanti die Wollsocken von den Füßen zog und ihre Zehenstümpfe zeigte, die sie sich in jener Märznacht geholt hatte, hörte Judith nur die Wörter *Schienen*, *Schneesturm*, *Schippen*, während sie den Hahn besonders fest packte, damit er nicht auf diese Füße losging. Sie musste gut aufpassen, weil Lizitanti gleich fertig sein würde, und dann würde sie doch noch Suppe aus dem Vogel machen wollen. Aber auch der Hahn wusste, dass es gefährlich wurde, denn er riss die Augen auf. Seine orange eingefassten Pupillen waren dabei ganz starr.

Und am Ende kam es so, wie Judith befürchtet hatte. Lizitantis Finger griffen unter den Tisch. Judith ließ den Hahn los, was sollte sie auch machen. Der Gockel flatterte durch die Sommerküche und fing an, so laut zu gackern, dass Judith »Kurt, Kurt« rufen musste und Lizitanti ihr R rollte und das Wort *März* wiederholte. Das erschreckte den Hahn so sehr, dass er mit eingezogenem Kopf und angelegten Flügeln unters Bett floh. Lizitanti holte ihn mit dem Krückstock hervor, und jetzt hörte sich ihre Stimme verzagt und traurig an: »Als ich abends die Wollsocken auszog, waren meine Zehen schwarz.« Und sie fragte Judith: »Willst ihn haben?«

*

Die Mutter machte sich Karteikarten. Judith malte etwas darauf, und auf die andere Seite schrieben sie zusammen

Begriffe aus einem Rumänischwörterbuch ab. Die Mutter musste, wenn sie das rumänische Wort für *Brot* sagen wollte, immer die Luft anhalten, und trotzdem sagte sie dann *Puine* statt *Pâine*. Deswegen schrieb sie sich auf die Kärtchen neben den rumänischen Buchstaben *Â* auf Deutsch *Ü-i*, und dazu notierte sie noch *Luft anhalten*.

Damit sie beim Sprechen mehr Luft bekam, lud sie Cati ein, die Mutter des Mädchens mit der Ziege. Sie wolle die Sprache *von den Frauen* lernen, sagte die Mutter. Und Cati kam. Sie hatte diesen Zopf und Kinder an beiden Händen. Aber das Mädchen mit der Ziege war nicht dabei.

Die Mutter gab Cati das große Bilderbuch, das Judith auf dem Dachboden gefunden hatte. Catis Kinder saßen am Tisch und aßen von der Schrotgrütze. Auf dem Buchumschlag war ein schwarz-weißes Bild, das Judith unheimlich fand. Da stand ein weißes Schaf und unter ihm ein niedergestreckter, ebenso weißer Schäfer, um sie herum waren eine Wiese, Berge und ein herabfallender Stern, alle mit unheimlich schwarzen Konturen. Eines der ersten Bilder im Buch zeigte drei Schäfer mit Schäfermützen. Der eine stand in der Mitte, er hatte die spitzeste Mütze und trug sein stattlichstes Schaf in den Armen. Die anderen wandten sich links und rechts von ihm ab, um mit den Herden loszuziehen, sie trugen jeder einen Dolch in der Hand.

Die Mutter bat Cati, etwas aus dem Buch vorzulesen. Cati nahm es in die Hände, ganz vorsichtig, als wäre es etwas Zartes, Zerbrechliches, und legte es sich auf den Schoß. Die Mutter klappte es auf. Cati strich mit der Hand über die großen Seiten.

»Hier musst du lesen«, sagte die Mutter.

Cati legte den Finger unter die Buchstaben und las jedes Wort sehr langsam, aber sie las und las, und mit jedem Reim wurde ihre Zunge gelenkiger, sodass die Sprache zu tanzen begann. Judith hörte das von ihrem Schlafplatz aus, und Catis Kinder saßen unter ihr am großen Tisch.

Das Mädchen mit der Ziege war nicht mitgekommen, weil sie Catis Älteste war und die Kühe des Kollektivs hüten musste.

Cati sagte: »Gedichte, das habe ich ganz vergessen, wie sehr ich ihr Klingen in der Schule mochte.«

Judith schrieb für die Mutter auf eine Karteikarte das Wort für Schaf: *Oaie*. Die Mutter aber verzog den Mund, weil es so schwer war, das Wort auszusprechen.

*

Die Kleidung lag auf dem Hocker parat. Judith hatte sich zurechtgelegt: Unterhose und Unterhemd, den Schottenrock, das langärmlige T-Shirt, das pinke mit der großen Micky Maus, die Hosenträger mit Entenschnallen, die lila Strumpfhose. Ihre besten Sachen, denn es war Sonntag, und sie musste früh aufstehen. Sie sprang aus dem Hochbett auf die Dielen. Das Licht konnte sie wegen eines Stromausfalls nicht anknipsen, aber sie hatte scharfe Augen. Sie kam wie die Katze im Dunkeln zurecht. Sie reckte sich vor dem Spiegel, in dem das Pink lila-blau schimmerte. Sie hörte die Schreibmaschine in der Küche. Die klapperte im Rhythmus der kurzen und langen Wörter, der geplanten Sätze und plötzlichen Einfälle. Am Anfang der Zeile ein Klingen, dann das Hämmern der Buchstaben und das schwache Klacken der Leertaste, wieder ein Klingen am Ende der Zeile, dann das Schaben des Wagens mit der Walze, schließlich das Knattern beim Herausnehmen des Papiers. Kurt schrieb jeden Morgen Briefe, er hatte viel zu schreiben.

Judith schlich an die Tür, zog die Klinke nach unten. Dabei hob sie die Tür an, indem sie das schwere Schloss mit der Schulter nach oben drückte. Sie stellte sich auf die Zehenspitzen und hielt Kurts Augen zu. Er hieb weiter in die Tasten. Dann verhakten sich die Hämmerchen. Kurt griff nach hinten und kitzelte Judith, wo er sie erwischte. Sie hielt ihm den Mund zu, und er versuchte, ihre Finger mit der Zunge zu fangen. Judith schrie: »Igitt«, und schmiss sich zu Boden.

Dann entwirrte ihr Vater die Stäbe und schrieb weiter.

Sie setzte sich ihm gegenüber auf die Truhe, da lag schon das Briefpapier mit dem Clown, der jonglierte. Sie malte dem Clown mit Bleistift einen Bart und schrieb in Großbuchstaben *Kurt* in den Bart hinein. Sie holte sich Buntstifte, um den Clown, seinen Bart und die Bälle auszumalen. Als sie zurückkam, hatte der Kurt-Clown eine kugelrunde Nase aus Marzipan. Judith steckte die ganze Nase auf einmal in den Mund. Kurt griff sich ins Gesicht und schrie: »Au-a!«

Im Nachbarzimmer war die Mutter aufgewacht. Judith hörte sie die Betten aufschütteln und Wasser in die Waschschüssel gießen. Sie setzte sich wieder an die Arbeit, sie schrieb einen Brief an Lizitanti, in Großbuchstaben, damit die es besser lesen konnte. Wie Kurt ihr vorgeschlagen hatte, malte sie einen bunten Hahn und schrieb dazu, der Hahn sei ihr Ein und Alles. Und nach kurzem Zögern schrieb sie an den Rand: *Was für ein Mädchen ist das auf dem Foto?* Lizitanti mochte solch neugierige Fragen nicht, deswegen malte Judith dem Hahn noch ein paar Federn mit Glitzerstift.

Kurt trug die Schreibmaschine ins Nebenzimmer. Er machte das Radio an, stellte den Eiertopf auf die kleine Elektroplatte, die sie morgens benutzten, solange der Herd noch kalt war, und holte Teller aus dem Schrank.

»Der Hühnerstall, habt ihr euch schon um den Hühnerstall gekümmert?«, rief die Mutter von drüben.

Sie ärgerte sich wahrscheinlich, weil sie die Schreibmaschine gehört hatte. Kurt musste in seinen Briefen über die Menschen im Dorf, die alten Eichen, den großen Grützetopf und die Stille auf dem Burghügel erzählen. Die Mutter aber fand, dass er doch *im Hier und Jetzt anwesend sein* sollte, so sagte sie das oft. Judith fand, er könnte mehr vom Hühnerhof erzählen, den sie mit ihm anlegen wollte, und von dem Versteck auf dem Dachboden, in dem sie Bücher gefunden hatten. Aber das interessierte die Freunde in Deutschland nicht so sehr, sie mussten mehr von der Armut erfahren. Lizitanti war nicht arm, weil sie Judith den Hahn geschenkt hatte. Die kleine Frau war nicht arm, denn sie hatte viel großes Brot. Das Mädchen mit der Ziege war arm, das war klar. Kurt war nicht arm, auch wenn er barfuß lief. Er musste Schreibmaschine schreiben, weil er sich Besuch wünschte. Er wollte, dass die Freunde zu ihnen kamen, denn er konnte nicht so viel Rumänisch sprechen, und das Telefon bei der Post rauschte, wenn man außer Landes telefonierte.

Ihre Mutter kam in die Küche, um zu schauen, ob sie schon den Frühstückstisch vorbereitet hatten. Judith zog die Latschen an und rannte hinters Haus.

Sie saß lange auf dem Plumpsklo und ließ die Füße gegen die Holzkiste baumeln. Sie hatte die Tür offen gelassen, denn so konnte sie zum Schweinestall hinüberschauen. Heute würde Heinrich der Hahn umziehen. Oben über einem der Schweineverschläge war ein Holzhaus angebracht, das war der alte Hühnerstall. Da stieg man über die Hühnerleiter hinauf. Judith musste sie noch ausbessern, einige Sprossen waren zerbrochen. Aber sie wusste, wie man den Hammer benutzte, eine Schachtel mit Nägeln stand auch bereit. Stangen gab es im Stall. Aber putzen musste sie ihn noch, dafür holte sie Wasser aus dem Brunnen, schleppte es die Leiter hinauf und ließ es über den Stallboden laufen.

In die Truhe legte sie ein paar Maiskolben, die hatte sie von Lizitanti mitgenommen. In einen der Verschläge stellte sie eine Holzkiste und füllte sie mit Stroh aus der Scheune, das war das Nest.

*

Sie hatte George gesucht, aber nicht gefunden, und weil nicht einmal die Schäferhunde vor dem Tor lagen, war sie einfach weitergegangen, rund um die Kirchenburg, fast bis zum Friedhof, da waren auf der einen Seite Pflaumenbäume und auf der anderen ein Abhang, dorthin brachten die Dörfler ihren Müll. Sie streifte oft mit George hier herum, sie suchten nach Schätzen, aber heute war sie allein und wollte schnell weiter. Auf einem rostigen Auto, das unterhalb des Abhangs fast zwischen den hochgeschossenen und bereits vertrockneten Brennnesseln verschwand, standen Kinder. Es waren das Mädchen mit der Ziege und seine kleine Schwester.

Sie riefen Judith zu: »Luți, komm, wir spielen.«

Luți, das war fröhlich, das war noch besser als *Ludita*, das war leicht und kurz. *Luți*, das hatten die beiden erfunden. Sie rutschte den Abhang hinunter bis zu den Brennnesseln. Die Schwestern rissen Gummimatten und Sesselteile aus dem Autowrack und warfen sie ins Gestrüpp. Das war Judiths Steg, sie balancierte darüber, kletterte auf das Autodach und dann mit den beiden Mädchen hinein.

Das Mädchen mit der Ziege saß am Steuer. Ihr Name war Irina. Ihre Schwester hieß Elena. Irina drehte und wendete das Lenkrad, Elena und Judith kurbelten die Fenster herunter. Sie ließen ihre Zöpfe und Locken im Fahrtwind wehen.

*

Heinrich schlug mit den Flügeln, machte Kratzfüße vor Ungeduld. Er war froh, nicht mehr allein zu sein, sie hatten beim Imker aus Şedref drei Hühner dazugekauft. Der Gockel scharwenzelte um die Hennen herum, die gestreifte hieb ihm in den Hals, sie war ein selbstbewusstes Huhn. Er sprang auf die Weiße, drückte ihr mit dem Schnabel den Kopf auf den Boden und flatterte.

Judith sah zu und war aufgeplustert wie der Hahn.

»Jetzt hast du den Hahn und musst nicht mit dem schwarzen Teufel spielen«, sagte Lizitanti, als Judith ihr vom neuen Hühnerstall erzählte.

Was der Hahn mit Irina zu tun haben sollte, verstand sie nicht. Sie nickte vorsichtshalber, formte aber mit den Lippen unwillkürlich ein Wort. »Iu-ţi.« Ihr wurde heiß im Gesicht, als sie es bemerkte und ihr einfiel, dass Lizitanti sie von der Kirchenburg aus gesehen haben könnte, als sie mit Irina und Elena durch die Brennnesseln gesteuert war. Vielleicht ahnte die Alte aber auch, dass die Mutter sich mit Cati traf. Sie durfte es nicht erfahren, denn den Hahn wollte Judith unbedingt behalten.

*

Die Mutter wollte Lizitanti beim Aussortieren helfen. Judith fand das gut, denn vielleicht konnte sie Dinge für den Stall bekommen, dort hatte sie angefangen, sich einen eigenen Hausstand anzulegen.

Die Mutter sagte zu Lizitantis Dingen *Kram*, aber nur wenn sie zu Hause waren. Lizitanti holte Kandis, Eier oder Seife aus dem Kram hervor. Eingewickelt in ein altes Unterhemd war eine Speckschwarte. An einer Schnur quer durch die Küche hingen getrocknete Kräuter, die feucht und staubig rochen.

Lizitanti kniff die Mutter wie Judith in die Wange: »Du hast noch weiche Wangen, ruh dich aus.«

Dann löffelte sie weiter den Kaffee und drohte mit dem Krückstock, wenn die Mutter aufstand, denn für den Kaffee sollte sie Muße mitbringen: »Weißt du«, sagte sie zur Mutter, »in Enakiewo habe ich einmal Geburtstag gefeiert, da habe ich meine Bettnachbarin Rosi aus Schöndorf zu einem Brotrindenkaffee eingeladen.«

Nur Judith durfte in den Hühnerhof gehen, um das kleine Huhn Kathi zu fangen und mit ihm einen Spaziergang durch die Scheune zu machen.

Lizitanti rief Judith. Sie durfte einen Holzkoffer öffnen: Darin war Kleidung von Lizitantis Töchtern.

»Ich war nach der Revolution mit ihnen in Deutschland. Aber ich wollte zu Hause sterben. Jetzt schicken sie mir Kaffee und Waschpulver.«

»Aber eine Tochter …«, sagte die Mutter.

»Das Teufelskind taugt nichts, das hätte ich sofort begreifen müssen«, Lizitanti nickte zum schwarz-weißen Mädchen im Bilderrahmen hin. Judith dachte an den Brief mit dem Glitzerstift, den sie Lizitanti letztens geschickt hatte.

Judith gefielen die Kragen. Einer war mit rotem Garn bestickt.

»Den kannst du beim Kirchgang tragen«, sagte Lizitanti.

*

Judith kam in die Schule, und das war nicht leicht. Sie hatte es niemandem gesagt, aber gehofft, dass Irina neben ihr sitzen würde. Irina hatte keine Schulbrote. Judiths Mutter sagte zu Cati, dass sie ihr jeden Morgen Brote schmieren würde. Judith könne sie ihr mitbringen, denn weil es im Dorf keine deutsche Klasse mehr gab, würden die beiden zusammen in die Klasse von Frau Ingenieur gehen.

Die Affenschaukeln waren fertig, das waren nach oben gebundene Flechtzöpfe. Die machte die Nachbarin von gegenüber, die das besser konnte als Judiths Eltern. Die roten Bänder waren von ihrem Patenkind Lila, das jetzt für ein paar Wochen im Dorf war. Lila trug lange Röcke und sprach eine Sprache, für die die Kinder ein Schimpfwort benutzten. Aber Lila sagte, dass ihre Sprache einen schönen Namen habe, *limba romani*, mit einem langen I am Ende, Judith war einverstanden, dass das außergewöhnlich klang. Hatte die kleine Frau nicht erzählt, dass Ovidiu diese Sprache konnte? Das war nicht Rumänisch, das war eine Sprache, von der es wie vom Sächsischen viele Dialekte gab, Kurt hatte es in der Zeitung gelesen. Lila hatte nicht nur zu Feiertagen, sie hatte jeden Tag rote Bänder im Haar. So ein rotes Band hatte ihr Lila geschenkt, und Judiths Mutter hatte sich sehr über das Band gefreut. Judith fand, dass es gut zu Lizitantis Kragen passte. Lila war einmal zu Besuch bei ihr gewesen und hatte ihr Muster in ein Karo-Heft gemalt, die ganze Seite voll, sie hatte kein Kästchen ausgelassen.

Judith und Kurt standen Punkt acht Uhr vor der noch verschlossenen Schultür. Die Mädchen trugen weiße Schleifen an den Köpfen, George hatte die frisch gewaschene Pudelmütze über dem Gesicht. Die kleine Frau krempelte den Mützenrand hoch und sah im Ranzen nach, ob alle Hefte drin waren.

»Ich habe ja nur zwei Klassen«, sagte sie zu Kurt. Judith erklärte ihm, dass die kleine Frau nur zwei Jahre in die Schule gegangen sei, so sagte man es im Dorf.

Die kleine Frau zeigte ihm die Buchumschläge aus Georges Ranzen und nannte die Preise, die die Händler auf dem

Markt von Rota dafür verlangt hatten. Judith bedauerte, dass sie nicht auch solche durchsichtigen Umschläge hatte.

Kurt sagte zu ihr: »Wir schlagen die Bücher in Zeitungspapier ein, das ist doch lustig.«

Die Ranzen lagen auf einem Haufen an der Mauer. Die Kinder bildeten zwei Ketten und stellten sich im Hof einander gegenüber auf.

Die aus der einen Kette riefen: »Land, Land, wir wollen Soldaten!«

Da riefen die anderen: »Wen wollt ihr haben?«

Sie riefen einen Namen, ein Kind löste sich aus der Kette und warf sich auf die fest verschränkten Hände der Kinder gegenüber, um sie auseinanderzureißen.

»Sie will sicher neben George sitzen«, sagte die Lehrerin zu Kurt und schob Judith zu dem Jungen in die Bank, der die Pudelmütze noch aufhatte und schon Richtung Tafel schaute, dem die kleine Frau gerade den Kragen richtete, dem sie jetzt die Mütze abnahm und die Haare scheitelte. Judith griff sich in die etwas locker gewordene Affenschaukel und dachte an die beiden Schulbrotdosen in ihrem Ranzen. Eine für *Iuți*, eine für Irina.

Obwohl sie das mit den Schulbrotdosen doch gar nicht wissen konnte, sagte die Frau Ingenieur plötzlich in Kurts Richtung: »Ich wundere mich nicht, dass diese Frau die Kinder nicht in die Schule schickt, aber Sie können das natürlich nicht verstehen, Sie kennen die Leute hier nicht.« Sie nannte keinen Namen, sprach nur von *diesem Mädchen von den Kühen*. Dieses Mädchen von den Kühen sei eine Schülerin aus der letzten Bank, solche kämen nie regelmäßig. Frau Ingenieur schob ihre Finger in Judiths Haar. Sie habe schon alles versucht, aus eigener Tasche habe sie diesem Mädchen ein Heft und einen Kugelschreiber gekauft, doch umsonst, sie seien verschwunden, die Schulbücher könne man ihr einfach nicht mit nach Hause geben. Dies sei der dritte Herbst, und es sei jetzt wirklich das letzte Mal, das Mädchen werde von der Schule fliegen und das Schulamt den Eltern das Kindergeld streichen. Judith traute sich nicht, den Kopf zu bewegen. Sie hielt still, bis Frau Ingenieur sich die Strähnen auf die Finger gedreht, sie wieder festgesteckt und die Schleifen neu gebunden hatte.

»Jetzt ist es wieder symmetrisch«, sagte sie und erklärte Kurt, dass sie so etwas sehen würde, schließlich sei sie vier Jahre auf die technische Oberschule gegangen und hätte vielleicht studiert, aber dann habe sie geheiratet und sei mit ihrem Mann, dem Agronomen, aufs Land gezogen.

*

Kurt arbeitete an einer Karte, in der er den Kahlschlag des Waldes von Sarmizegetusa verzeichnete, denn hier wurden über Nacht jahrhundertealte Bäume gefällt. Es war eine Tragödie. *Tragödie*, ein Wort, das es auch auf Rumänisch gab. Sie hatten es extra nachgeschlagen, der Bürgermeister sollte verstehen, wie ernst es ihnen war. Und darum zogen Kurt und Judith auch täglich über die Hügel, selbst wenn es gefährlich war, weil dort im frühen Herbst noch die Schäferhunde mit den Schafherden unterwegs waren. Gerade mittags, wenn die Hirten ihr Schläfchen machten, war es heikel, da musste Judith oft den ganzen Hügel runter *»ţiba, nie«* und *»cuşti, nie«* rufen, und dennoch hatten die Hunde sie schon mehrmals umzingelt.

Sie suchten einen Weg durch den Morast, der das Dorf umgab. Sie legten Baumrinden und Stöcke in den Schlamm, um darüberzubalancieren. Nach den Weiden kam ein Waldstreifen, Weißdornhecken, Hagebuttensträucher, wilde Kirschen, die schon bunte Blätter hatten, an den Ausläufern ein paar Apfel- und Pflaumenbäume. Inmitten des Gestrüpps standen vereinzelte Eichen und Buchen. Kurt hatte sein Heft dabei, in das er die Bäume eintrug.

Darüber, dass die Apfelbäume nie geschnitten wurden und tote Äste hatten, sprach er viel. »Bei uns, wo es keine echte Natur mehr gibt, ist so etwas gut für Insekten«, sagte er. »Aber hier – die Äpfel verkommen, obwohl die Leute nichts zu beißen haben. Und schau dir diesen Stamm an, die Eiche ist frisch gefällt.« Wieder kritzelte er etwas in sein Heft und versuchte, auf Rumänisch zu fluchen.

Judith kletterte auf den Baumstumpf und schnitt mit ihrem Taschenmesser faule Stellen aus einem Apfel. »Hier hast du ein schönes Exemplar.«

»Wir müssen ein ernstes Wörtchen mit dem Bürgermeister reden«, sagte Kurt und fing an zu husten, weil er dabei den Apfel im Mund vergessen hatte.

Judith fand es richtig, mit dem Bürgermeister zu schimpfen. Jedes Mal, wenn sie einen weiteren Baumstumpf fanden, war Kurt einen Tag lang niedergeschlagen und hieb in die Schreibmaschine.

Er wollte alle umgehauenen Eichen finden. Er rief Judith zu: »Setz dich doch und iss ein Käsebrot.« Und ging immer weiter und dachte nicht daran, dass da oben die Schafe sein konnten. Seine Schritte waren riesig, und ständig kritzelte er etwas in sein Heft. Judith rief ihn, aber er war im Gebüsch verschwunden. Sie horchte: Irgendwo waren Schafsglocken. Mittags kam die Herde zur Tränke. Sie ging noch weiter den Hügel hinauf, dort stand ein einzelner Baum, der auf einer Seite eine stattliche Krone hatte und auf der anderen vertrocknet war. Er hatte dunkelrote Blätter, die schon braun anliefen, und die Zweige hingen herab. Von dort aus würde sie besser sehen können. Aber auch von oben sah sie weit und breit keine Schafe. Das Scheppern musste von der Staatsfarm kommen, deren zwei lang gezogene Stallbauten unter ihr lagen. Da trieb ein Mensch mit Hut eine Herde Kühe. Bei Kuhherden brauchte es keine Hunde. Dafür sah sie Kinder, die vor den Tieren herliefen. Mitten im braunen Morast, den die Kühe hinterließen, stand ein kleines Haus mit Blechdach.

Kurt hatte zerkratzte Hände und Blut an der Stirn, als auch er oben ankam. In seinem Heft waren jetzt alle neuen Baumstümpfe verzeichnet. Erst als sie unterhalb des Baumes zwischen Kuhfladen ein paar saftige gelbe Pilze entdeckte, begriff sie, dass sie bei der Buche der Tränen angekommen waren.

Sie machten einen Fußmarsch nach Şedref, wo der Bürgermeister hinter einem frisch lackierten Tor mit silbernen Blechblumen wohnte. Das Gesicht dieses Mannes lief jedes Mal an, wenn sie kamen.

»Rot wie sein Blechtor«, flüsterte Kurt, während sie auf die Suppe warteten, die die Frau des Bürgermeisters ihnen auftischte. Und für Kurt Peperoni und für Judith den Zeichentrickfilm, der *Sandy-Belle* hieß, die große Augen hatte und nur leise sprach. Aber in diese leise Stimme von Sandy-Belle, die vielleicht eine Fantasiesprache sprach, fiel schnell eine rumänische Männerstimme ein, die die Fantasiesprache übertönte. Judith wusste wegen dieser Stimme nicht, ob das nun ein Erwachsenen- oder ein Kinderfilm war. Während sie gemeinsam Suppe löffelten, wiederholte Kurt die rumänischen Sätze, die er bei der gefällten Eiche geübt hatte. Weil es ihn so sehr aufregte, verspritzte er dabei Suppe auf dem Tisch.

Der Bürgermeister lachte und sagte: »Selbstverständlich, Herr Kurt, ich werde mich kümmern.«

Das sagte er jedes Mal, wenn sie kamen, und jedes Mal wärmte die Frau des Bürgermeisters Suppe auf. Kurt sollte die Suppe verschmähen und auch die Peperoni, die er so köstlich fand und von denen er immer Schluckauf bekam, und auch das Gläschen, von dem er nippte, weil er dachte, dass der Bürgermeister ihn dann ernst nehmen würde, sollte er zurückweisen. Judith war sogar bereit, auf den Zeichentrickfilm zu verzichten, was nicht wenig war, denn sie hatte ihrer Puppe diesen schönen Doppelnamen Sandy-Belle gegeben. Sie mussten dem Bürgermeister klarmachen, wie ernst es ihnen war, dass sie sonst alle Bürger Sarmizegetusas versammeln und eine Mahnwache vor dem Blechtor halten würden. Vielleicht würden sie auch Baumhäuser bauen und dort oben bleiben, um die Bäume zu bewachen. Judith bereitete die Demonstration vor, indem sie von ihren Spaziergängen Eichenblätter mitnahm. Sie wollte sie mit Wasserfarben rot bemalen und auf ein großes Papier kleben.

*

Die Hefte waren waagerecht liniert und von oben nach unten auch, da waren die Linien schräg. Judith zeichnete R hinein, seitenweise, inbrünstig. Auch George beeilte sich.

Die Frau Ingenieur fuhr ihr mit runden Fingern durch die Haare: »Mein schnelles Autochen.«

Auf dem Busen der Frau Ingenieur prangte eine Goldbrosche wie beim Widder die Glocke und stand Judith vor der Nase. Hinter ihr die Kinder kratzten R ins Papier, so angestrengt, dass die ganze Bankreihe wackelte.

»Barbaren!«, rief die Frau Ingenieur. »Was glaubt ihr, was das kostet?«

Georges R passten nicht aufs Papier, Lauras Bleistift machte Ritzen in die Holzbank. Die Hand der Frau Ingenieur sauste nieder. Judith malte ihren R blaue Busen, rote Röcke, gelbe Zöpfe. Lorbeerkränze, Widderbroschen. R pustete man über die flatternde Zunge an den Zähnen entlang. Judith fauchte: »R-R-România.«

Die *Doamna* sagte: »Das war doch schon sehr gut.«

Der Hahn stolzierte durch die Kehle, die Stimme hopste. Judith hob das Kinn, fasste sich an den Hals: »R-r-r-r-r.« Die Kehle fühlte sich prall an wie der Mais im Kropf des Gockels, wenn man mit den Fingern drüberstrich. Sie leckte über die Blutkruste am Zeigefinger. Heinrich hackte ihr in den Finger, wenn sie ihn morgens fing, um ihm die Federn zu bürsten.

Die Schreibstunde war fast um, da trat Irina in den Klassenraum. Es war das erste Mal, obwohl schon mehrere Schulwochen vergangen waren. Judith hielt die Luft an. Die Lehrerin sagte nichts, wies ihr nur den leeren Platz in der vorletzten Bank zu.

Nach der letzten Stunde kam Irina einfach nach vorn und stellte sich vor Judiths Bank. Sie wies mit ihrem Kinn Richtung Tür. Judith nickte und sprang auf. Sie vergaß sogar die Frau Ingenieur, die damit vielleicht gar nicht einverstanden war.

Sie hüpften die Treppe hinunter.

Und die Mutter stellte zwei Teller Suppe auf den Tisch, aber eigentlich war es Eintopf, denn die Suppe der Mutter war sehr dick, während die Suppe im Dorf immer dünn war und vom Löffel schwappte. Es war ein lustiges Löffeln. Judith schlürfte, Irina aß ihren Eintopf langsam und schaute unter den Tisch.

Die Mutter sagte: »Kind, du kommst jetzt jeden Tag zum Suppe-Essen. Das sagst du Cati.« Die Mutter bekam dabei eine lange Nase, wenn sie etwas besonders wichtig fand. »Kommst du wieder in die Schule?«

Irina schaute unter den Tisch. Sie bekreuzigte sich langsam und korrekt, so wie es die Lehrerin erklärt hatte. Judith wollte das auch tun, aber traute sich nicht.

4.

Den Herbst und Winter über, bis der Schnee ganz weggetaut war und das Gras wieder hochwuchs, ging Judith morgens über die Hügel, um Irina abzuholen. Sie kannte den Weg jetzt gut, über den Morast hatte sie mit Kurt einen Steg gebaut, und sie hatten mit roter Farbe Punkte an die Bäume gemalt. Die sah sie selbst in der Morgendämmerung. Sie hatte sich mit Kurt einen Namen für den Pfad ausgedacht – *Wanderweg der verlorenen Eichen.* Judith ging in Gummistiefeln und zog den Schlitten, den sie auf dem Dachboden gefunden hatten, sie zog den schweren Eisenschlitten, selbst wenn die Schneedecke dünn wurde und die Kufen am Schlamm klebten.

Kurt war froh, dass sie Irina allein abholen wollte. Der Weg führte bis zur Buche. Sie stellte sich auf die Anhöhe neben den Baum, da waren im Herbst die Pfifferlinge, und später, als es kalt wurde und schneite, gab es eine steile Schlittenpiste.

Sie rief Irina von hier aus und musste sehr laut schreien. Das ging jeden Tag besser. Sie hörte die Babybrüder und rief noch drei Mal und sah jeden Tag mehr von ihrem Atem über dem Tal mit den Stallungen und dem kleinen Haus aus rohem Beton, das hinten noch ein Zimmer hatte, das aber von einem Wellblechdach überdeckt war, da wohnten die Ziegen. Das hieß nicht Baracke, es war das *Dienst-*

haus, aber Kurt wusste das nicht, weil er zu schlecht Rumänisch konnte.

Dann kam Irina den Berg hoch. Sie erzählte, dass sie schon zwei Mal eingeschult worden sei, das hier sei das dritte. Ihr Vater habe ihr Lackschuhe gekauft und ihr einen Ranzen aus dem Hilfstransport mitgebracht. Es sei sogar ein Schulranzen aus Deutschland gewesen. Er habe ihr eine Tüte mit geschmierten Broten hineingesteckt, für die habe er extra Margarine gekauft, damit die Brotscheiben aneinanderklebten.

Judith bedauerte, dass sie als Einzelkind keine Lieblingstochter sein konnte. Jedenfalls hatte Irina einen feinen Papa, der ihr Margarine kaufte und glänzende Schuhe. Irina erzählte weiter, dass die Mutter sie dann mit den kleinen Geschwistern eingeschlossen habe. Sie sei durchs Fenster geflohen. Ihre Schwester könne doch auch auf die Kinder aufpassen, Elena sei bald sechs und groß genug, das zu tun.

Judith fragte sich, wie man aus einem so kleinen Fenster hinausklettern konnte. Irina konnte schon viele Dinge, die sie noch lernen musste. Judiths Mutter hatte gesagt, dass sie noch nie ein so selbständiges Kind wie Irina kennengelernt habe. Zum Beispiel hinterließ Judiths Waschlappen einen nassen Fleck auf dem Boden, weil sie ihn nie ordentlich auswrang. Irina aber wusch samstags, auch jetzt im Winter noch, Wäsche für all ihre Geschwister und wrang nicht nur Waschlappen, sondern auch Bettlaken und Hosen aus.

An der Schule hing die Fahne.

»Unsere Trikolore«, flüsterte Judith, wenn sie und Irina Hand in Hand durchs Schultor gingen. In der Hosentasche hielt sie ihr Schweizer Taschenmesser fest. Blau war der ewige Himmel, gelb das Korn auf den Feldern hinter Irinas Haus und rot das Blut der ewigen Treue.

»Auf, wir überqueren die Karpaten, zu den Waffen, Soldaten! *Să trecem Carpații, ne trebuie armații, la arme cu frunze și flori!*«

Dieses Lied sangen sie im Musikunterricht. Es stolzierte Heinrich der Hahn, und kehrt und halt, und präsentierte sein Gewehr. Judith bestieg die Schultreppe, neigte sich vor und zog den Hut, dann zog sie Irina an der Hand hinter sich her.

*

Sie spielten Vater, Mutter, Kind. Judith war der Vater, Irina die Mutter und George das Kleine. Die Mutter und der Junge gingen Heuschrecken jagen. Die Gräser standen ihnen über dem Kopf, und die Heuschrecken hatten grüne Augen.

»Die sehen nicht mit den Augen, sondern mit den Beinen«, behauptete Irina. »Du musst ihre Augen ausschalten.«

George stocherte mit einem Stock nach den Gliedmaßen einer Heuschrecke, dabei zerquetschte er sie fast zwischen Zeigefinger- und Daumennagel. Er rief: »Ich stech dir jetzt die Augen aus!«

Die Mutter sprang mit den Heuschrecken davon. Der Vater, der an der hinteren Scheunenpforte stand und die Jagd überwachte, konnte Frau und Kind nicht mehr sehen.

»Hol euch der Teufel, was liegt ihr dumm rum«, rief er empört, ging los und wühlte mit einer Weidengerte im hohen Gras. Und er fand das faule Kind, es hockte auf der kichernden Mutter und drehte sich nicht mal um, als der Vater mit der Gerte drohte. Er musste die Ungehorsamen züchtigen. Er schlug dem faulen Kind auf den Rücken. Weil es zu weinen anfing, rannte der Vater weg.

*

»Heute haben wir Literatur für Kinder«, sagte die Frau Ingenieur. »Thema ist: das Kinderspiel. Ihr antwortet in ganzen Sätzen. Ihr erzählt in der Vergangenheit. George, steh auf und fang an!«

»Gestern war ich in der Scheune. Wir haben Vater-Mutter-Kind gespielt. Und dann hat uns das nicht mehr gefallen. Und dann war uns langweilig, und dann haben wir auf der Bank gesessen.«

»Irina, was ist daran falsch? Du weißt es nicht? Wer weiß es?«

Judith vergaß, sich zu melden: »Alle Sätze fangen mit demselben Wort an.«

»Richtig. Die rumänische Sprache ist musikalischer. Kannst du das zeigen, Kind?«

Judith bekam ein heißes Gesicht, ihre Stimme war dünn, und die R steckten im Hals, die Bank quetschte beim Stehen die Beine ein: »Wir trieben das Versteckspiel im Obstgarten. Die Sonnenstrahlen streichelten unsere Augen. Die herrlichsten Blümchen wuchsen in der Wiese: Vergissmeinnicht und Veilchen. Als die Dunkelheit nahte, flochten wir uns die Haare zu Kränzen und tanzten die Hora.«

Die Luft wurde knapp, der Kopf war eine Mohrrübe, die aus den Ohren wuchs: *»Müde sind die Vögelein, singen sich zur guten Nacht, schlafen in den Zweigelein, schlaft sacht, schlaft sacht.«*

»Das ist unser Dichter, unser Nationaldichter«, sagte die Frau Ingenieur mit einem Glanz in den Augen. »Wiederholt es im Chor!«

Und sie sprachen alle die Verse von den müden Vögelein, dann sangen sie die Zeilen, und die Frau Ingenieur sang selbst dazu, immer im selben Ton. Judith konnte es besser. Ein R-R-R brach tief aus dem störrischen Rachen, die Klasse lachte, die Mohrrübe wurde knallorange.

»Im Brunnen wohnt der *balaur.* Man sieht, dass er dort wohnt, weil das Wasser unten ganz dunkel ist«, erzählte Irina auf dem Weg zur Schule. Sie machten deswegen einen großen Bogen um die Schaftränke auf dem Hügel.

Judith wusste nicht, was ein *balaur* war. Sie kannte nur den Froschkönig, der war schleimig, den würde sie an die Wand klatschen. »Das ist Aberglaube. Ihr seid hier sehr abergläubisch«, sagte sie und war stolz, dass sie das rumänische Wort dafür schon kannte, denn es war ein kompliziertes Wort, das Irina vielleicht nicht verstand.

»Es gibt ihn wirklich«, sagte Irina. »Er hat unsere Kätzchen aufgefressen. Und Kinder isst er auch, besonders die mit speckigen Armen.«

Judith untersuchte heimlich ihre Arme, sie waren runder als Irinas. Sie wollte ein bisschen schneller laufen. Jetzt, wo die Schafe nicht mehr auf die Hügel gingen, weil es zu kalt war, hatte dieser *balaur* nicht mal die Widder zu fürchten. Deswegen sah sie auf ihre Armbanduhr. »Die *Doamna* bestraft uns, wenn wir zu spät sind, lass uns rennen!«

*

Die Sommerferien gingen drei Monate. Die Kinder halfen bei der Kartoffelernte, beim Heueinholen und beim Schafehüten. Judith fand, dass auch sie zu tun hatte: Sie versorgte täglich die Hühner. Manchmal erntete sie Johannisbeeren, half beim Kirschenentsteinen oder rührte Kuchenteig. Sie musste die Eier und den Zucker mit dem Schneebesen schaumig schlagen, denn sie hatten keinen Mixer mitgenommen, die Mutter wollte nur noch das Nötigste besitzen.

Meist hatte sie Besuch von anderen Kindern, die halfen ihr beim Ernten oder beim Putzen des Hühnerstalls. Mit aufs Feld ging sie jedoch nie. Judith wäre müde geworden von der Sonne und dem Bücken. Sie hätte Durst und Sonnenbrand bekommen. Die Kartoffeln hätte sie nicht richtig in die Erde gesteckt, Kartoffelkäfer übersehen und das Heu zu flüchtig gewendet. Sie hätte auch niemals die Blindschleichen und Eidechsen mit der Mistgabel erstochen, nur vor den Ottern gefürchtet hätte sie sich wie die anderen Kinder. Wenn die Sonne brannte, kletterte sie lieber in ihren Verschlag unterm Vordach, wo die abgelegten Bücher aus deutschen Büchereien lagerten, die mit den Hilfstransporten kamen.

Als sie vom Besuch in Deutschland zurückkamen, erschien ihr der Hof unendlich. Die Gräser waren riesig gewachsen, und die Stockrosen reichten bis zu den Stallfenstern. Knöterich rankte weiß über die Stromleitung, die vom Haus zur Sommerküche führte. Der Wein wuchs wild.

Der Eimer hing an einem Ast, Judith daneben. Die Mirabellenkerne spuckte sie gegen die Wand der Ruine im Nachbarhof. Sie strich sich mit saftnassen Händen den Pony zurück, der blieb an ihrer Stirn kleben. Wenn sie aber die alten Milchkannen traf und es schepperte, gackerte Benedicta. Das war das braune Huhn mit dem weißen Fleck vom Freitagsmarkt.

Sie saßen am Tisch, der einmal eine Rennbahn für Schnecken gewesen war, und aßen Hasenbrote.

»Wieder in Rumänien«, sagte ihre Mutter.

»Wieder zu Hause«, sagte Kurt.

Da kamen zwei gerannt.

»Zwei Kahlköpfe«, rief die Mutter.

Köpfe? Judith blieb glatt die Spucke weg: »Irina, Elena!«

»Mama hat uns rasiert«, sagte Irina und sah dabei ganz fleckig aus im Gesicht.

Es war wegen der Läuse, das sagte sie nicht, aber Judith verstand es. Elena senkte nur den Kopf und öffnete dabei den Mund, ganz ohne etwas zu sagen. Sie sagte nie etwas, wenn sie sich schämte. Judith hatte auch oft Läuse gehabt, aber dann hatte die Mutter das Shampoo herausgeholt, das auf der Kopfhaut brannte, und kämmte ihr die Haare jeden Tag mit dem Läusekamm, bis sich keine Nissen mehr zwischen den Zinken verfingen.

Judith rief: »Ach was, das macht doch nichts. Wie schön ihr seid!«

Sie stieß die Kälber ins hohe Gras, sie drehten sich, sie wehrten sich nicht, sie kreisten, zwei Kohlköpfe, zwei zottelige Zöpfe.

Aber dann hörte Judith die Mutter zu Kurt sagen: »Wie schön sie sind, mit dieser braunen Haut und diesen großen schwarzen Augen, nicht so blass und schwammig wie unsere Kinder.«

*

Auf der Schafsalm gab es zum Frühstück Speckstücke, Zwiebeln, Maisbrei, Bohnen. Der *Om* streckte sich auf dem Diwan aus und besprach mit Judith Politik. George hatte er schon mit den Milchschafen auf die Weide geschickt. Regen trommelte auf das Blechdach der Almküche, und Judith rührte Maisbreiklumpen in der Tasse durcheinander. Der *Om* warf komplizierte Worte über den Tisch. Er hatte waagerechte Falten auf der Stirn, raue Augenbrauen und diesen drahtigen, grauen Schnurrbart über der Lippe. Die kleine Frau setzte sich, aber nur halb, zu Judith auf den Küchenhocker. Nachts blieb sie mit George und ihr im Almhäuschen. Sie legte sich an den Rand des Metallbetts, George schlief in der Mitte und Judith an der Wand.

»Damit die Kinder nicht allein sind«, sagte die kleine Frau dann zum *Om*. Der schlief in der offenen Küche.

Manchmal lachte sie und sagte zu den Fliegen: »Beim Teufel, der Schwanz des Hengstes soll diese Zeit holen. Soll sie doch zu ihrer Mutter gehen. Als wäre es früher schwer gewesen, aber jetzt ist es noch schwerer.«

»Wir sind aus dem Westen, ja«, sagte Judith zum *Om*.

»Aus dem Westen!«

Der Käse schmeckte so, wie die Schafe rochen, wenn sie sich mit ihrem morgennassen Fell um Judith drängten. Die kleine Frau erhob sich, ging hinaus zum Ofen, Judith sprang auf und ging mit. Die kleine Frau stand im Vorhof der Almhütte, in dem nachts die besten Schafe mit ihren Lämmern schlafen durften und der jetzt genauso nass war wie die Wiese jenseits des Zauns. Judith störte der Schlamm nicht, der in ihre Plastiklatschen quoll.

Die kleine Frau gab Löffel um Löffel Kaffeepulver in ein langstieliges Töpfchen. Mit bloßen Fingern nahm sie den innersten Ofenring heraus. Der Ofen musste draußen im Vorhof sein, denn wenn der Wind die Planen der Schlafhütte und der Küche blähte, würde es drinnen sofort brennen.

Die kleine Frau konnte mit allen Gefahren umgehen. Nur manchmal stieß sie leise Schluchzer aus, wenn sie bei der Mutter am Tisch saß. Bei sich zu Hause war sie immer auf dem Sprung, setzte sich stets nur flüchtig hin und lachte in sich hinein, wenn der *Om* sie hin und her schickte. Aber sie konnte dem größten Widder Dornen ziehen, und sie verstand etwas von Geburten, bei Schafen wie bei Menschen. Nur die Männer, sagte sie zu Judith, die könnten ihr gestohlen bleiben. Kalte Tropfen fielen ihnen dabei in den Nacken.

Wenn sie draußen kochte, erzählte sie Judith von ihrem Leben. Sie erzählte von ihrer Mutter. Die war Hofdienerin bei einem tüchtigen, aber eigensinnigen sächsischen Bauern gewesen, der bei der Geburt seiner einzigen Tochter seine Frau mit ihren zarten Händen und hellen Augen verloren hatte. Er liebte es, auf seinem Pferd in die Hügel, ja, bis in die Berge zu reiten und tagelang dort oben zu bleiben. Aber dann nahm der Dorfschäfer die Mutter zur Frau. Da hatte sie bereits ein vaterloses Kind. Die kleine Frau musste kichern, was sie selten tat: »Du kannst dir vorstellen, sie war ein junges Mädchen, lebensfreudig, und liebte die Hügel, ja, auch die Berge.« Das vaterlose Kind durfte nicht sein, so ein Hofdienerinnenkind ohne Vater. Deshalb heiratete die Hofdienerin den Dorfschäfer, der war keine schlechte Partie, er war fleißig und trank nicht. Es sei schon richtig gewesen, denn was herauskomme, wenn kein richtiger Vater da war, könne man an Cati mit ihrer Magyarenbrut sehen. Sie, die kleine Frau, war das erste Kind des Schäfers, später folgten drei jüngere Brüder, um die sie sich, noch als kleines Mädchen, kümmerte, während die Eltern die Schafe molken und den Käse für das ganze Dorf machten. Die kleine Frau wurde ernst und sagte: »Sie wusste, dass diese Sachsenbrut ihr Tod war. Aber man lebt nur einmal! Sie hätte sich mal nicht wundern sollen, dass man sie beide zur Hölle am Bug geschickt hatte. Als das Kind bei uns an die Tür klopfte, war sie schon eine junge Frau, Kind am Rockzipfel, aber der Schäfer erkannte sie an den Augen und jagte sie fort.«

Judith hatte nur halb zugehört, denn sie musste sich konzentrieren, um die Kinder der Hofdienerin zu zählen.

»*Frâuă*, lass mal die Sachsengeschichten, das geht uns nichts an«, rief der *Om* zu ihnen rüber und bedeutete Judith, sich auf den Stuhl neben seinen Diwan zu setzen. Es war zu spät, um noch einmal nachzufragen, was es mit dieser Hölle auf sich hatte. Er schlürfte Kaffee aus seiner Tasse. »Im Westen ist der Käse gelb, und die Häuser sind weiß und groß und haben einen extra Eingang für Autos«, sagte er.

»Das Weiß ist ein bisschen gefärbt, damit es nicht so schnell schmutzig wird. Wir haben aber in einem Wagen gewohnt«, sagte Judith. »Meine Eltern mochten diese Häuser nicht.«

»Die Menschen haben alle Arbeit. Die Kollektive und Staatsfarmen funktionieren noch«, antwortete der *Om*. Das mit dem Wagen schien ihn gar nicht zu interessieren. »Hier zerschlagen sie das. Und wo ist es besser, in der Demokratischen oder in der Föderalen?«

Der *Om* liebte komplizierte Wörter. Es gab jetzt nur noch ein Deutschland, das wusste Judith, Bad Rosau aber hatte an der Grenze gelegen; als die Mauer fiel, hatten die Eltern die Leute in ihren Gästebauwagen eingeladen und ein großes Fest veranstaltet. Und da hatten sie auch diese Studentinnen von der Rumänien-Initiative kennengelernt, die ihnen die Adresse von Lizitanti gaben. Aber das konnte Judith nicht alles übersetzen. Sie sagte: »Ich bin gern dort, aber noch lieber hier. Hier können die Kinder auf der Straße spielen. Wenn ich spielen will, komme ich zu euch, ich muss vorher nicht anrufen.«

Der *Om* sagte: »Ja, in Rumänien gibt es noch saubere Luft und große Pferde.« Und: »Ich muss mich ausstrecken, Alte.«

Also legte die kleine Frau ihm die Füße aufs Bett und schnitt ihm den Maisbrei mit einem Faden durch. Er nahm den großen Fladen in die Hand. Mit zwei Fingern konnte der *Om* sieben Fliegen töten. Am Handgelenk hatte er eine Uhr, die die Zeiger so vergrößerte wie seine Brille die Augen. Vor diesen Augen hatte George Angst.

*

Judith presste die Trauben mit den Zähnen zusammen, und das Glitschige schoss aus der Schale heraus. Sie sammelte die ädrigen Traubenaugen in der hohlen Hand. Die Schale kaute sie, bis es sie in der Kehle kratzte. Dann zerkaute sie auch die Traubenaugen und Kerne.

Irina kam durchs Tor. Sie kletterten zusammen auf die Leiter. Irina spuckte die Schalen oben von der Leiter hinunter.

Judith sagte: »Dafür sind die zu schade, die kann man auch essen.«

»Die Schalen isst man doch nicht«, erwiderte Irina.

»Doch«, sagte Judith, »ihr müsst sparsam sein, nicht so von der Hand in den Mund.«

Aber Irina spuckte einfach weiter. Also versuchte Judith, noch weiter zu spucken. Bis die Mutter kam und über die Weintraubenschalen schimpfte, die überall herumlagen.

Judith rief: »Aber das macht man hier so, die werden ausgespuckt.«

»Bei uns im Hof bestimme ich«, sagte die Mutter und ging ins Haus.

Judith spuckte weiter Schalen und Kerne durch die Luft. Sie lachten. Ihre neu gewachsenen Zähne wurden schräg vom Lachen, und Irina schüttelte ihre Locken, die noch ziemlich kurz waren.

»Lass uns reingehen«, sagte Judith dann, »drinnen gibt's Kuchen.«

Der Pfarrer war zu Besuch. Er trug sein schwarzes Gewand und saß an der Kopfseite des Tischs. Als Irina ihn sah, blieb sie an der Tür stehen und senkte die Augen, wie sie es immer in der Gegenwart von Sachsen und Fremden tat.

Judith rief: »Grüß Gott«, weil der Pfarrer das mochte, und holte Teller und Gabeln für sich und ihre Freundin. Der Pfarrer redete weiter und beachtete die Kinder nicht. Irina blieb an der Tür und zog die Schuhe nicht aus.

Kurt sagte: »Komm doch zu uns an den Tisch, Kind«, und schnitt ihr ein Stück vom Kuchen ab.

Der Pfarrer hörte plötzlich auf zu sprechen.

Irina flüsterte Judith zu, dass sie nach Hause gehen würde, weil ihre Mutter sie bei der Arbeit brauche. Das wollte Judith nicht hören. Sie sagte: »Ich hol uns nur ein Stück Kuchen, wir wollen wieder spielen gehen.«

Aber Kurt beharrte darauf, dass Irina an den Tisch kommen solle, er ging zur Tür und nahm ihre Hand.

»Kurt, in diesem Land muss jeder seinen Platz haben, das musst du begreifen«, sagte der Pfarrer und hatte dabei rote Flecken im Gesicht.

Irina nahm einen Bissen von ihrem Kuchenstück, zerkaute ihn langsam und schaute unter den Tisch. Judith sah sie an und aß dabei ihren ganzen Teller leer.

Jetzt schwiegen auch die Männer.

*

Judith besaß eine Süßigkeitendose, in die füllte die Mutter jede Woche etwas hinein, Studentenfutter, Plätzchen und manchmal auch Schokoladenstückchen. All das gab es hier nicht, die Kinder hatten keine Süßigkeitendosen und auch kein Taschengeld, im Laden gab es weder Studentenfutter noch richtige Schokolade. Die Schokoladenstücke in Bad Rosau waren mit Sternchen verziert gewesen, die hatte es in der Bäckerei um die Ecke in der Vitrine gegeben, und wenn Judith alleine Brötchen holen gegangen war, hatte sie sich ein Stück davon nehmen dürfen.

Sie musste dringend mal wieder mit Irina in den *Privat*. Die hatte ihr erzählt, dass es dort jetzt richtige Limonade gebe. Die Limonade hieß *frutti fresh*, sie wurde im Fernsehen gezeigt, wenn Judith bei George zu Besuch war. Aber sie hatte noch nicht genug Taschengeld gespart. Judith übersetzte *Taschengeld* in die rumänische Sprache, und Irina lachte. »*Bani de buzunar*«, sagte sie, »wie das schon klingt, und wenn deine Taschen Löcher haben, dann fällt es durch.«

Judith war kurz beleidigt, immerhin hatte sie ein Portemonnaie, das sie sich um den Hals hängen konnte. Aber heute kam Irina mit 10 000 Lei. »*Tata*«, sagte sie stolz, nur sah ihr Gesicht dabei etwas blass aus. Sie rollte den Geldschein ein, sodass der bärtige Mann ohne Mund, der darauf abgebildet war, verschwand, umfasste ihn mit der Faust und zog den Ärmel darüber.

Judith dachte plötzlich an Ovidiu, den Mann aus dem Restaurant. War das wirklich Irinas Vater? Fast hätte sie die Freundin gefragt, woher er so viel Geld hatte. Als Kuhhirte verdiente man es wohl kaum, das hatte Kurt auch in einem seiner Rundbriefe geschrieben. Und Ovidiu schenkte Irina immer wieder schöne Dinge, die sie jedoch geheim halten musste: Glitzerspangen, Porzellanfiguren, Murmeln, letztens sogar eine kleine Puppe im Tüllkleid. Aber 10 000 Lei? Für 10 000 Lei musste Judith zehn Wochen sparen. Irina hatte sonst nie Geld, kein Taschengeld und auch sonst keins. Und die Inflation war hoch. Deshalb konnte Cati auch nicht mehr viel von dem Lohn kaufen, den Costache ihr fürs Kühemelken gab. Sogar Brot kostete jetzt 500 Lei – als sie in Rumänien angekommen waren, hatte es 20 gekostet. Einmal im Monat tauschten sie das Kindergeld, das Judith aus Deutschland bekam, in einer Wechselstube in Rota um, und jedes Mal bekamen sie mehr Scheine. Cati und ihr Mann bekamen schon seit Monaten kein Geld mehr, weil Costache es nicht ausbezahlen könne. Sagte der. Cati molk trotzdem weiter morgens und abends die Kühe. Wenn sie es nicht tun würde, wolle er sie aus dem Diensthaus werfen, sagte sie.

Damit es nicht auffiel, dass Irina so viel Geld hatte, gingen sie erst zu Nea Ion, der war verschwiegen, der würde niemandem etwas sagen. Sie kaufte Brot und eine Ölflasche, damit Nea Ion dachte, die Eltern hätten sie geschickt. Weiter kaufte sie für sich und Judith eine Packung Kekse und Neapolitaner, das waren Waffeln, die mit einer Schokoladenpaste bestrichen waren. Und dann endlich konnten sie auch zu Leana lu' Gigi, denn die hatte nicht nur Bier und Schnaps im Angebot, sondern auch die beste Süßigkeitenauswahl. Die Limonaden standen ganz oben im Regal hinter der Theke, Judith musste den Kopf in den Nacken legen, um sie alle zu sehen. Und da war er, dieser sonnengelbe Traum, der *frutti fresh* hieß. Daneben stand eine kleinere Flasche, die hieß *concentrat* und war ganz rot. »Das ist Sirup«, sagte Leana stolz. »Ihr gebt etwas davon in einen Krug Wasser und habt Saft für den ganzen Tag.«

Leana lu' Gigi hatte auch Kaugummis mit Tattoos, davon kaufte Irina eine ganze Handvoll. Sie waren rosa, etwas bröselig und schmeckten nach Banane. Irina konnte richtig große Blasen damit machen. Judith gelang das nur, wenn sie den Kaugummi aus dem Mund nahm, ihn mit den Händen lang zog und dann einsaugte. Sie nahm den verkehrten Ballon aus dem Mund, drehte ihn um und klemmte ihn so zwischen die Lippen, dass er aussah wie ein echter Kaugummiballon. Leana lu' Gigi schaute ein bisschen verwundert, als sie die Zahl der gewünschten Kaugummis wiederholte, Irina aber fasste sich nicht ins Gesicht, und ihre Stimme wurde auch nicht leise. »Ja, bitte sehr«, sagte sie nur, laut und deutlich.

Und es war immer noch Geld übrig. Damit gingen sie ein weiteres Mal zu Nea Ion und kauften Hausschokoladen. Das waren kleine Riegel, die oben braun und unten weiß waren, sie waren zuckrig und säuerlich und in durchsichtige Folie verpackt.

»Für meine Geschwister, damit sie nicht neidisch sind«, sagte Irina. »Aber wir sagen, dass ich sie von dir habe.« Sie wollte für sich behalten, dass sie *Tatas* Lieblingskind war.

Auf der Straße verbargen sie die Einkäufe unter ihren Pullovern. Judith musste sich immer wieder bücken, weil ihr eine Packung Kekse aus dem Pullover fiel oder die Saftflasche verrutschte. Erst als sie die Flasche quer legte und den Pulloversaum in die Hose stopfte, lief es sich besser.

Sie gingen zu Judith in die Scheune. Den Sirup verdünnten sie nicht, sie tranken ihn abwechselnd aus der Flasche.

»Pur ist er am leckersten«, rief sie und zeigte Irina ihre dunkelrote Zunge. Für die *Tattoos* zogen sie die Pullover hoch und klebten sie sich gegenseitig auf den Bauch.

»Irina, wo bist du?«, hörten sie jemanden vom Hoftor aus rufen. Das war Elena. Die beiden versteckten sich. Immer wenn Irina allein kam, gab es irgendwann dieses Rufen. Irina sagte, Elena sei faul und verwöhnt und wolle nie die Geschwister hüten. Wenn sie beim Wäschewaschen helfe, müsse sie, die Älteste, immer noch einmal nachwaschen, weil Elena zu faul sei, jedes Kleidungsstück einzeln zu rubbeln. Und an den Herd lasse die Mutter sie erst gar nicht, weil ihr alles verbrenne. »Sie ist einfach *verstolpert.*« Das war ein Wort, das man im Dorf über Frauen und Mädchen sagte, die faul und ungeschickt waren. Judith dachte an ihre nassen Waschlappen und daran, dass die Mutter sie nach dem Abwasch immer tadelte, wenn das Geschirr Fettränder hatte.

Woher aber Irinas Geld gekommen war, erfuhr sie nicht. Bei ihren Eltern war das anders. Sie erklärten es immer bereitwillig, wenn jemand im Dorf danach fragte. Es gab noch das alte Haus vom *Spiel- und Lernzentrum*, das Kurt mit seiner früheren Freundin betrieben hatte. Das vermieteten sie gemeinsam an einen Verein, der *AG Frieden* hieß, der aber nur mit Spenden finanziert wurde und daher nicht viel geben konnte. Das, was der Verein bezahlte, teilten sie gerecht mit der früheren Freundin auf. Aber Judith war froh, dass es auch noch das Kindergeld aus Deutschland gab, so kam sie jede Woche an ihr Taschengeld.

*

»A-A-A-Afrika, du wildes Land, du bist so unbekannt. In Afrika, im Niger, leben Panther, Tiger, da ist Boa, die Schlange, Elefantenrüssel – lange. Jimmy, Jimmy Iakabou, Jimmy – AA.« Irina und Judith schlugen die Hände aufeinander, erst gespiegelt parallel, dann über Kreuz, dann drehten sie sich einmal um die eigene Achse und klatschten wieder ab. Die Ziege stieß Judith in die Seite, der Widder schüttelte den Kopf, und die Glocke bimmelte. Judith und Irina saßen neben einer verfallenen Hütte auf einem Balken, hoch über dem Dorf. Um sie herum rupften eine Handvoll Schafe und Ziegen am vergilbten Gras. Die beiden ribbelten alte Pullover auf, die kamen von Irinas Dachboden. Sie trennten die Nähte zwischen Vorder- und Rückseite der Pullis und ribbelten und wickelten die Fäden zu Knäueln. Daraus wollten sie Hosen stricken für die Barbies aus dem Hilfstransport, die sie zum Schuljahresbeginn bekommen hatten.

Irina sagte: »Soll ich dir was erzählen? Aber du musst es für dich behalten. Versprochen?«

Judith nickte, auch wenn es sie nervte, dass die Freundin sie schon wieder mit irgendetwas beeindrucken wollte. Sie hoffte nur, dass sie diese Sachsen, die sie nach Deutschland eingeladen hatten, nicht mehr erwähnen würde. Davon hatte die kleine Frau ihr kürzlich erzählt. Und Judith wagte auch nicht, nach dem zu fragen, was die kleine Frau außerdem gesagt hatte: dass Costache ihnen das Diensthaus wegnehmen wollte.

»Mein Vater hat uns nur einmal geschlagen. Er hatte irgendwas Komisches genommen. Zuerst Mama, dann mich, dann die anderen. Wir sind weggerannt. Und dann hat er zu meiner Mutter *Du rob* gesagt.«

Judith wusste nicht, was das war, ein *rob*, und wollte auch nicht fragen, denn sie kannte sich mit Sprache besser aus als Irina. Aber die fing nun erst richtig an, und Judith hörte immer gebannter zu, und wenn Irina ins Stocken geriet, weil das eine Geschichte von früher war, hakte Judith nach, weil sie sich für so was interessierte.

»Unsere Leute waren fünfhundert Jahre lang Sklaven. Erst 1856 sind sie aus der *robie* entlassen worden, ich soll kein Glück haben, wenn das nicht stimmt. Das heißt *Sklaverei*«, sagte Irina.

Judith war skeptisch. Irina konnte sich das Einmaleins nicht merken, aber diese schwierige Zahl wollte sie wissen? 1–8–5–6, danach würde sie Frau Ingenieur fragen, das konnte nicht stimmen, was Irina da erzählte. Sklaverei gab es in *Onkel Toms Hütte*, aber was hatte die hier zu suchen?

Irina musste gemerkt haben, dass Judith ihr nicht glaubte. »Ich soll sterben, wenn ich lüge«, sagte sie, »glaub mir, das gab es nicht nur in Amerika, das gab es auch hier. Unsere Leute! Aber mein Vater, das ist was anderes, der kommt direkt von den Schmieden der Fürsten aus dem rumänischen Land.«

Judith wurde es zu viel, Irina sollte sie nicht belehren.

Aber dann wurde es doch wieder interessant. Irina erzählte von Catis Schulzeit. Cati war auf die weiterführende Schule in der Stadt gegangen, obwohl das im Dorf fast niemand tat, vor allem kein Mädchen. »Das war eine Zeit«, sagte Irina, »in der die Mädchen sich Lockenwickler aus Schulheften machten. Da war ein Mann, mit dem ist sie dann später gegangen, der lernte in einer Fachschule für Metall. Und der hat ihr einen Glücksbringer geschenkt, der sie irgendwie an ihre Großmutter erinnerte.« Cati trage diesen Glücksvogel noch immer, nur dürfe das im Dorf niemand sehen. Der Mann, der Irinas Vater wurde, sei ein richtiger Künstler, er könne alles machen aus einem Stück Metall. »Aber das Dorf wollte ihn nicht haben«, sagte Irina, »deswegen wohnen wir im Diensthaus und wollen mit allen hier nichts mehr zu tun haben.«

Und dann fragte Judith doch noch, ob Irina wirklich mit ihrer Mutter nach *Germania* gehen werde. Und die Freundin sagte nicht Ja und nicht Nein. Sie dachte eine Weile nach. Dann sagte Irina, dass ihre Großmutter nie gewollt hätte, dass Cati als Dienerin für einen Rumänen wie Costache arbeitete, sie sei immerhin die Enkelin eines Siebenbürger Sachsen. Lizitanti habe damals entgegnet, dass, wer aus Sarmizegetusa komme, Dreckshände haben müsse, selbst die Sachsen. Hier seien alle immer Bauern gewesen. Aber Catis Eltern, die hart als Schäfer arbeiteten, hätten gewollt, dass sie zur Schule ging.

Judith verstand nicht, was Lizitanti mit Catis Großmutter zu schaffen hatte.

Es nieselte leicht. Und als George dazukam, saßen sie unterm Birnbaum auf der Bank vor dem Tor der 26. Ihre Beine baumelten über den Kuhfladen, mit den Händen schlugen sie nach Mücken.

Irina erzählte vom *duba*, der ähnlich gruselig sei wie ein *balaur*. »Der *duba* hat Hühnerbeine und Haare wie ein Pferd. Wenn du nachts pinkeln musst, steigt er von unten aus dem Klo. Du rennst zurück über den Hof und willst ins Haus. Aber er packt dich, und er isst dir die Finger und Zehen, die Nase und die Augen ab.«

Judith und George ballten erschrocken ihre Hände, zogen die Füße ein, rümpften die Nasen und schlossen die Lider.

Das gefiel Irina. »Und der *duba* trinkt Blut und brät sich Hühnerhaut.«

Judith streifte mit gekrümmten Fingern über Georges Arm, der dunkel war vor Haaren. »Dich holt er bestimmt, deine Hühnerhaut hat Stacheln.«

George zog den Arm weg und versteckte ihn hinter seinem Rücken.

Judith griff nach dem anderen Arm: »Auch der hat Stacheln.«

Jetzt fiel George etwas ein: »Du hast keine Hunde, die dich beschützen. Dich holt er als Erste, sobald es dunkel ist.«

Judith rannte ins Haus und streckte den Kopf aus dem Fenster.

»Warum gehst du nicht aufs Klo, wenn du musst«, sagte Irina zu George und schabte mit ihrer Plastiklatsche an einem Kuhfladen. Ohne Judith war ihr langweilig.

»So was esst ihr doch zu Hause, ihr habt ja nicht mal Maismehl.«

»Sag das bloß nicht noch mal, sonst kommt *Tata*!«

»Das will ich sehen«, schrie George, doch dabei wimmerte er auch ein wenig. Und damit Irina das Wimmern nicht bemerkte, holte er mit seinem Latschen aus.

»Fang mich doch!«, rief Irina und rannte um den Birnbaum herum. George stolperte ihr hinterher, und Irina lachte ihn aus, weil er den Latschen noch immer in der Hand hielt und deshalb humpeln musste.

Abends fragte Judith die Mutter endlich: »Ob sie wohl wirklich mit Cati weggeht?«

Die Mutter strich ihr über den Kopf: »Irina käme woanders doch gar nicht zurecht. Sie ist ein Kind, sie muss erst mal zur Schule gehen.«

Aber auch das war kein eindeutiges Nein. Judith musste aufpassen.

*

Die Eltern fuhren zum Einkaufen nach Rota, und Judith durfte die Kinder zu sich einladen. Sie war also das Oberhaupt, jetzt konnte sie Gerechtigkeit walten lassen im Dorf. Die Kinder waren vier: Irina, Elena, Pili und George. Die Mutter hatte ihnen erlaubt, Makkaroni zu kochen. Judith konnte auch Kuchen backen, dazu brauchte sie keine Erlaubnis, sie kannte sich aus.

Doch davor wollten sie noch etwas anderes erledigen. Judith ging voran: »Ich zeig euch was.« Ganz oben im Kleiderschrank der Eltern waren Süßigkeiten aus dem Hilfstransport, die die Eltern zu Geburtstagen in Papier wickelten und den Kindern schenkten.

George rückte einen Stuhl vor den Schrank, aus dem Judith einen Schuhkarton hervorholte. Die drei anderen umringten den Stuhl. Judith hob den Karton heraus und schwenkte ihn über den Köpfen. Sie warf den Deckel auf den Boden und zog lila Tafeln hervor, sie zählte sie ab, eine für jedes Kind. Für Irina wählte sie die Erdbeerschokolade. Damit die Mutter nichts bemerkte, mussten genügend Tafeln übrig bleiben. Daher nahm sie für sich selbst keine und streute sich nur ein Pulver in den Mund, von dem sich die Zunge grün färbte. George aber verlangte noch eine weitere Tafel.

»Warum kriegt er zwei?«, fragte Irina.

»Mein Vorbild ist Franziskus«, sagte Judith, während sie den Schuhkarton wieder exakt auf die anderen im Schrank zurückstellte. »Ich gebe alles den Armen.«

»Aber du gibst doch nicht, du stiehlst.« Irina hielt ihre

Tafel in den Händen, brach sie aber nicht an. Stattdessen schob sie sich die Schokolade in den Ärmel und sagte: »Die zeig ich morgen deiner Mutter.«

Da riss Judith George die zweite Tafel wieder aus der Hand: »Für jeden nur eine, so ist das.« Und zu Irina: »Verpetz uns doch!«

Nun schlug George ihr gegens Schienbein, sodass Judith vom Stuhl fiel und sich die Stirn blutig schlug. Er rannte zur Tür, in der Hand die lila Tafel.

»George, bleib!«, rief sie ihm hinterher. Ihr machte es nichts aus, das bisschen Blut, aber es war gut, dass alle so entsetzt guckten. »Bitte!« Sie konnte nicht glauben, dass er wirklich gehen wollte, denn so ungestört wie heute konnten sie alle sonst nie beisammen sein.

Das sahen auch die anderen so und riefen: »Bitte, bitte, George! Wenn du bleibst, besorgen wir dir Zucker und Mehl für deine Oma.«

Das überzeugte ihn wohl, und er machte kehrt.

Und jetzt wurden die Kinder geschäftig. »Wir brauchen auch noch Waschpulver. Waschpulver, Shampoo und Seife«, sagte Pili.

Judith stand auf, die Zöpfe hüpften. In der Küche öffnete sie die Truhe in der Fensternische. Dort lagerten in großen Gläsern Mehl und Zucker, Kakao und Rosinen. Sie holte Tüten hervor und verteilte: eine Handvoll Zucker, eine Handvoll Mehl. Dazu Kakao und Rosinen für alle vier.

Pili, die gern beim Wäscheaufhängen half, wenn die Kinder den Tag bei Judith und ihren Eltern verbrachten, holte Waschpulver aus einer Wandnische neben der Leiter zum Dachboden. Eine feine weiße Spur rieselte über den Küchenboden. Irina nahm den Besen und fegte ihr hinterher. Sie wollte den Truhendeckel zuklappen, doch Elena aß gerade noch von den Rosinen.

Abends lag Judith auf ihrem Ofenbett und hörte, wie die Eltern sich in der Küche unterhielten.

Die Mutter weinte. »Was soll ich tun, wenn ich ihnen nicht trauen kann?«

Judith war plötzlich wieder hellwach. Sie hätte aufspringen sollen, um das richtigzustellen. Aber vielleicht stimmte es ja doch. Trauen konnten sie ihnen nicht.

*

Die Mutter hatte gesagt, dass man andere Kinder nicht schlagen dürfe. Darum schubste Judith Irina die Treppe hinunter.

»Iutca«, hatte sie laut durch die Schule gerufen. »Iut-ca.« Irina hatte an der Treppe gestanden und so laut gerufen, dass alle es hörten, auch *Doamna* Ingenieur. Wenn Irina sie ärgern wollte, rief sie *Iut-ca*, nicht *Iuți*.

Also hatte Judith sie hinabgestoßen. Irina rollte und überschlug sich. Unten stand eine alte Schulbank aus hartem Holz und mit spitzen Kanten. Irina fiel mit dem Kopf darauf. Sie lag da, weinte nicht. Überall im Gesicht war Blut, aus Mund und Nase kam es. Ihre Stirn wurde ganz lila.

Jetzt bestrafen sie mich, dachte Judith. *Doamna* Ingenieur stellt mich in die Ecke und zieht mir an den Ohren. Ich muss die Hände ausstrecken, und sie schlägt mich mit dem Lineal, mit der Kante. Vielleicht muss ich auch ins Gefängnis. Die Hose werden sie mir herunterziehen und mich mit dem Gürtel prügeln, eins, zwei, und dann mit der Peitsche, und dann werde ich im Straßengraben liegen.

Irina stöhnte auf.

»Musst du jetzt sterben?«, fragte Judith und streichelte ihr durch die Haare. »Wenn du tot bist, werde ich dir die Augen zumachen.«

»Nein, das will ich nicht«, stöhnte Irina.

»Es ist aber meine letzte Pflicht«, flüsterte Judith ihr ins Ohr.

»Das kann vorkommen«, sagte *Doamna* Ingenieur und hob Irina hoch. »Keine Angst, die schafft das schon«, sagte sie zu Judith und zog ihr noch nicht mal an den Zöpfen.

5.

Und dann kam Irina auch nicht mehr aus dem Diensthaus, als Judith rief. Judith stand auf ihrem Baumstumpf und schrie den Namen der Freundin lauter und lauter, und als niemand kam, lief sie den Hügel hinab und klopfte. Irgendwann öffnete sich die Tür einen Spaltbreit, und der Babybruder Radu schlüpfte heraus, schob Judith von sich und sagte: »Irina ist nicht da.« Das war alles. Radu wandte sich ab und ging in großen Latschen ums Haus in das Zimmer mit dem Blechdach, in dem die Ziegen wohnten.

Judith war empört über diese Großsprecherin, die behauptet hatte, Schule sei auch ihr das Wichtigste, und ihr Vater werde schon dafür sorgen, dass sie hingehen könne, er habe der Mutter den Kopf gewaschen. Judith wollte nicht mehr vorbeikommen, nicht mehr ans Diensthaus klopfen. Sollte Irina doch für immer verschwunden bleiben. Ihr hinterherzulaufen, das war zu viel verlangt. Und dass sie sich nun auch noch in der Schule verspäten würde, sie war doch nicht ihre Ziege! Kurt hätte vielleicht gewollt, dass Judith sich Sorgen machte. Sie aber rannte zurück in die Schule, und als die Lehrerin nach Irina fragte, sagte sie nur: »Weiß nicht«, und teilte weiter Zahlen in ihrem Heft.

Auch beim Mittagessen war es still. Judith sagte: »Vielleicht krank«, als die Eltern fragten. Sie aß zuerst die Möhren, die schon so schrumpelig und unappetitlich aussahen, dann pickte sie die Bohnen aus dem Eintopf, und erst am Ende aß sie die weichen Kartoffeln. Die Mutter wollte, dass die Kinder lernten, Probleme unter sich zu klären, und der Sturz auf der Treppe war bloß ein Versehen gewesen, davon musste sie den Eltern nicht erzählen. Plötzlich aber sah sie Irina vor sich, wie sie gerade in einem dieser Supermärkte in *Germania* stand und sich die besten Gummitiere aussuchte und auch diese Schnuller, die mit saurem Zucker bestreut waren.

*

Im Dorf gingen die Sommer drei Monate, und die Winter waren endlos. Am längsten aber wurde dieser Winter, denn es war ein Winter ohne Irina.

Judith mochte den Schnee am meisten, aber auch gegen Matsch hatte sie nichts einzuwenden. Wenn es Matsch gab, zog sie die Gummistiefel an. Sie holte Vorräte aus dem Keller: Zwetschgen- und Mirabellenkompott, Trauben- und Apfelsaft. Sie suchte die verknitterten Äpfel von den Regalen zusammen. Später, wenn auch der letzte Vorrat verbraucht war, buddelte sie mit George heimlich Möhren aus der Sandkiste, mit dem Taschenmesser kratzten sie die Schale ab, dann waren die Möhren orange, und sie hatten beim Schlittenfahren Proviant.

Diesen Winter fiel die Schule immer wieder aus, weil die Lehrerinnen im ganzen Land streikten, der Bus ging kaputt, die Dörfler mussten mit dem Pferdewagen zum Freitagsmarkt, und die Kinder der weiterführenden Schule liefen zu Fuß nach Şedref. Costache sagte, dass die Kühe unrentabel seien, wegen der vielen Angestellten. Monatelang zahlte er nichts.

Der lange Winter machte zuerst die Leute arm, die keine Keller hatten. Die Leute mit Vorräten hatten wenigstens noch ein Schwein, das sie zu Weihnachten schlachten konnten. Aber wenn jemand krank wurde, waren auch diese Menschen arm, denn im Winter gaben ihre Kühe wenig Milch, die sie noch an die Molkerei hätten verkaufen können. Diesen Winter allerdings holte die Molkerei sowieso keine Milch mehr ab, das Fahrzeug war kaputtgegangen.

Judith machte Eiertabellen, in die sie sämtliche Eier eintrug, die die Hühner legten. Die braune Benedicta legte einmal die Woche eins, immer freitags, und die anderen legten nur alle zehn Tage oder zwei Wochen. Die Gestreifte war noch zu jung, da musste sie bis zum Frühjahr warten.

Die Mutter fand den Winter furchtbar. Sie ging nicht ins Dorf, die matschige Straße war ihr zu trostlos, und besonders setzte ihr zu, dass die Frauen im Dorf kein Geld mehr hatten. Sie bekamen Krankheiten und schlugen ans Hoftor. Die Frauen mit Vorräten schlugen nicht, sie gingen wieder, wenn das Tor abgeschlossen war. Wenn es offen war, schoben sie es leise auf, hoben es so an, dass es gar nicht quietschte, schlichen ums Haus, standen eine Weile vor der Tür, klopften vorsichtig an und streckten nur die Köpfe herein: »Wie geht es noch?«, und: »*Doamna* Ana, ich müsste Ihnen etwas sagen.«

Diese Frauen siezten die Mutter sogar und erzählten von Nierensteinen, Schilddrüsenproblemen und Geschwüren, von leeren Händen beim Arzt, von Kosten für den Transport. Manchmal brauchten sie auch Geld für die Stromrechnung. Die Ärmeren kamen und fragten nach Kerzen oder Petroleum oder dem Werkzeugkasten, um die Hauptstromleitung anzuzapfen.

Die Mutter entschied, dass sie grundsätzlich kein Geld mehr geben konnte. Sie sagte zu Judith, dass sie wisse, wie es sei, mit wenig auskommen zu müssen, sie erzählte von den Geldstapeln, die Oma Marli am Anfang des Monats auf dem

Küchentisch verteilt und in Briefumschläge gesteckt hatte, damit es für alles reichte, und dass sie manchmal sogar dabei geweint hatte. Judith wusste, dass die Mutter immer Tabellen machte, in die sie alle Ausgaben eintrug. Ihr fiel aber nicht ein, zu fragen, woran es lag, dass sie nie Geldstapel auf dem Tisch verteilte, ob sie das abends tat, wenn Judith schlief, oder ob sie so viel Geld hatten, dass es gar nicht nötig war.

Die Mutter schaute besorgt drein, wenn sie den Frauen kein Geld gab: »Die Gesundheitsversorgung ist in diesem Land doch umsonst, ihr müsst da nichts geben.«

Die aber sagten: »Man schickt uns weg, wenn wir mit leeren Händen kommen.«

Manchmal fuhr die Mutter mit in die Poliklinik nach Rota. Sie sagte zur Ärztin: »Sie helfen jetzt dieser Frau.« Und die Ärztin half, aber die Frauen schämten sich und trauten sich schon beim nächsten Mal nicht mehr hin.

Deshalb waren sie auch erleichtert, wenn sie Kurt allein antrafen. Er erklärte Judith: »Wenn ich was habe, gebe ich es, aber verleihen tue ich nichts mehr.«

Judith wartete darauf, dass der Schnee kam. Dann zog sie mit George los. Er durfte auch im Winter raus, musste nicht im Haus helfen, er half nur mit den Tieren, morgens und abends. George hatte sogar einen Schlitten. Judiths Schlitten vom Dachboden hatte geschwungene Kufen. Sie liefen vorn zusammen und bildeten zwei Spiralen. George gab ihr ein Stück Speck, damit rieben sie die metallenen Kufen ein, wenn der Weg gefroren war und der Schnee schon festgetreten. Sie legten sich bäuchlings auf die Gefährte und fuhren in einer Kette von der Kirchenburg an der Schule vorbei bis zum Transformator. Judiths Schlitten war schwer, aber es war der Schlitten mit den geschwungenen, frisch polierten Eisenkufen.

Irina aber kam den ganzen Winter nicht, nicht in die Schule, nicht zum Eintopfessen, nicht zum Schlittenfahren. Erst war es eine Woche, dann wurden es zwei, dann ein ganzer Monat, dann zwei Monate. Judiths Mutter sagte, es sei wegen der Kleidung.

*

Sie ging zur Kuhfarm und hieb mit einem Stecken Löcher ins dünne Eis auf dem Bach, der eine schlammige Furt war, weil immer die Kühe hindurchliefen. Irgendwann kam Irina heraus. Zum Glück war sie noch nicht weg! Judith spürte, wie sie vor Freude leicht wurde, und sie schlitterte die Furt hinunter. Sie gruben zusammen im Schlamm, der vom Frost hart war.

Judith fragte beiläufig: »Kommst du mit?«

Aber Irina schüttelte nur den Kopf.

»Warum«, fragte Judith, »warum?« Sie traute sich nicht, zu fragen, ob sie wirklich wegwollte nach Deutschland oder ob es ihretwegen war, weil sie Irina die Treppe hinuntergestoßen oder – noch schlimmer – der Mutter gegenüber behauptet hatte, Irina sei es gewesen, die Süßigkeiten habe klauen wollen. Irina zog die Schultern hoch und sagte nichts mehr. Judith beobachtete, wie dunkelbraunes Wasser, das streng roch und vielleicht Kuhpipi war, aus dem Loch hervortrat, das sie zusammen in den Schlamm gebohrt hatten. Irgendwann rief Cati ihre Tochter zurück, und Irina nahm Judith nicht mit.

Judith sprang in ihren Stiefeln durch die vertrockneten Disteln, an denen sich Kristalle reihten, auf den Hügel, vorbei am Brunnen mit dem *balaur* und wischte sich Wassertropfen aus dem Gesicht, die vielleicht vom Weinen kamen oder aus der Wolke da oben.

Einmal kam Cati in die 26, jedoch nur in Begleitung von Elena und Pili. Sie aßen zusammen von der Grütze, die die Mutter weiter für Besuche bereithielt. Judith wagte nicht, nach Irina zu fragen. Warum sagte nicht mal die Mutter etwas? Die holte nur die Karteikarten und das Buch mit dem langen Gedicht und schickte Judith mit den Kindern ins Nachbarzimmer.

Judith drückte Elena einen Stift in die Hand, sie sollte malen üben. Irina hätte auch kommen sollen, mit Stiften tat sie sich besonders schwer. Judith malte Elena etwas vor: Häuser mit Schornstein, in denen Tannenbäume standen, die links und rechts gleich lange Zweige mit Kerzen hatten, und vor den Häusern Schneemänner aus drei Kugeln mit Kohleknöpfen und Möhrennasen. Auch Elena fiel das Malen schwer, deshalb gab Judith ihr ein ganz großes Blatt und führte ihren Arm. Sie hielt den Arm fest und dachte dabei an Irina.

Nebenan hörte sie Cati die Ballade über die drei Schäfer vorlesen. Reden mochte sie immer noch kaum. Die Mutter fragte nur nach Vokabeln, sie beeindruckte, dass eine Frau so schweigsam sein konnte. Aber am Ende sagte Cati doch etwas – und das war ein unerwartet langer Satz: »Dieser Schäfer bleibt einfach und lässt sich von den Neidern umbringen, ich würde abhauen, warum tut er das nicht?«

Vielleicht hatte sie Irina jetzt doch losgeschickt, man konnte es nicht wissen.

*

»Cati will nicht im Dorf bleiben«, wusste nun auch Kurt, wahrscheinlich von Costache, denn bei ihrem Besuch war er nicht da gewesen. Aber das war nicht die ganze Wahrheit, denn in Wirklichkeit hielt sich das Gerücht, dass die Staatsfarm verkauft werden sollte. Vielleicht würde sie auch an die alten Besitzer vor der Bodenreform zurückgegeben und dann verkauft, aber irgendetwas hatte Costache damit zu tun.

»Mit so einem Menschen redest du«, sagte die Mutter. »Mit einem, der bereit ist, eine Familie mit fünf Kindern aus ihrem Haus zu werfen.«

»Und was tust du?«, fragte Kurt beleidigt. »Ich werde ihr helfen.«

Aber nach drei Tagen sagte er plötzlich: »Wenn du im Dorf fragst, wo sie unterkommen könnten, hat jeder eine Ausrede. Dabei stehen die Häuser doch leer. Der alte Sachse vorne sagt, dass der Gerhard vielleicht im Sommer zum Fest kommen wolle, und der Pfarrer sagt, dass Martin gerade im letzten Jahr meinte, dass es hier doch besser sei und dass sie sowieso gar nicht wüssten, wem die Häuser gehörten. Und die Frau im Laden sagt, dass es überhaupt nicht stimme, dass hier irgendetwas verkauft werde, sondern dass jeder ein Stück Land bekäme.«

Dass ihm Costache geantwortet hatte, dass die Rotzigen bald alle abgeholt würden, dass er sogar gesagt hatte, dass er, Kurt, das doch aus Deutschland schon kenne, und der Pfarrer meinte, Maßlosigkeit und Neid führten dazu, dass die Völker sich am Ende nicht mehr das Schwarze unter dem Fingernagel gönnen würden, verriet Kurt der Mutter nicht, obwohl er es Judith erzählt hatte.

Kurt sei immer schon naiv gewesen, sagte die Mutter.

*

Seit Kurzem hatten zehn, vielleicht fünfzehn Häuser in Şedref und Sarmizegetusa ein Telefon, dafür hatte sich der Bürgermeister eingesetzt. Die Erste, die bei Judith zu Hause anrief, war Blancas Großmutter. Die Mutter gab den Hörer gleich weiter.

»Kommst du zu Blancas Geburtstag?«, fragte die Frau.

Seitdem Costache über das *Dorfrumantsch* geschimpft und Judith ihn vom Hof geschickt hatte, hatte sie nichts mehr mit Blanca zu tun gehabt. Blanca ging nicht in die hiesige Schule. Und selbst an den Wochenenden spielte sie nicht mit auf der Straße. Vielleicht war es auch Judiths Mutter, die dagegen war, dass Judith mit dem Mädchen spielte. Sie mochte es am meisten, wenn Judith bei der kleinen Frau oder bei Cati war. Lizitanti war auch in Ordnung.

Aber Judith ging nicht mehr so gerne zu der alten Frau, seitdem Kurt Doiniţa, den räudigen Hund, voller Fliegen zwischen den Brennnesseln beim alten Auto gefunden und Lizitanti ihr gesagt hatte, dass sie es nicht dulden könne, dass Irina bei ihr ein und aus ginge. Lizitanti wollte, dass Judith stundenlang bei ihr auf ihrem Fensterbrett saß, um ihr beim Einfädeln von Nähgarn in winzige Nadelöhre zu helfen und ihren Geschichten zuzuhören. Und wenn die Alte erzählte, durfte Judith sie nicht unterbrechen, dazu hatte die Mutter sie ermahnt. Hühner gab es bei Lizitanti nur noch zwei, Kathi war plötzlich verschwunden, und der Hahn wohnte schon lange in der 26.

Als Judith von Blanca erzählte, schwieg die Mutter nur und sagte irgendwann: »Ich kann mit solchen Kindern nichts anfangen, weißt du?« Die Mutter erzählte ihr, dass sie nach der Grundschule für ein Jahr auf dem Gymnasium gewesen sei, aber dann hatte sie wieder zurück auf die Hauptschule gehen müssen, weil sie im Englischunterricht nicht mitgekommen war. Dort hatte sie eine Freundin gehabt, die hieß Gesine, eine Fabrikantentochter, Opa Ernst war als junger Mann in der Firma angestellt gewesen. An einem Nachmittag fuhren die Mädchen zusammen Fahrrad und kamen zu spät zurück. Da musste die Mutter Opa Ernst, der damals für sie *Vater* hieß, zur Strafe den *Osterspaziergang* aufsagen, was

Judith ihr gerne abgenommen hätte, denn ihr wäre das leichtgefallen. Als die Mutter ins Stocken geriet, sagte der Opa: »Nächstes Mal machst du deine Hausaufgaben ordentlich. Diese Gesine … das sind nicht unsere Kreise.«

Und trotzdem, Blanca war schön. Wenn Judith sie aus der Entfernung sah, dachte sie an die exotischen Wörter, die Schneewittchens Schönheit in der rumänischen Sprache benannten. *Abanos* war das Wort für Ebenholz, ein Holz, das es nur bei *Schneewittchen* gab. *Spuma laptelui*, das hieß Milchschaum, nein, es klang eleganter, sie hatte es kürzlich in der Schule gelernt, da war ein echter Genitiv drin: *Schaum der Milch.* Blancas Haare waren schwarz und glatt, sie durfte sie offen tragen, ein Haarreif mit weißer Schleife hielt sie zusammen.

Für den Geburtstag suchte Judith sich ihr schickstes Kleid aus: grün-blau kariert, weißer Spitzenkragen. Ihre Mutter hatte eine senkrechte Falte zwischen den Augen, während Judith sich auf die Feier vorbereitete. »Die machen Menschen wie Cati das Leben schwer«, sagte sie in Kurts Richtung.

Der nickte, sagte aber: »Blanca ist doch auch nur ein Kind.«

Blancas Großmutter hatte Kuchenstücke mit grüner und blauer Creme, mit Kokosverzierung und Streuseln gekauft, die in kleinen Stücken auf langen Tellern angerichtet waren. Zwischen den Kuchentellern standen Limonadenflaschen, nicht kleine, sondern ganz große, Zweiliterflaschen. Das Wohnzimmer war neu gefliest. In einer Ecke stand eine Musikanlage. Es lief nicht Volksmusik, und es lief auch nicht diese andere Musik, die *manele* hieß, die Musik war auf Englisch.

Blancas großer Bruder, Costache Micuţu, *der Kleine*, warf Papierschnipsel in den Raum und rief aufdringlich: »Tanzt,

Mädels!« Blanca saß aber vor der Anlage, wechselte immer wieder Musikkassetten und formte tonlos die englischen Wörter mit den Lippen nach.

Weil die Großmutter es wollte, zog Blancas Cousin Judith zum Tanzen auf den Wohnzimmerteppich. Sie versuchte, den Oberkörper rhythmisch hin- und herzubewegen, aber als der Cousin seine Hände unter ihre Arme legte, wurde sie verlegen und sagte, sie habe Durst. Wenigstens die Mädchen könnten doch zusammen tanzen, schlug die Großmutter vor. Aber auch Blanca wollte nicht, selbst als ihr Bruder und ihr Vater an ihr zogen. Da wurde Judith mutiger und half den beiden. Doch sie reagierte nicht. Also sollte Blanca *dem deutschen Gast* wenigstens ein Kuchenstück anbieten. Sie reichte ihr den Teller herüber. Judith aß ein Kuchenstück nach dem anderen, Blanca nippte nur an einem Saftglas und nickte im Takt zur Musik, als wieder das *Coco Jamboo*-Lied anfing.

*

Dieses Mal backte die Mutter sogar Marmorkuchen für den Besuch des Pfarrers, schließlich war es kurz vor Weihnachten. Und sie holte das gute Geschirr heraus, setzte sich mit an den Tisch und war sehr höflich.

»Waldlichten. Der Name sagt es, ist ein Lichtblick, hier gibt es wenigstens noch Gläubige«, sagte der Pfarrer, den Judith mittlerweile Onkel Manni nennen durfte, was sie ulkig fand, wozu die Mutter sie aber anhielt, weil das respektvoll sei.

Auch mit dem Dorfnamen musste Judith aufpassen. *Sarmizegetusa*, das beleidigte den Pfarrer, er erklärte ihnen, dass *Waldlichten* der einzige Name sei, der ihm nicht die Zunge breche. Judith konnte *Sarmizegetusa* gut aussprechen, aber auch für die Eltern war *Waldlichten* einfacher. Heute akzeptierte die Mutter den Wunsch des Pfarrers. Sie sagte, sie verstehe, wie sehr es ihn schmerzen müsse, dass seine Geschwister, dass die Nachbarinnen und Freunde alle ausgewandert seien. *Gläubige*, so nannte der Pfarrer die Frauen mit den schwarzen Kopftüchern und die anderen Sachsen, die die Kirchenburg und die Steinhäuser mit Scheunen und Höfen gebaut hatten. Die Frauen mit geblümten Kopftüchern gingen in die andere Kirche, die auf dem kleineren Hügel lag, deren Glocke nur scheppern konnte und in der der Vorsänger die Gottesdienste leiten musste, weil kein Pope ins Dorf kommen wollte.

Der Pfarrer fand, dass auch die Eltern und Judith Gläubige waren, schließlich war es kurz vor Weihnachten. Er fing an zu erzählen, und seine tiefe Stimme erfüllte die ganze Küche. Die Mutter mochte solche Gespräche nicht, weil sie ihr zu allgemein waren, deswegen sagte sie normalerweise, sie müsse Wäsche aufhängen gehen. Aber heute blieb sie, denn die Wäsche wäre draußen sowieso sofort gefroren.

Der Pfarrer erklärte die Unterschiede zwischen dem Waldlichtener Sächsisch und dem oberflächlichen Sächsisch der Kreisstadt. Weil es Kurt dabei langweilig wurde, fing er an, von sich zu erzählen, und erklärte dem Pfarrer, warum er nur ein Jahr für die Kirche und ein Jahr für die Musikschule gearbeitet hatte. Er habe nie ein Untertan sein wollen, sagte er wieder, obwohl der Kirchenmann das längst wusste und auch nicht mehr dazu lachte. Daher habe er seine freie Musikschule gegründet, es sei eine Zeit des Aufbruchs gewesen. Aber dann habe der Verwalter der Schule das Geld unterschlagen. Es sei so schlimm gewesen, dass Kurts Freundin ihn verlassen habe und nach Paris gegangen sei. Kurt habe eine Auszeit nehmen müssen und sei aufs Land gezogen. Bei einem Kurs, der *Selbsterfahrung* hieß, habe er schließlich Anna kennengelernt. Hier musste er eine kurze Pause machen, weil er gerührt war. »Das war ein Wendepunkt«, sagte er dann.

Aber der Pfarrer sprach weiter von der Auswanderung der Sachsen, von der neuen Regierung und den alten Kommunisten, die sich wieder die Ämter *zuschacherten*, wie er sagte. Er erzählte von der Privatisierung der rumänischen Telefongesellschaft, der Post und der Traktorenwerke, aber auch der Dorffarmen und Kollektive. Er sprach von der *retrocedare*, was ein rumänisches Wort war, und von der Auswanderung. Und auch er redete, wie Costache und die anderen Männer, gerne über die Roma. Er erzählte, dass sie es wären, die stahlen, dass sie zu viele Kinder bekämen und dass sie vor allem die Dörfer und Städte der Gegend zerstören würden. Er sagte *unsere* Dörfer und Städte, weil die Siebenbürger Sachsen sie gebaut hätten, und räumte ein, dass nicht nur die Roma, sondern auch die neureichen Rumänen die Dörfer zerstörten.

Judith merkte sich die Wörter, die sie nicht verstand, und tippte Kurt an die Schulter. Da musste der Herr Pfarrer eine Pause machen und Marmorkuchen essen. »Schick das Kind doch spielen.« Das hatte er gesagt, als er über die Roma zu sprechen begann.

Kurt, der nicht gern höflich war, fragte, warum die Roma so schlechte Häuser hätten, warum sie nicht, wo doch die Sachsen auswanderten, die Sachsenhäuser, die ja verfielen, weil ihre Besitzer ein leichteres Leben haben wollten, bekommen würden. Er sagte, dass manche Sachsenhäuser sonst bald Ruinen seien.

Der Pfarrer wurde beim Wort *Ruinen* nervös, das merkte Judith. Um ihn zu beruhigen, sagte die Mutter, dass die Höfe sehr gepflegt seien, dass sie das bewundere bei so alten Häusern, und auch die Farben der Häuser seien prächtig. Der Pfarrer wurde trotzdem immer lauter, und die Eltern widersprachen nun überhaupt nicht mehr. Wahrscheinlich lag es daran, dass Kurt jeden Morgen mit Judith auf die Kirchenburg wollte, oder vielleicht auch daran, dass die Mutter ihm aufs Bein fasste und der Pfarrer der einzige Mensch war, mit dem sich Kurt über all das, was in der Zeitung stand, unterhalten konnte.

Es war die Mutter, die plötzlich sagte: »Wir haben gehört, dass das Diensthaus auf der Kuhfarm in einem sehr schlechten Zustand ist? Was können wir bloß tun, jetzt im Winter.«

»Das ist kein Diensthaus, es ist eine Elendshütte«, sagte Kurt. Er lachte nicht mehr und vergaß darüber anscheinend auch Kirchenburgschlüssel und Zeitungsthema. Der Pfarrer schien ihn genauso aufzuregen wie die Freunde in Bad Rosau.

Aber der Kirchenmann merkte es nicht. Deshalb sagte Judith noch, damit er sie besser verstand: »Meine Freundin, die hat auch eine sächsische Oma oder Uroma.« Sie sprach, damit er sah, dass sie sich Mühe gab, das S ganz scharf aus. »Hier, unser Nachbarhaus, das ist doch nicht bewohnt, da könnten sie rein.« Eigentlich war es eine Ruine, aber das Wort mochte der Pfarrer ja nicht.

Der allerdings ging darüber einfach hinweg und erzählte von dem schönen neuen Kinderheim in Rota, für das auch er sich eingesetzt habe, damit wenigstens die Kinder eine ordentliche Hygiene und Erziehung bekommen würden. Und nun begannen sich die Männer über die neuen Kinderheime zu unterhalten. Da stand die Mutter doch noch auf, sodass der Tisch wackelte und sie sich an den Oberschenkeln stieß, und sagte, sie müsse die Wäsche aufhängen.

Weil die Erwachsenen solche Wörter benutzten, fing Judith an, sie zu sammeln, um alles zu verstehen. Zuerst nahm sie die Karteikarten, dann kaufte sie sich ein dickes Heft. Dahinein schrieb sie sich die Wörter und Redewendungen und alles, was sie darüber in Erfahrung bringen konnte. Sie notierte die Wörter, die Lizitanti und der Pfarrer immer wieder sagten: *Verschleppung, Revolution, Kommunismus, Securitate.* Auch *limba romani*, die Sprache des Nachbarmädchens Lila, nahm sie auf und diese Jahreszahl, von der Irina erzählt hatte, 1856.

*

Ausgerechnet am Sonntag vor Ostern, der auf Rumänisch *Florii* hieß, schlug jemand so laut ans Hoftor und dann an die Hauswand und fing an zu rufen, dass Judith erwachte. Sie hatte sich hingelegt, weil Tauwetter war, ihr der Hals zu kratzen begann und ein Schnupfen in die Stirn stieg. Wenn es nun Irina war? Sofort sprang sie auf. Irina war seit Monaten nicht mehr in der Schule gewesen. Auch deshalb hatte Judith einfach nur schlafen wollen. Sie kletterte aus dem Verschlag, schaute um die Hausecke, entschied sich dann aber doch dagegen, hinzugehen.

»Kommt, *fata lu' Kurt*«, hörte sie eine Stimme. *Fata lu' Kurt, Kurts Tochter*, es wäre seltsam, wenn Irina sie plötzlich so nennen würde.

»Niemand da«, rief sie und rannte ins Haus zurück.

Aber das Klopfen hörte nicht auf, sie musste hin. Und wenn es Cati war, die sie nun doch zur Rede stellen wollte wegen der Geschichte mit der Treppe? Es half nichts, wenn das so weiterging, würden auch die Eltern aufwachen. Judith linste durch eine Torritze und wusste nicht, ob sie erleichtert sein sollte. Nicht Irina und auch nicht Cati, es war die zahnlose Ildikó.

»Tanti Ildikó, ich habe kein Geld«, sagte Judith. Sie solle sie Tanti Ildikó nennen, das hatte die Mutter gesagt, auch zur zahnlosen Ildikó musste ein Kind höflich sein. Der Name war hart und hatte keine melodischen Vokalketten wie die rumänischen Namen. Judith gruselte sich vor Ildikó. Unter dem rauen braunen Kopftuch führten zwei Falten senkrecht durchs Gesicht, von der Stirn zwischen den Augen hindurch, an Nase und Mundwinkeln entlang bis unters Kinn. Wenn sie sprach, öffnete sich ein Krater, aus dem nur vereinzelte Zähne herausstachen und dafür umso mehr Schimpfen und Röhren hervorkam. Das war unheimlich. Die Mutter sagte immer, es komme von der Not. Aber ihr das Tor aufmachen wollte selbst die Mutter oft nicht. Sie sagte, wenigstens am Wochenende brauche sie eine Pause vom Dorf.

Judith musste öffnen, es blieb ihr gar nichts anderes übrig. Sie sah Ildikós Gestalt sich gegen das Tor lehnen, wie sie durch die Ritzen zwischen den Brettern in den Hof spähte. Judith schob den Riegel zurück, machte aber sofort kehrt und huschte zurück unters Vordach.

Ildikó trat ein. Und diesmal stand sie nicht erst lange am Kopfende des Tischs und wartete. Sie drückte Judith einen Stapel Strickmützen in die Arme. Die waren kunterbunt, und Judiths Kopfschmerz wurde gleich noch heftiger.

»*Na*«, sagte Ildikó, und Judith stolperte mit der Strickware rückwärts. Die Mützen rochen streng, vielleicht waren es ja nur Zigarettenrauch und Feuchtigkeit. »Bloß etwas Brot«, sagte die zahnlose Frau, »bringt mir bloß etwas Brot. Ist das zu viel verlangt für eine, die die Krankheit schwer getroffen hat, die ihren bettlägerigen Mann pflegt, die immer fleißig war? Ist das zu viel verlangt, sagt doch, blondes Mädchen, *fu*, dass ich Euch nicht die Augen ausschaue.« Sie sagte immer *dumneata* zu Judith, was so etwas wie *Euch* im Märchen war.

Judith ging zum Brotkasten und fand ein halbes Weißbrot aus dem Laden. Sie war erleichtert, dass Tanti Ildikó nicht am langen Tisch Platz nahm und abwartete, bis die Eltern kamen, sondern einfach rückwärts zum Tor hinausging. Vorsichtig schaute sie durch die Bretterritzen und sah, wie die Frau vor dem Haus stehen blieb und leise mit sich selbst sprach. Sie war nicht zufrieden mit dem halben Brot. Judith hatte das Gefühl, dass ihr der Kopf anschwoll, und es drückte ihr auf die Brust. Aber die zahnlose Ildikó kam nicht zurück, also schob sie rasch den Riegel vor.

*

Im Dorf gab es viele Namen und auch viele Schimpfwörter. Manche Namen waren magyarisch, wie der von Ildikó. Einmal erzählte Kurt deutschen Gästen der Rumänien-Initiative von ihr und den Mützen. Allerdings nannte er sie nicht beim Namen, er sagte einfach: *diese Frau*. Die Mutter störte es, wie Kurt über die Menschen im Dorf sprach. Bei den Leuten, die hier etwas zu sagen hatten, meinte sie, nenne er immer den Namen, wenn er jedoch von denen spreche, die durchs Tor kamen und etwas brachten oder holten, sage er nur *die Frau* oder *der Mann* und wolle sich ihre Namen gar nicht merken.

Dabei waren die Namen im Dorf sehr interessant, es gab nicht nur Vor- und Nachnamen, es gab auch Kurznamen und Koseformen, die Namen der Ehemänner und Rufnamen. Von Letzteren gab es zwei Sorten: solche, die nur hinterm Rücken gesagt wurden, und höfliche Namen, die die Kinder lernen sollten. Und die Frauen hatten andere Namen als die Männer. Aber nie wurden zwei Menschen gleich gerufen.

Wenn eine Frau Maria, Leana, Ioana, Elena, Ileana oder Ana hieß, erhielt sie noch den Namen ihres Mannes dazu. Leana vom *Privat* hieß deshalb Leana lu' Gigi. Die Männer hießen Ioan, Ilie, Nicolae, Gheorghe oder Vasile. Doch wenn man über sie sprach, benutzte man diese Namen kaum. Wenn sie jung waren, trugen sie ihre Kindernamen, das waren Kurzformen, und wenn sie älter wurden, galten nur noch die Nachnamen. Manche Kinder hatten liebevolle Kosenamen aus dem Fernsehen, sie wurden Johnny oder Giannone oder Neluțu gerufen, auch wenn sie eigentlich Ioan hießen – was viel zu ernst war für ein Kind. Und es gab Schimpfnamen. Zu Irina sagten manche *Capră*, das hieß *Ziege*, und Hajni nannten sie *Cocoșu, das Hähnchen*. Für Elena gab es einen noch niederträchtigeren Spitznamen, den Judith gar nicht aussprechen konnte, aber den Irina manchmal benutzte, um sich zu beschweren, dass sie zu Hause die Einzige war, die aufräumte, die putzte, die wusch. Der Spitzname war *Budă*, was von *Bude* kam, auf Rumänisch aber *Klo* bedeutete. Judith wollte gar nicht wissen, was ihr Lästername war.

Und dann gab es noch dieses Wort, das sie im Dorf nur hintenrum sagten, manchmal aber auch vornrum, dann spuckten sie es auf den Boden. Judith sagte das Wort nicht, selbst wenn Besuch kam und fragte, was es damit auf sich hatte. Kurt sagte, es sei ein ungutes Wort. Die Mutter nahm es manchmal in den Mund, wenn sie von Cati oder der kleinen Frau erzählte. Sie sagte, dass andere Begriffe unpassend wären, dass sie diese Menschen bewundere und sie das Wort auch selbst gebrauchten. Allein dieses Wort enthalte die Kraft der Menschen, und die komme daher, dass sie seit Jahrhunderten allein gelassen und verfolgt würden. Aber Kurt sagte, dass es ein ungutes Wort sei und bleibe. Das liege an den Deutschen, die viele von ihnen ermordet hätten. Die Deutschen hätten sie ermordet wie die Juden und die sowjetischen Soldaten, weil sie gemeint hätten, dass diese Menschen nichts wert wären. Mittlerweile sprach er es bis zu Ende aus, auch wenn Judith dabei war: *ermordet.* Und er entschuldigte sich bei seiner Tochter, dass er ihr das eingebrockt habe. Aber es sei nun einmal so: Wenn man aus Deutschland komme, gebe es die Geschichte dazu, das Wort, die Juden, den Raub, die Morde. Und das seien nicht irgendwelche Leute gewesen, die das getan hätten, es seien die eigenen Eltern gewesen, niemand anderes, und deshalb habe er auch den Kontakt zum Vater abgebrochen. So sei es. Und deshalb sollte auch Judith das Wort nicht gebrauchen.

Sie fand es trotzdem nett, dass die Mutter diesem schrecklichen Großvater ab und zu Briefe schrieb, zu denen Judith dann etwas malte. Eine Räuberprinzessin mit Krone zum Beispiel. Er schenkte ihr dafür ein Abo der Zeitschrift *Tierfreund* und bezahlte auch die Portokosten bis nach Sarmizegetusa.

Judith hatte neben der Puppe mit den echten Haaren auch eine schwarze Puppe. Als Blanca sie zum ersten Mal sah, sagte sie plötzlich dieses Wort und meinte, dass sie noch nie eine so hässliche Puppe gesehen habe. Da sagte Judith nichts mehr und ging einfach nach Hause. Irina machte die Puppe stattdessen verlegen, sie spielte lieber mit der mit dem aschgrauen Echthaar, für die Judith von den Kindern in Bad Rosau ausgelacht worden war.

Das Wort war unter den Kindern in der Schule ein Schimpfname, und auch die Nachbarn beschimpften sich damit gegenseitig, wenn die Kinder sich geprügelt hatten. Und hintenrum sagte man das Wort auch, wenn man über die sprach, die sich bücken mussten, die arbeiten mussten, die etwas auf dem Markt verkauften.

Die kleine Frau sagte es über sich selbst und dass der Staatsfarmler letztens, als er den *Om* mit seinem Pferdewagen angeheuert habe, damit der Holz für ihn aus dem Wald hole, und der *Om* sich den Arm verletzt hatte, ihn mit der Verletzung einfach habe stehen lassen. Dass der Staatsfarmler da einfach gesagt habe – und die kleine Frau entschuldigte sich für diesen Gedanken –, der sei doch nur einer von denen, und es sei egal, wenn die sich, Gott behüte, verletzten, die Finger abhackten oder stürben.

Cati hatte der Mutter einmal erzählt, dass sie neben der Familie von Lila die Einzigen gewesen seien, die in der Volkszählung angegeben hätten, dass sie Roma wären, denn sie und ihr Mann seien stolz darauf, auch wenn sie gar keine echten Roma wären, zumindest wäre sie selbst nicht so erzogen worden. Aber wenn die im Dorf sie nicht haben wollten, dann seien sie eben Roma, und wenn die im Fernsehen und in der Volkszählung es so wollten, sogar auch mit zwei R, also *Rroma*.

Als Judith das der kleinen Frau erzählte, sagte die, dass Cati schon recht habe, aber dass das *Roma*-Wort auf den Listen der Volkszählung gefährlich sei. »Hinter den Bug«, sagte sie, hätten sie ihre Leute damals gebracht. Als Judith aber fragte, was das denn sei, ein *Bug*, da lachte die kleine Frau nur verlegen, rief *»Of«* und *»Ioi«* und sagte, dass beim Schwanz des Hengstes diese Zeit für ihre Mutter schwer gewesen sei, denn sie habe ja noch andere Münder zu stopfen gehabt, und sie drückte Judith einmal fest an sich und sagte, dass im Dorf alle doch irgendwie Schwestern wären, egal ob Roma, Rroma, Sachsen oder Magyaren. Die Rumänen erwähnte sie allerdings nicht, die blieben außen vor.

Die Kinder sagten, wenn sie höflich zu den Erwachsenen waren, *Nea* oder *Tanti*, und wenn die Leute reich waren oder Lehrerin oder aus der Stadt kamen, sagten sie auch *Doamnă* oder *Domnule*.

Kurt beteuerte noch immer, dass die Menschen ihm alle gleich nah seien.

Die Leute im Dorf, damit meinte die Mutter die Frauen, die Armen und die Roma. Die Sachsen mit dem Pfarrer und Kurt mit seinem Bürgermeister in Şedref waren ihr zu abgehoben. *Abgehoben*, das sagte sie über alle Leute, die im Dorf etwas zu sagen hatten, zur Lehrerin, zum Bürgermeister, zum Popen und zum Staatsfarmler.

Kurt sagte nichts, vielleicht nickte er. Oder sagte etwas so leise, dass Judith es nicht hören konnte.

*

Hätte Judith die zahnlose Ildikó am Ostersonntag nicht auf den Hof gelassen, wäre das mit den Mützen vielleicht nie passiert. Aber sie hatte es nun mal getan, und deshalb mussten die Eltern etwas mit der Strickware machen.

Judiths Mutter war froh, dass Ildikó diesmal Mützen gebracht hatte. Deswegen überwand sie sich und ging die Nachbarin mit einer Tasche voller Lebensmittel besuchen. Sie musste sich überwinden, weil die Frau keine Möbel hatte und ihr jedes Mal die Nische in der Wand zeigen wollte, in der sie die Lebensmittel aufbewahrte und in der nur ein Sack Maisschrot stand. Und sie zeigte auf ihren Mann, der stumm im Bett lag, er hieß László, das war auch ein magyarischer Name. Ildikó zählte der Mutter Lászlós sämtliche Krankheiten auf. An dem in der Wohnung stehenden Rauch erkannte die Mutter jedoch sofort, dass beide für Zigaretten immer das nötige Geld fanden, für Zigaretten und Alkohol, denn nach Bier roch es außerdem.

Die Mutter hatte für jede Mütze etwas eingesteckt, Mehl, Maisschrot, eine Tüte Zucker, Backpulver, Öl, Tomatenmark. Die zahnlose Frau brachte am nächsten Tag gleich noch mehr Mützen. Nicht nur von sich, auch von den Verwandten. Die Mutter fand, dass es jetzt schnell zu viel wurde. »Ich kann die nicht annehmen«, sagte sie.

Aber bald schon kam Ildikó wieder und hatte fünf weitere Frauen im Schlepptau, ihre Nachbarinnen, ihre Tochter, sogar die gebückte Schwiegermutter. Ildikó war schon gebückt, so alt sah sie aus, dass Judith sich ihr wahres Alter gar nicht vorstellen konnte – die gebückte Schwiegermutter jedoch war noch kleiner, und sie hatte Runzeln statt dieser Kraterfalten im Gesicht.

Judith fand die Frauen anstrengend, und Kurt stand vor ihnen und sagte immer wieder: *»Da' io ce să fac?«* Das hieß *Aber was soll ich da machen.* Es war eine geläufige Frage aus dem Dorf, die eigentlich gar keine Frage war. Judith hatte ihm beigebracht, wie man das aussprechen musste, damit niemand eine Antwort erwartete. Doch es half nichts, die Frauen blieben mit ihren Mützen da und hielten ihm immer wieder die schönsten hin, die mit Zopfmustern und die mit Bommeln.

Kurt konnte bald nicht mehr. Deswegen brüllte er los, sodass Judith sich im Kellereingang versteckte: »Ich kann nichts machen. *Nimica. Nimica.*« Er leerte die Hosentaschen aus, um zu zeigen, dass er überhaupt kein Geld mehr hatte, und schrie immer wieder dieses *Nimica,* es gefiel ihm, dass er das Wort jetzt anbringen konnte. Er rief es so laut, dass sogar die zahnlose Ildikó erschrocken zu den anderen Frauen sagte: »Gott behüte, jetzt regt sich der Herr auf.«

Kurt ließ die Frauen einfach stehen und ging. Judith stieg leise in den hinteren Keller und kauerte sich auf den kühlen Boden, der nach feuchter Erde roch, die Tür ließ sie nur ein bisschen offen.

Die Frauen setzten sich auf die Bank unterm Vordach und sagten: *»Ioi«* und »der arme Herr Kurt«. Aber gehen konnten sie nicht, sie brauchten Geld, weil die Inflation groß war, ihre Löhne nicht bezahlt wurden und die Männer sowieso keine Arbeit mehr hatten.

Und dann kam Kurt wieder, er war jetzt ruhig und nahm den Frauen alle Mützen ab, jeder einzelnen nahm er sie aus der Hand, und Judith sollte auf einen Zettel schreiben, wer wie viele Mützen abgegeben hatte.

Kurt wollte damit nach Deutschland fahren, und obwohl es Frühsommer war, sollten die Verwandten, die Mitglieder

der Rumänien-Initiative und die Freundinnen vom Naturschwimmbad ihnen die Strickware abkaufen.

*

Als sie aus Deutschland zurückkamen, bauten sie die Sommerküche im Hof um. Judith musste die Emailletöpfe und Näpfe, in denen sie Stroh, Staub und Wasser zu Brei für die Puppe mit den echten Haaren rührte, in die Scheune bringen. Die Mutter stellte Regale mit Ordnern in der Sommerküche auf, richtete Schreibtische und eine Hängeregistratur ein. Judith half ihr, ein Schild an der Tür anzubringen, auf dem *Ora de căciuli, Mützenstunde*, stand. Damit alle mitmachen konnten, ging die Mutter regelmäßig durchs Dorf, klopfte an alle Tore und besuchte die Frauen. Sie besuchte vor allem *die Schwächsten*, so nannte sie die, die viele Kinder, schräge Hüften oder bettlägerige Männer hatten.

Ihre Besuche nannten die Eltern in den Prospekten, die sie drucken ließen, um die Mützen zu bewerben, *Aufsuchende Mützenarbeit*. So etwas zu machen, hatte ihre Mutter in Paderborn gelernt. Da hatte sie sich für Soziale Arbeit eingeschrieben, das ging mit ihrem Schulabschluss von der Fachoberschule. Dass sie zum Studium nicht in die hübsche Nachbarstadt ihrer Eltern gegangen war, hatte Opa Ernst so sehr besorgt, dass er jeden Abend bei ihr anrief. Auch der große Bruder war für seine Ausbildung in diese hübsche Nachbarstadt und nicht weiter gegangen. Nun hatte sie doch noch Angst vor ihrem Vater bekommen. Er war zwar dreihundert Kilometer entfernt, aber mit seinen Anrufen konnte er herausfinden, dass sie gar nicht viel zu Hause war. Sie hatte bald diesen Freund geheiratet, der hatte eine eigene Wohnung. Vor dem Vorlesungssaal sammelten Studentinnen Unterschriften gegen den Paragrafen 218 und hielten Plakate hoch, auf denen *Mein Bauch gehört mir* geschrieben stand. Sie trugen kurze Haare und kurze Hosen. Weil die Mutter sich das mit den kurzen Haaren nicht traute und das mit dem Bauch nie so richtig nachvollziehen konnte, war sie bald nur noch so wenig wie möglich zu den Vorlesungen gegangen.

»Erst hier im Dorf«, sagte die Mutter, »traue ich mich, etwas aufzubauen und einfach zu den Leuten zu gehen.«

Sie erfand also die *Weihnachtsmützen*. Die Frauen strickten jeden Monat ein Exemplar und erhielten das Geld dafür kurz vor Weihnachten ausbezahlt. Dazu kam noch die *Mützenkasse*. Von der durften sie in Notfällen etwas im Voraus abheben und mussten es dann mit einem Strickwerk jeden Monat abbezahlen. Trotzdem brauchten einige der Frauen schon im November das gesamte Weihnachtsgeld.

Weil die Mutter die Schlüssel für die *Weihnachts-* und die *Mützenkasse* streng verwahrte, fragten die Frauen Kurt. Wenn der Geld hatte, gab er die Hälfte ab. Judith erzählte es der Mutter lieber nicht, weil die nämlich fand, dass die Frauen lernen müssten, besser mit Geld umzugehen. *Mit Geld umgehen* hieß, sparsam und vorausschauend zu sein.

Das sagte Judith zu Kurt, der die Schultern fallen ließ: »Was wissen wir schon, was diese Frauen lernen müssen.«

Teil 2

Judith kannte die Flüsse des Landes

Judith kannte die Flüsse des Landes. Die Donau war eine bedeutende Wasserstraße – für das Land sowie für ganz Europa. Kaiser Trajan hatte schon von 102 bis 105 nach Christi Geburt eine Brücke über die Donau erbaut. Doch dort, wo das Dorf lag, wucherte die Landschaft wild. Da gab es keinen Fluss, nur das Rinnsal, die Dörfler nannten es *Bach*. Da war die Hauptstraße. Dort waren die Gänse. Auch hier ließen sich Staudämme bauen, *baraje artificiale*, wenn nämlich die magyarische Zsuzsi, Costicăs Ioana oder die alte Simona Wäsche wuschen und das seifige Wasser in Schwällen aus ihren Höfen in das Rinnsal lief. Vor den Feiertagen, vor Weihnachten, Neujahr und *Sfântu' Ion*, floss es aus ihren Höfen. Sie schlachteten Schweine, und deshalb wurde das Wasser rot. Zum Glück war es dann schon Winter, und die Staudämme froren zu. Judith hatte zu tun, sie musste mit dem Schlitten das Dorf von oben nach unten durchsausen. Der Weg zurück war lang und der Schlitten mit den geschwungenen Kufen schwer. Beim Ziehen vergaß sie, dass unter dem Eis rotes Wasser aus den Hälsen der Schweine von Tanti Zsuzsi, Tanti Ioana und Tanti Simona durchs Dorf floss. Schon wärmte sich Judith wieder am Ofen und las Geschichten von Tom Sawyer und Huck Finn. Die Buchstaben aus Druckerschwärze blieben ihr an den Händen kleben, und sie leckte sie nacheinander von allen zehn Fingerkuppen.

1.

Die Mutter räumte die Puppenecke um. »Du brauchst jetzt einen eigenen Waschplatz, Judith!« Die Puppenecke war hinter zwei Kleiderschränken, die in das Zimmer hineinstanden. An einer der Rückwände brachte sie einen Kanister mit Wasserhahn an, stellte darunter eine Schüssel und einen Schmutzwassereimer auf. Abends füllte die Mutter warmes Wasser aus dem Kessel vom Herd in zwei große Thermoskannen, damit konnte sich Judith morgens waschen. In die Zimmerecke kam der dreiteilige Wandspiegel, den Lizitanti ihnen geschenkt hatte. »Ich muss mich nicht mehr im Spiegel anschauen«, sagte die alte Frau. Judith war beeindruckt, dass sie ihre Zopfkränze auch ohne Spiegel flechten konnte. Sie mache es einmal die Woche nach dem Baden, hatte sie erzählt.

Die Seitenflügel waren zu klappen, sodass Judith sich sogar von hinten anschauen konnte. Sie sagte zur Mutter, dass sie so einen großen Spiegel auch nicht brauche. Aber wenn sie allein im Haus war, weil die Mutter samstags in der Mützenannahmestelle aufräumte und Irina noch immer nicht kam, holte sie sich sogar die Tuben und Pasten aus der Schublade im Waschtisch der Mutter. Da gab es einen Lippenstift, der war schon ein bisschen trocken und hatte die Farbe von Lehmerde. Und in der länglichen Dose war Wimperntusche. Judith strich sich mit dem Bürstchen, von dem blauer Staub herabfiel, über die Wimpern. Ihre Augen wurden davon schön groß. Den Lippenstift musste sie mit dem Finger aufbringen. Sie versuchte, sich damit das ganze Gesicht zu färben, vielleicht würde ihre Mutter sie dann nicht mehr so blass finden. Sie machte sich die Zöpfe auf, sodass sich die Haare schön wellten. Durch den blauen Staub an den Wimpern sah sie traurig aus, fand Judith, vielleicht wie eine Dichterin.

Schlimm war, dass ihre Brustwarzen dick wurden. Sie schaute sich alles im Spiegel an. Sie schaute sich auch zwischen die Beine, wo plötzlich Haare waren und wo innen rote Häute zum Vorschein kamen und außen die Schamlippen fleischig wurden. Sie klappte all diese Häute und Lippen auf und besah sie genau.

Wenn sie ein Geräusch hörte, zog sie sich schnell an, wusch die Farbe ab, so eilig, dass sie sich mit Wasser bekleckerte. Die Schminke versteckte sie im Ärmel, das hatte sie von Irina gelernt, da hatte sie damals Ölflasche und Waffeln untergebracht, um unterm Pullover Platz für die weiteren Einkäufe zu haben. Mit der Hand kämmte sie schnell die Haare und machte sich wieder Zöpfe, keine geflochtenen, so schnell ging das nicht. Sie war froh, dass sie ihre Latzhose trug, da würde keiner auf die Idee kommen, dass sie sich heimlich schminkte.

*

Heinrich war über die Grundstücksgrenze geflogen und hatte den Nachbargockel blutig gehackt. Der Hausherr von nebenan war mit Judiths Vogel unterm Arm angekommen und hatte gedroht, dass er den Hahn braten werde.

Judith musste sich Hilfe holen, um Heinrich die Flügel zu stutzen. Sie hängte sich das Portemonnaie mit dem neuen Taschengeld um den Hals. Am Transformator fand sie George, der hinter einem Mädchen herlief, das ihm die Pudelmütze vom Kopf gezogen hatte. Judith half ihm beim Fangen.

Das Mädchen war Irina. Es nutzte nichts, jetzt musste Judith sie mitnehmen, auch wenn die seit Monaten nicht in die Schule und zum Suppe-Essen gekommen war. Sie dachte an den Treppensturz, vielleicht kam die Narbe an der Lippe davon. Sie fragte nicht nach, sie wollte Irina nicht unnötig daran erinnern. Judith dachte auch an die neue Schminkecke, die würde ihr gefallen.

»Ich habe gerade Taschengeld bekommen, ich kaufe uns Schokoriegel«, sagte sie.

Vor der Tür zum *Privat* zog sie die Strümpfe ein bisschen höher, vorsichtshalber. Trotzdem rief sofort einer aus dem Hinterzimmer: »He, Barfüßlerin-Deutschenkind, willst du auch ein Schnäpschen?« Die Säufer waren da. George hielt sich an Judiths Hand fest, und sie drehte den Kopf immer wieder unauffällig in alle Richtungen, damit die sie nicht von hinten packen konnten, die da qualmten, vor sich Flaschen stehen hatten und keine Zähne mehr im Mund. Die *dubas*, die mit den Pferdehaaren, sie gingen hier ein und aus.

Leana lu' Gigi streckte ihre speckigen Arme über den Tresen: »Keine Angst, Kinder.« Ihre Hand auf Judiths Kopf wog so schwer, dass sie doch nicht aufspringen und auf dem Tisch stehen, nicht schimpfen wollte. »Lasst die Trunkenbolde. Und du nimm deinen Vater gleich mit, Irina-Kind, der macht mir Kummer«, flüsterte Leana ihnen zu. Durch die Brille hatte sie Augen wie ein Truthahn, ihre Lider waren warzig und voller Flecken, und sie schaute so streng, dass Judith wegsehen wollte, aber nicht konnte. »Und du, Iutca-Kind, soll er doch barfuß gehen, dein Vater. Wie geht es ihm denn?«

Leana wollte sie ausfragen, und Judith musste antworten, weil die große Hand noch immer fest auf ihren Haaren lag.

»Er ist gerade in *Germania.*« Ihr Kopf war wieder starr auf dem Hals, durch die Nase roch sie Bier und Schnaps.

»*Germania, Germania*«, kam es von hinten. »Und was bringt er uns mit?«

In der Ecke saß tatsächlich Ovidiu, dieser Vater, von dessen großzügigen Geschenken Irina so gern erzählte. Er sah anders aus als im Restaurant, trug weder Schnurrbart noch Hut. Es gehörte sich ja auch nicht, in Häusern Hüte zu tragen. Seine Haare aber waren wie damals ordentlich gescheitelt. Erst jetzt fiel Judith auf, wie blond sie waren. Er saß etwas abseits von den anderen Männern.

»Wie viel habt ihr denn?«, fragte Leana.

»Fünfhundert«, sagte Judith. »Wir hätten gern drei Riegel und drei Kaugummis.«

»Wir wollen kein Kaugummi, wir wollen *Carpați*!« Irina sagte es so entschlossen, dass Judith nicht widersprach.

»Zwei ohne Filter kriegst du noch dafür.«

Judith nahm die Riegel.

»*Tata*, komm!«, sagte Irina und nahm die Zigaretten.

Es tönte Judith in den Ohren: *Să trecem Carpații, ne trebuie armații!*

»Der Fürst mit seiner Barfuß-Bande zieht aus«, riefen die Männer ihnen hinterher. Judith fiel dieses Wort ein, das die kleine Frau letztens gesagt hatte: *Zuchthäusler*, und sie fürchtete sich. Ein Zuchthäusler musste ein Trinker sein.

Sie gingen die Straße hinauf. Ovidiu schien nur wegen der Zigaretten mitzukommen. »Wo sind die Carpați, wo sind die Carpați?«

Irina gab ihm die Zigaretten nicht: »Wenn wir zu Hause sind.«

Er sah in den Himmel und wollte umkehren.

Geh auf den Turm, wenn du die Berge sehen willst, Teufelssäufer, und fall da bloß nicht runter!, wollte Judith ihn anschreien. Aber sie ließ es bleiben, weil Irina die Locken ins Gesicht hingen. Und wenn ihr die Locken so vor den Augen hingen, wollte sie nicht, dass die Leute sie überhaupt sahen.

»Dein Vater ist ein guter Mann, Iuţi, ich habe viel über ihn gehört.« Ovidiu fasste Judith an der Schulter und blieb stehen, denn er wollte einen Schluck aus der Flasche nehmen, die er mit sich trug. »Schade, dass er nicht mit uns trinkt.«

Judith fand das nicht und fand es auch nicht gut, dass dieser Mann die Zigaretten von ihrem Taschengeld rauchen wollte, dieser Vater, der sonst Geld für Glitzerspangen und anderen Firlefanz übrig hatte. Seine Hand auf ihrem Kopf traute sie sich allerdings nicht wegzuschieben.

»Tata!«, rief jetzt Irina. Judith wollte losrennen, sie aber hielt sich an ihrem Säufervater fest. Also zog Judith an Georges Hand, wenigstens ihn wollte sie zum Hühnerstall mitnehmen. Heinrich wartete, und in der Tasche hatte sie die Schokoriegel. Doch George zog seine Hand weg. Er wollte weiter mit Irina und diesem Mann gehen und ließ Judith im Stich. Sie war allein.

Judith fasste einen Entschluss. Mit der großen Schere ging sie in den Hühnerstall, holte den Hahn aus dem Verschlag und klemmte ihn sich unter den Arm. Heinrich versuchte nicht wie sonst, ihr mit dem Schnabel in die Finger zu hacken, sein Kropf war leer, er gluckte nur wie ein verschüchtertes Huhn und blinzelte mit den Augenklappen. Dunkelheit machte Hähne dumm. Judith zupfte ihn leicht am Kehllappen. Fleischig und rot war der, wie es sich für einen solchen Gockel gehörte. Und jetzt wehrte er sich doch und schlug seinen Schnabel in ihren Finger, den Warzenfinger. Da nahm sie den Hahn zwischen die Beine, holte die Schere heraus und schnitt ihm Feder um Feder von den Flügeln. Es musste sein, denn das bisschen Zwang rettete Heinrichs Leben, das musste er verstehen. Die Federn auf dem Teerboden des Stalls glänzten nicht mehr. Sie waren aschgrau. Judith ließ den Vogel los, der flatterte auf und rannte zu seinen Hühnern.

Und weil sie sich nicht auf Irina und George hatte verlassen können, aß sie alle drei Schokoriegel allein. Das Wasser lief ihr dabei aus den Augen, weil Heinrichs Flügel jetzt so hässlich waren, aber es war nun mal ihre verdammte Pflicht gewesen.

*

Die Frauen glaubten, dass Judiths Eltern in Deutschland ein dickes Mützengeschäft machten und ihnen vom Geld nichts abgeben wollten. Sie glaubten außerdem, dass die Postlerin und die Staatsfarmbuchhalterin sie bestahlen, denn das war allgemein bekannt, dass die schon immer gestohlen hatten. Die Eltern luden eine Psychologin ein und fuhren mit den Mitarbeiterinnen der Mützenannahmestelle, der Suppenküche und der Hausaufgabenhilfe übers Wochenende in die Kreisstadt, damit das Misstrauen weniger wurde. Das Treffen hieß *Supervision*. Judith durfte also Übernachtungsbesuch einladen. Es kamen Elena und George.

Elena begleitete Judith frühmorgens in den Latschen der Eltern zum Plumpsklo und zu den Hühnern. Auf dem Weg fanden sie die Tür der Mützenannahmestelle offen. Im Flur lagen Ordner und Mappen auf dem Boden und es roch nach Rauch. Das passierte bei Holzöfen manchmal, im Sommer aber, wenn sie gar nicht heizten, war das ungewöhnlich. Elena zog Judith am Nachthemd, sie wollte raus. Aber Judith öffnete auch die Tür zum großen Zimmer, und noch beim Öffnen fingen ihr die Augen an zu brennen. Der Rauch war so dicht, dass sie gar nichts sehen konnte, nur husten. Sie rannte ins Wohnhaus zurück, da hielt Elena bereits den Telefonhörer in der Hand und sprach. Judith wusste gar nicht, dass sie die richtigen Nummern kannte.

Costache war als Erster da. Er schaute, ob noch etwas brannte, und öffnete die Fenster. Er sagte, es sei doch unmöglich, dass die Kinder nichts mitbekommen hätten. Wenigstens George und Elena, die seien Dorfkinder und wüssten doch, wie man hier ticke.

Dann kamen zwei Polizisten aus Şedref, sie trugen Uniform und brachten alle zum Verhör in die Mützenannahmestelle. Judith hätte ihnen gern gesagt, dass Verhören in diesem Haus verboten war. Die Polizisten aber sprachen nicht mit ihr.

Zum Glück kam bald die Mutter mit dem Auto der Postlerin zurück. Sie ging mit den Kindern in die Küche, machte ihnen heiße Milch und gab ihnen sogar Honig dazu.

Kurt sprach mit Costache und den Polizisten. Und als die beiden Männer aus Şedref in die Küche kamen, zogen sie ihre Schuhe aus, und die Mutter schenkte auch ihnen heiße Milch ein.

Kurt legte die angeschmorten Mützen in einen Wassereimer, wrang sie dann aus und hängte sie an eine Leine. Er sah traurig drein und sagte zu Judith: »Die Kasse haben sie mitgenommen, aber was ist das schon. Hätten sie die Tür offen stehen lassen, wär hier Feuer ausgebrochen.«

Costache hatte sich auf einem umgedrehten Eimer neben ihn gesetzt und rauchte. »Kopf hoch, Curtică«, sagte er, und Judith rauschte von diesem Kosenamen Wut in die Ohren, »da will euch jemand Böses, ihr müsst wachsam sein, manchmal kommen die auch mit dem Messer, wie dieser Mann mit Hut, der sich immer in der Stadt rumtreibt. Ist er nicht sogar der Vater von der einen Kleinen?«

Costache sprach *Kleine* so aus, dass es sich gar nicht zärtlich anhörte, sondern boshaft. Überhaupt fand Judith, dass er erstaunlich zufrieden wirkte. Und dann dieser lächerliche Spitzname, mit dem er ihren Vater anredete, das war unverschämt. Deshalb sagte sie: »Die Kinder haben nichts damit zu tun, wir haben die Zeit zusammen verbracht, wir sind nicht mal zum Klo – wir haben doch unsere Nachttöpfe.«

Costache lachte nur.

»Nein, ich verdächtige niemanden«, sagte Kurt. »Aber ich bin traurig. Wenn einer Schulden hat, das mit dem Geld verstehe ich, aber warum diese Zerstörung?«

Judith dachte an das Feuer und stellte sich vor, wie zuerst der Schuppen, dann der alte Schweinestall und schließlich das Hühnerhäuschen darin Feuer fingen. Und sie stellte sich Männer mit Messern vor und den Hahn, der nicht mehr fliegen konnte. Sie dachte aber auch an Irina, weil ihr Vater jetzt vielleicht Probleme bekommen würde und sie ihr gern geholfen hätte. Wenn Irina nur nicht so unzuverlässig wäre.

Sie drehte Costache demonstrativ den Rücken zu, nahm eine Mütze, wrang sie aus und reichte sie Kurt.

*

Nach den Sommerferien ließ die Lehrerin einen Test zum Einmaleins schreiben. Dafür setzte sie die schlechten Schülerinnen in die ersten Reihen. Judith kam ganz nach hinten.

Als sie fertig war, zog sie sich ein Buch aus dem Regal, das die Bibliothek war. In den Büchern lebten schreckliche Bojaren mit ihren schönen Söhnen und furchtlosen Töchtern. Es war die heldenmutige Welt der Geschichte. Sie klappte das Buch mit dem Hahn auf, die Seiten hatten braune Flecken und rochen nach Keller. Vorn war der Stempel: *Şcoala generală Sarmizegetusa*. Der arme Bauer schickte den Hahn in die Welt hinaus, weil der keine Eier legen konnte. Grün und rot loderten seine Federn, und den Schnabel riss er gierig auf, er verschlang damit Gold und die Rinderherden der Großgrundbesitzer und der knausrigen Kaufleute und brachte sie dem Bauern nach Hause. Genau so würde Judith Gerechtigkeit im Dorf schaffen.

»Die Schüler vorne haben alle das gleiche Ergebnis«, die Stimme von *Doamna* Ingenieur war schrill. »Habt ihr hinten die Lösung schon rausgefunden?«

Judith hob die Hand und wedelte mit ihrem Zettel. Sie könnte alle Ergebnisse richtig vorsagen. Aber die Frau Ingenieur sah es nicht.

Codruţa und die schiefe Enkelin von der Frau mit dem Busen standen vor der Klasse.

»Ich schreibe nie ab«, sagte Codruţa.

»Du Lügnerin«, sagte die andere.

»Dann steht ihr jetzt auf und geht zur Zählerin«, sagte Frau Ingenieur und meinte das Rechenbrett, das auf Rumänisch *numărătoare* hieß, *Zählerin.*

Judith war erleichtert, weil die Lehrerin beherzigte, dass sie die Kinder nicht schlagen durfte. Sie nahm nur zwei rote und zwei blaue Kugeln von einer Stange und drückte sie den beiden in die Hand. Codruţa nahm die roten Kugeln und gab sie der anderen. Und die Enkelin von der mit dem Busen nahm die zwei blauen und gab sie Codruţa. Es war still. Unter den Knien der einen waren blaue, unter den Knien der anderen rote Kugeln. Und mit dem Rücken zur Klasse knieten sie vor der *numărătoare*. Währenddessen durften die anderen Kinder in die Pause.

Judith drehte sich vor dem Schulhaus auf der Schaukel. Von der Kette hatte sie rostbraune Hände. Sie setzte die Zehenspitzen hintereinander, bis sie den Halt verloren. Die Schaukel kreiselte. Sie sah rote und blaue Kugeln, sie verschluckte sie. Wo sind die Rechenkugeln, fragte der Polizist. Ich weiß es nicht, antwortete sie. Der Bauch gluckste, du musst immer die Wahrheit sagen.

*

Vielleicht geschah das mit dem Transformator jetzt, vielleicht war es auch schon früher gewesen, oder es passierte immer wieder, wenn Judith nicht weiterwusste. Dann wurde sie zornig und rief Irina zu sich.

Es war so: Sie fand Irina vor dem Diensthaus. Die hockte neben dem Kettenhund, der ihnen auch nicht helfen würde, wenn Costache oder die Polizisten aus Şedref kämen. Irina fütterte den Hund mit einem Gemisch aus Kleie und verdorbenem Essen, er fraß gierig. Sie machte die Kette los, er durfte eine Runde durch den Hof laufen, sie fing ihn wieder ein. Sie hielt den Hund, und Judith befestigte die Kette wieder am Halsband, dabei jaulte der Hund, weil er noch frei laufen wollte. Judith dachte an die Hundeleine der Großeltern, dass man bei ihnen mit dem Hund spazieren ging und er nie an einer Kette lag, dass er seinen Napf in der Küche hatte und Futter bekam, das wie Müsli aussah. Aber so einfach war es nicht mit der Freiheit. Die Mutter sagte, dass die Großeltern gefangen seien in ihrem Haus mit dem Wintergarten. Und Kurt sagte, das sei wegen der Vergangenheit. Und Irina sagte, dass sie wegen ihrer Geschwister gefangen sei. Judith griff ihr an den Kragen und stieß sie nach hinten, so plötzlich, dass Irina, die eigentlich stärker war, umfiel. Sie drückte sie mit den Knien auf den Boden und griff sich die rechte Hand. Blutsfreundschaft nannte man das, und das sei wie bei der Mafia, hatte Kurt gesagt, aber in Wirklichkeit war es aus Judiths Buch über Huckleberry Finn. Der hatte eine

Räuberbande gegründet. Und der Sklave Jim war frei geworden dank seiner Freundschaft zu Huck. Sie versuchte, das Taschenmesser aus ihrer Hosentasche zu holen und Irina dabei am Boden zu halten. Doch die warf sie um und rannte davon. Am Transformator konnte Judith nicht mehr. Da stand *Pericol de moarte*, und sie fragte sich, ob das wirklich gut war, was sie vorhatte. Aber da klappte das Messer schon auf, sie musste sich jetzt auf Irina verlassen können.

*

Es war kurz danach, dass Irinas Vater zum ersten Mal auf den Hof kam. Er trug einen Zinkeimer in der Hand.

»Ich repariere eure Regenrinne, die muss heil sein, wenn der Winter kommt«, sagte Ovidiu zu Judiths Mutter und bereitete sich, ohne ihre Antwort abzuwarten, einen Arbeitsplatz vor.

Im Zinkeimer war noch ein zweiter, verkohlter Eimer. Aus dem holte er sein Werkzeug: Nägel, einen großen und einen kleinen Hammer, einen Amboss. Den verkohlten Eimer stellte er im Hof hin und machte darin ein Feuer.

»Meine Tochter«, sagte Ovidiu und meinte damit Irina, das erzählte sie ja selbst bei jeder Gelegenheit, dass sie seine Lieblingstochter sei, »sie ist ein unstetes Wesen, wie Cati. Die beiden wissen nicht, wohin sie gehören, darum haben sie so große Angst vor der Meinung des Dorfs. Ich aber bin von den *Căldărari*, wir können mit Feuer, Hammer und Blech alles machen, wir sind keine Sachsendiener wie die Leute aus Sarmizegetusa. Können die sich frei machen? Nein, Kind.« Und dann sagte er noch: »Wenn ich einmal nicht da bin, dann weiß ich, dass du für meine Irina da sein wirst.«

Judith fand Ovidiu heute sympathisch, nein, dieses Wort, *Zuchthäusler*, dieses Gerede von Costache über Männer mit

Messern, daran wollte sie nicht denken. Ovidiu hielt sich eben im Hintergrund. Wenn er aber etwas sagte, war es wichtig. Nur wenn er trank, wurde er unberechenbar, dann ging sie ihm lieber aus dem Weg.

Am Haus glänzte eine neue Regenrinne. Sie war an den Rändern mit kleinen Tieren aus Blech verziert, mit drei Hirten mit Stäben, vielleicht waren es auch drei Schwestern, und einem Hahn, der seine Flügel ausbreitete. Ovidiu hatte erkannt, dass Judith Hähne liebte. Und an den Auslauf der Regenrinne, der in die Wanne führte, hatte er einen weiteren Vogel geschmiedet, einen mit einem langen, mit Ornamenten verzierten Schnabel, durch den das Wasser ablaufen konnte, das musste ein Rabe sein oder eine Krähe.

Sie fragte abends ihre Mutter: »Denkst du, dass es Ovidiu war?«

Die Mutter antwortete sofort: »Nein, das war nicht Irinas Vater«, und sie streichelte Judith durch die Haare. »Da bin ich mir sicher, so einfach ist das nicht.« Judith wusste, dass auf ihre Mutter Verlass war.

*

Die Mutter übte eine Rede, und Kurt bastelte an einer riesigen Pappmütze. Er drückte Judith einen Stift in die Hand und bat sie, auf Rumänisch draufzuschreiben: *Ich bin eure Mütze*. Und auf eine andere – aber sodass es sich auch reimte: *Bring mich zurück, dann hast du Glück!*

Da kamen schon die Frauen, und sie schimpften, sobald sie durch das Tor traten. Die Mutter bat sie, Ruhe zu bewahren. Aber Ildikó stellte sich sofort mitten in den Kreis aus Stühlen und Bänken und klagte: »Wer kann einer armen Frau die Mützen nehmen, das einzige Geld, das sie braucht, um ihren kranken Mann zu pflegen«, und sie fing zu weinen an, es klang wie ein Schimpfen. Ihre Tochter zog sie zurück in den Kreis, und die Frauen wandten sich ab. Es war ein Geschrei, und sie riefen durcheinander: »Wir sind ein armes Dorf, wir haben alle Sorgen. Solche, die heimlich andere beklauen, können wir nicht gebrauchen.«

Die Postlerin stellte sich auf einen Stuhl und rief, wie dankbar das Dorf Anna und Kurt sein müsse. Und die Staatsfarmbuchhalterin hielt ihr den Stuhl, als die Schwiegermutter der Postlerin dagegenhielt: »Immer spielst du dich so auf, die ziehen uns doch auch das Geld aus der Tasche, geben uns nur die Hälfte und verschenken den Rest an die Rotzigen.« Das traute sie sich zu rufen, weil es so ein Durcheinander war.

Da fingen die Frauen an zu tuscheln und sagten: »Die Rotzigen waren's, die sind neidisch, dass Kurt jetzt auch was für uns Frauen macht.«

»Jawohl«, rief Ildikó. Und in diesem Augenblick fingen alle Frauen an zu nicken, und es wurde plötzlich sehr leise.

Und dann stellte sich wieder eine auf den Stuhl, es war die alte Simona, die Modellmützen stricken konnte, der das Kopftuch immer sehr ordentlich saß und die stets still war, wenn sie kam. Sie rief: »Zum Transformator und weiter, zur Kuhfarm! Und wir«, und dabei riss sie ihre Hand hoch, »zerstechen den Mann mit unseren Stricknadeln!«

Unter den Frauen erhob sich ein Murmeln, dann wieder das Nicken, und schon rief die alte Ildikó: »So machen wir es!«

Die Mutter und Kurt hielten dagegen: »Frauen, beruhigt euch!«

Und alle riefen zurück: »Mach dir keine Sorgen, Anna, mach dir keine Sorgen, Kurt.«

Und dann zogen sie los, nicht an den verlorenen Eichen entlang, sondern sie nahmen die Straße in Richtung Rota.

Als sie an ihrem Ziel ankamen und niemanden vorfanden, wollte die alte Simona das Diensthaus in Brand setzen. Die übrigen klatschten begeistert.

In diesem Moment kam Irina vom großen Stall. Sie stellte sich vor die Alte hin und sagte leise, wie ein erwachsener Mann: »*Tu, femeie*« – du, Frau.

Simona, die gerade ein brennendes Holzscheit unten an den Türrahmen hielt, musste sich, als sie das hörte, erst langsam aufrichten, um auf ihre Augenhöhe zu kommen.

Irina stellte sich in die Tür, nahm ihr das Scheit aus der Hand. Es war still. Sie warf das lodernde Holz zu Boden und trat das Feuer aus. »Haltet ein«, rief sie, während die Frau zurückwich, »hier brennt sowieso nichts, hier ist es nass wie im Sumpf.« Sie hatte dabei einen Ernst im Gesicht und sah blass aus, fast schwarz-weiß.

Judith fiel das Mädchen auf Lizitantis Bild ein. Irinas Ernst war scharf und schnitt. Ihre Augen, ihr halb geöffneter Mund, die kurzen Locken, sie war eine Riesin. Sie hätte sich gern neben diese Freundin gestellt, die sich den Frauen in den Weg warf, die sie vertrieb, wie sie sonst hungrige Hunde und die Geschwister verscheuchte, mit schneidender Stimme, aufgerichtetem Oberkörper und erhobener Hand. Aber vertrieb die Freundin nicht auch sie? Vielleicht gehörte sie auch nicht hierhin, vielleicht vertrieb die Freundin auch sie mit dieser Hand und bedeutete ihr: Bis hierhin und nicht weiter!

Die Frauen kehrten leise schimpfend ins Dorf zurück.

Judith traute sich nicht, sich noch einmal umzudrehen, und rannte über den Berg davon. Sie sah Irina vor sich, wie sie kerzengerade und mit erhobener Hand dastand, wie ihr Blick und ihre Stimme schnitten. Aber war nicht sie, Judith, Huckleberry Finn, war nicht sie diejenige, die die Freundin retten musste vor den aufgescheuchten Frauen des Dorfs?

Von diesem Tag an kam Irina wieder in die Schule. Sie sagte, dass Elena dran sei, sich um die Familie zu kümmern.

*

Dass Irina sich ganz allein gegen den Pulk der Frauen gestellt hatte, widersprach der Idee der Räuberbande. Damit sie sich wieder an die Räubergemeinschaft erinnerte, wollte Judith ihr ein wenig Angst einjagen: »Die Italiener kaufen bald euer Haus, und die werden wohl kaum mit euch zusammen da drin wohnen wollen.«

»Woher willst du das denn wissen?«, sagte Irina und trumpfte auf: »Euch gehört die 26 doch auch nicht. Und ihr habt vorher in Karren gelebt, das hat mir deine Mutter selbst erzählt.«

Judith fuhr ihr mit den Fingernägeln ins Gesicht und zog sie auch an den Haaren.

»Wart ab, ich hole meinen Vater«, sagte Irina und kam nicht mit zum Eintopfessen.

Judith verbrachte den Nachmittag allein in ihrem Verschlag und schaute durchs Loch zwischen den Ziegeln. Nicht einmal Wolken zogen mehr vorbei. Das Tor quietschte nicht, keiner klopfte und rief ihr Drohungen zu, und Ovidiu traute sich wohl auch nicht, jetzt hier aufzukreuzen.

Hatte Irina bisher bloß so bescheiden getan? Immer nur auf den Teller und unter den Tisch geschaut? Was hatte ihr Vater mit seinen Blechfiguren hier gewollt? Judiths Körper begann zu zittern, sie wollte hingehen und Irina züchtigen, die die Regeln der Räuberbande missachtete. Sie waren Blutsschwestern. Aber sie räuberte nicht mit, fiel ihr sogar noch in den Rücken.

Judith kannte die Schimpfwörter, die das Dorf für eine wie Irina hatte, auch wenn Kurt ihr das Aussprechen verboten hatte. Sie war verwirrt. Musste sie denn immer nachsichtig sein? Irina kannte die Welt nicht. Sie hatte *Karren* gesagt, weil sie nicht wusste, was ein *Bauwagen* war, sie konnte sich einfach nicht vorstellen, dass Judith im Naturschwimmbad einen richtigen Zirkuswagen gehabt hatte, an dem jede Latte andersfarbig gestrichen gewesen war. Das Naturschwimmbad, Bad Rosau, Deutschland, das kannte Irina alles nicht. Aber George hatte gesagt, dass das Ziegenmädchen im Dorf rumerzählte, bei den Barfüßlern gäbe es nur Unkrautsuppe zu essen.

Sicher war sich Judith nicht, ob sie eine rechtmäßige Dorfbewohnerin war. Sie war die beste Rumänischschülerin, die das Dorf je gesehen hatte, das wiederholte *Doamna* Ingenieur fast täglich. Deshalb konnte sie jedes Gedicht, das im Rumänischbuch an der Reihe war, sofort auswendig. Judith kannte jeden Stein im Dorf, sie hätte die Eltern an beiden Händen nachts bis zum rumänischen Friedhof oben am Waldrand führen können. Sie hatte sogar Tanti Ildikó die Mützen abgenommen und damit das Dorf sozusagen auf den richtigen Weg geführt. Ja, sie war gut und gerecht. Aber das reichte nicht aus. Sie hatte zum Beispiel keine Tracht für den Volkstanz.

»Hol doch deine Sachsentracht«, hatte Codruţa aus der vorletzten Reihe gesagt, die Leana lu' Gigis Nichte war und auch bei ihr wohnte. Codruţa hatte die schönste Tracht, die war von ihrer Großmutter, sie sah aus wie die Schürze der Geiß mit den drei Geißlein aus dem Märchenbuch. »Meine Großmutter ist aus dem Rumänischen Land«, sagte sie. Das Rumänische Land war der Süden mit der Walachei und Oltenien, die fruchtbare Tiefebene, das Kernland. Codruţa schien genau zu wissen, dass Judiths Eltern nicht nur keine Rumänen, sondern nicht einmal Sachsen waren, und auch keine Magyaren oder Roma.

Judith wollte ihr zuvorkommen und sagte betreten: »Wir sind doch keine Sachsen, wir sind *nemţi.*« Dieses Wort, *nemţi*, war übel, denn es war ein hässliches, slawisches Wort und hieß, wenn man es übersetzte, *stumm*, das hatte ihnen Frau Ingenieur gesagt und erklärt, dass es höflicher wäre, *germani* oder einfach *saşi* zu sagen. Codruţa dagegen, was für ein wundervoller Name, kam vom rumänischen Wald, so einen Namen hätte Judith auch gern gehabt.

Die Mutter schlug beiläufig vor, sie könne doch Lizitanti um eine Tracht bitten. Aber Judith war so lange nicht mehr bei der alten Frau gewesen, dass sie sich nicht zu ihr traute. Und auch Kurt interessierten Judiths Sorgen nicht, er sagte nur: »Wir in Berlin hatten immer dieselbe Hose an als Kinder.« Ganz stimmte das nicht, denn er hatte ihr von einer blauen Cordsamthose erzählt, einer sehr feinen Hose, die seine Mutter für den Sonntagsgottesdienst selbst genäht, die er sich dann aber in der nächsten Kriegsruine aufgerissen hatte. Nur der Bruder war immer brav an der Mutterhand gelaufen. Ob seine Mutter ihm dafür eine Ohrfeige verpasst hatte, wollte er nicht verraten, auch wenn Judith mehrmals nachfragte. Sie hätte gern eine Ohrfeige in der Geschichte gehabt, dann hätte sie auch etwas zu erzählen.

Der Tanzlehrer ließ Judith mit einem Jungen aus der zweiten Klasse tanzen. Er sagte, dass sie zusammen süß aussähen, weil sie beide so blond und speckig im Gesicht seien. Und er kniff Judith in die Wange, wie es die Frauen gemacht hatten, als sie kleiner gewesen war. Judith fand diesen Jungen verwaschen und blass, ja, er war das einzige Pummelkind im Dorf und hatte immer offene Schnürsenkel. Sie schämte sich so sehr, dass sie mit ihm tanzen musste, dass sie falsch herum tanzte und mit dem Jungen zusammenstieß. Dass sie lieber mit George tanzen würde, sagte sie nicht. Sie merkte, dass es sich nicht gehört hätte, mit einem Schäferjungen vor dem gesamten Dorf aufzutreten.

Nicht mal Sonnenblumenkerne knacken konnte sie richtig. Wenn sie am Wochenende abends mit den Kindern auf der Bank saß, gab es immer Sonnenblumenkerne. Judith holte sich die Schalen heimlich mit den Fingern aus dem Mund, sie konnte sie nicht so lässig durch die Luft spucken.

Einmal träumte sie, als Engel im Kohleschuppen der Schule zu wohnen. Als sie es erzählte, sagte Kurt zur Mutter: »Siehst du. Siehst du.« Und er freute sich, seinen Freunden schreiben zu können, dass sie nicht zufällig nach Rumänien gegangen waren, sondern dass es Vorsehung gewesen war, dass es so sein sollte und dass sie hier eine Aufgabe gefunden hätten und eine Lebensweise, mit der sie die Menschen nicht ausbeuteten und die Schöpfung bewahrten. Die Mutter zögerte allerdings, bevor sie nickte. Judith überlegte, ob Unkrautsuppe auch zur Schöpfung zählte.

Sie sagte zu Heinrich, dass sie die Kinder, wenn sie das nächste Mal kämen, um Eintopf zu essen, alle vom Hof werfen wolle. Besonders Irina und ihre Schwestern, denn die seien völlig undankbar. Dabei fuhr sie erst über seinen fleischigen Kamm und zog ihn dann am Kehllappen, sodass der Hahn zunächst die Augen schloss, dann aber den Kopf aus ihrer Hand riss und ihr in die Finger hackte. Und sie zählte alle Undankbarkeiten auf, die Irina sich geleistet hatte.

Die Mutter aber nahm diese Teufelin – Lizitanti hatte völlig recht, sie war eine Teufelin – immer in Schutz und sagte, dass Irina eben auch ihren Stolz habe.

Tagelang schob Judith den Torriegel vor und wollte nichts

mehr von den Kindern wissen, von diesem Ziegenmädchen nicht und auch nicht von George, der im Sommer mit Pudelmütze herumlief und tratschte. Sie verriegelte den Hühnerstall und stellte die Vogelscheuche davor.

*

Der neue Pope war ein junger Mann mit kurzem Bart, der einen schwarzen Umhang trug, wenn er durchs Dorf oder in die Schule ging. Er verlangte, dass alle ihn *Herr Vater* nannten, was Judith aber nicht über die Lippen kommen wollte, und auch ihre Mutter fand das übertrieben bei so einem jungen, unerfahrenen Mann. Er kam aus der Moldau, das war im Osten des Landes, und er sagte, dass die Leute dort frommer seien, weil es nur eine Religion gebe und nicht so ein Durcheinander wie in Sarmizegetusa.

So unübersichtlich war das doch gar nicht, dachte Judith. Aber der Pope war eben nicht von hier, da konnte es ihm schon kompliziert vorkommen: Es gab ein paar Familien, die halb katholisch waren, und manche Kinder waren sogar ungetauft, das hatte sie schon gehört. Und da gab es die Familie von Ancuța von der Viehtränke, das war die Frau von Nea Ion, der früher auch einen *Privat* betrieben hatte. Jetzt hatten sie sehr viele Kinder und einen Kleinbus. Sie fuhren sonntags zum baptistischen Prediger nach Rota und nahmen sogar Nachbarskinder mit, denn in diesem baptistischen Tempel gab es Nachhilfeunterricht und Bibelmalstunden.

Im Dorf erzählten die Leute auch, dass diese *Căldărari*, die im Hof gegenüber der 26 wohnten und zu denen Lila mit den Schleifen gehörte, jetzt auch gläubig seien und zu einem Prediger führen. Judith würde zu so etwas nicht mitgehen, weil das missionarisch war.

Der Pope kam, segnete die Häuser und tadelte die Frauen,

dass sie nicht genug in die Kirche gingen. Er senkte sogar die Preise für Taufen und Hochzeiten und bestellte dann die unverheirateten jungen Paare ein und die Kinder zur Taufe. Auch die Kirche sei in einem sündhaften Zustand, eine verblasste Ikonostase und kahle Innenwände und sonntags nur ein paar alte Mütterchen. Lediglich ein Namenstagskalender hänge neben der Tür. Der Pope erzählte den Eltern, dass er die Ikonostase restaurieren und die Wände bemalen lassen wolle.

Vor der rumänischen Kirche stand ein Brunnen, aus dem die Leute vom oberen Teil des Dorfes ihr Wasser schöpften. Auf ihren Höfen lag das Grundwasser zu tief. Der Pope saß auf der Bank vor dem Brunnen und beobachtete, wie die Kinder an der Kirche vorbeigingen. Er sah, ob sie sich ordentlich, flüchtig oder gar nicht bekreuzigten. Er wollte, dass sie stehen blieben und sich zum Kruzifix hinwandten.

Judith ging auf den Hügel überm Dorf, um dort Veilchen, Flieder oder Lilien zu pflücken. Dafür musste sie den Moment abpassen, wenn der Pope in der Kirche war und sie nicht sehen konnte. Denn sie war sich nicht sicher, was sie tun sollte, wenn sie am Kruzifix vor der Kirche vorbeikam. Sie war keine Orthodoxe, das wusste der Pope vielleicht, und sie hoffte, er würde nur nicht herausfinden, dass sie ungetauft war. Das hielt sie im Dorf geheim.

Aber sie kam gar nicht so weit. Als sie am Brunnen war, verwickelte der Pope sie in ein Gespräch: »Jeder im Dorf mit gesundem Menschenverstand weiß, wer das letztens mit dem Geld war«, sagte er.

Judith verstand nicht, wie der Mann auf den Brand kam, das hatte sich doch längst erledigt. Oder meinte er, dass ab und an Seife, Kaffee oder Zwiebeln verschwanden, seitdem die Frauen durchs Tor ein und aus gingen? Was war das schon in einem Dorf, wo viele nicht einmal Geld für das täglich Brot oder den Arzt hatten.

»Es freut mich, dass Sie Bescheid wissen«, sagte sie verärgert.

Aber der Pope bemerkte es nicht, er redete weiter über die Eltern. Er sagte, dass sie in der Mützenannahmestelle auch Männer einstellen sollten, dann hätten die Leute mehr Respekt, denn das sei es, was im Dorf fehle, Respekt und Glaube. »Weißt du, bei uns in der Moldau ist das nicht so. Da sind alle gleich arm, und klauen tut dort niemand, Zusammenhalt ist das Wichtigste. Ich als armer Beichtvater muss es wissen. Hier bei euch in Transsilvanien ist es anders, hier sind mal ein paar Fremde mit nigelnagelneuer Westkleidung vorbeigekommen, hatten Mitleid und haben sofort noch mehr Hilfstransporte geschickt, ein bisschen Geld dagelassen, und sie haben gesagt: Ihr Armen, ihr Entrechteten. Das steigt den Leuten zu Kopf, sie werden habgierig und stolz, und sie nehmen sich, was sie können. Gott, behüte! Der Satan, dieser große Lügner, hat sie befallen, sie kommen nicht mehr zur Beichte, stattdessen sitzen sie sogar an Feiertagen da und stricken. Der Satan sieht so was und reibt sich die Hände.«

Mit *Satan* meinte er den Teufel, Judith wusste, dass ein Gottesmann wie er das Wort nicht aussprechen konnte. Und er blickte fahrig nach links und rechts, als fürchtete er, böse Geister zu beschwören. Aber er liebte es, über die verschiedenen Landesteile zu sprechen. Jetzt war auch noch der Rundkopf dazugekommen, in der Hand seine geschnitzte Flöte. Er bekreuzigte sich jedes Mal, wenn der Pope eine Pause machte. Und Judith war froh, dass der Rundkopf zu reden begann, da konnte sie irgendwann losgehen, da musste sie nicht mehr so höflich sein: »Gott helfe, Gott helfe, küss die Hand, Herr Vater. Schon mein Vater, der alte Horea, wusste, dass ein Fluch über uns liegt.«

2.

Judith und Irina vertrugen sich und machten Papierschnipsel mit Mädchennamen und Papierschnipsel mit Jungsnamen. Dazu nahmen sie sich das neue Buch, das neuerdings ganz vorn im Regal stand, und zogen sich auf das sächsische Hochbett mit der stattlichen Bettschublade zurück. Die Mutter hatte Judith das Buch gezeigt und sie gebeten, es mit Irina zusammen zu lesen. Sie deckten die Schnipsel paarweise auf und öffneten dazu eine Seite im Buch. Am meisten mussten sie kichern, wenn sie die Seite aufschlugen, auf der die Frau dem Mann ein Kondom über den Penis zog.

Irina wusste mehr als Judith darüber, bei ihr schliefen alle in einem Raum.

»Wir machen das auch«, sagte Irina und zog Judith, als sie und die beiden Schwestern bei ihr übernachteten – Irina und Judith oben im Bett, die Schwestern in der Bettschublade –, die Schlafanzughose runter. Sie steckte Judith vorne einen Finger rein, und Judith steckte ihr vorne einen Finger rein. »Ich muss mal«, flüsterte Irina dann. Und als sie zurückkam, drehte sie sich von Judith weg und wollte schlafen. Aber Judith schob sich unter sie, und da stieß Irina sie so lange, bis es Judith vor den Augen glitzerte. Wie schön das war, sie wollte Irina küssen, aber die rutschte wieder an den Rand und bewegte sich nicht mehr.

»Fickerinnen«, sagte Elena am nächsten Morgen. »Das verrate ich Anna.« Da zerkratzte Judith ihr das Gesicht. Aber Elena hörte nicht auf. Während Judith sie an die Wand drückte, sagte sie immer schlimmere Schimpfwörter. *Nutten* zum Beispiel.

Als Judiths Mutter das erfuhr, stellte sie Elena zur Rede: »In meinem Haus wird niemand so beschimpft, Judith nicht, Irina nicht und du auch nicht, Elena. Weißt du denn nicht, was diese Frauen machen müssen?« Sie war sehr aufgebracht, denn sie nahm Elena und setzte sie auf den Tisch. Die blieb starr vor ihr sitzen und presste die Beine zusammen. Die Mutter ließ sie plötzlich los und sagte: »Hast du mich verstanden?« Aber Elena reagierte nicht. Da wurde die Mutter wieder wütend und schrie fast: »Hast du mich verstanden?«

Es war Irina, die sich plötzlich erhob, sie hatte diese feste, ruhige Stimme und sagte: »Lass sie in Ruhe, Anna, es ist schon gut, im Dorf sagt man das halt so.«

Judith sah Irina an. Sie war beeindruckt, wie gerade die Freundin stehen konnte, und dass sie so langsam und deutlich sprach wie eine Erwachsene und die Mutter mit ihrem Namen anredete, genauso wie sie es getan hatte, als Simona und die Frauen sich vor dem Diensthaus zusammengerottet hatten.

»Du hast recht, das war zu viel«, sagte da Judiths Mutter, und sie streichelte Elena über den Kopf, der immer noch starr war.

*

Irina erzählte ihr Geheimnisse, denn sie waren allein. »Weißt du, warum ich schon mit sieben Monaten aus Mamas Bauch gekommen bin? *Tata* hat sie mit dem Schürhaken geschlagen.« Judith schaute weg, es war ihr unangenehm, dass Irina so etwas erzählte. »Und als ich da war, hat er wieder damit angefangen. Manchmal glühte der Haken noch«, erzählte sie weiter. »Und wir mussten uns darunter ducken. Alle sollten wir in der Ecke knien, und *Tata* zog uns der Reihe nach drei Schläge mit seinem Gürtel über, erst Mama, dann mir, und später, als sie da waren, auch Pili und Elena. Er jagte Mama und uns manchmal über Betten und Stühle.«

Judith stellte sich diesen Gürtel vor, schmal, schwarz, mit schmiedeeiserner Schnalle, und wie er violette Schlieren auf der Haut hinterließ. Sie hätte Irina auch gern so eine Geschichte erzählt, aber ihre Mutter hatte ihr nur mal etwas heftiger auf den Po geklatscht, sie war zwar empört darüber gewesen, aber das war zu wenig. Die Mutter hatte ihr auch einmal erzählt, dass Opa Ernst sie manchmal geschlagen habe. Er habe sie dann über die Knie gelegt. Judith konnte sich aber nicht erinnern, ob er dabei auch einen Gürtel benutzt hatte.

Irina sagte: »Stell dir vor, es war wie Fangenspielen, und dann hat *Tata* meine Mutter in die Hände bekommen.«

Manchmal nahm Judith sich den Liegestuhl, trug ihn in den Hühnerhof und legte sich mit dem Buch über Huckleberry Finn oder dem anderen über die kleine Prinzessin, die arm und eine Waise war, in die Sonne. Sie hielt das Buch in der einen Hand und klappte sich mit der anderen die Schamlippen auf und streichelte die Häute und den Zipfel innen. Sie dachte: Ich sehe zwischen den Beinen aus wie der Hahn am Kopf.

Wenn sie aber auf die Straße ging, zog sie weite Pullover an, am liebsten mochte sie den mit Kapuze und Tasche vorn. Jungs, die ihr näher kamen, zog sie an den Ohren, sie verteilte Fußtritte, Fußtritte auf Zehen, Fußtritte in Bäuche, Fußtritte zwischen die Beine. Einmal schob ihr einer einen Regenwurm in den Ausschnitt, aber da beschwerte sie sich bei der Lehrerin, und der mit dem Regenwurm musste die ganze große Pause hindurch neben der Bank knien.

Einmal schaffte doch einer die Mutprobe, es war der blonde Ghiţă aus Şlam. Er löste sich aus einem Pulk der Jungs, die zusammen durchs Dorf liefen, und streckte die Hand aus an Judiths Pullover, dort, wo ihre Brüste waren. Es geschah so plötzlich, dass sie sich nicht wehren konnte. Ihre Mutter aber knöpfte sich Ghiţă vor und erteilte ihm Hausverbot für ein halbes Jahr, sodass er nicht einmal mit den jungen Männern zum *Colinde*-Singen an Weihnachten kommen konnte.

*

Nach dem Sensen wollte der Rundkopf, dass die Mädchen ihm den Rücken wuschen. Auf dem Kopf hatte er zwar eine Glatze, aber auf Bauch und Rücken lange Haare. Die Kinder versteckten sich in der Scheune. Da begann der Rundkopf zu schimpfen. Er schimpfte nicht, er schrie. »Was ist das für ein Hof, auf dem einem fleißigen Bauern keiner den Rücken wäscht, wenn er geschwitzt und sich abgerackert hat.«

Er stand mit dem Bauch vor der Blechwanne, in der sich, seitdem Ovidiu die Regenrinne repariert hatte, das Regenwasser vom Vordach sammelte. Judiths Eltern waren im Dorf unterwegs und hatten sie beauftragt, dem Rundkopf sein Mittagessen hinzustellen.

Sie kam auf Zehenspitzen aus dem Hinterhof, blieb weit entfernt vom Rundkopf stehen und rief: »*Nene*, wir können dir den Rücken nicht waschen, der ist zu haarig.«

Die Mädchen schrien auf und versteckten sich wieder in der Scheune. Durch den Körper des Rundkopfs ging eine Bewegung, als wollte er Judith und ihren Freundinnen hinterherlaufen. Auch seine Hand holte leicht aus. Aber er beherrschte sich wieder und sagte: »Fräulein, was soll ich machen, dann stell mir doch wenigstens das Essen hin.«

Es war ein großer Topf Kartoffel-Möhren-Durcheinander mit Sauergurken dazu. Der Rundkopf sagte: »Fräulein, man lässt doch einen einsamen Mann nicht allein am Tisch.« Also musste Judith sich zu ihm setzen. Er verlangte nach Brot und hatte wie immer guten Hunger. Er aß den gesamten Eintopf, die Sauergurken und das Brot dazu. »Ohne Fleisch werd ich nie satt – dass man einem armen Mann nicht wenigstens ein bisschen Fleisch dazu gibt. Deine Mutter ist eine knausrige Herrin.«

Judith saß da und schaute zum Hühnerhof hin. Irina, Elena und Pili spähten hinter einem Holzstapel hervor und schnitten Grimassen.

Neben ihr bekreuzigte sich der Rundkopf dreimal wie im Religionsunterricht und sagte: »Küssdiehandfürdiemahlzeit, Fräulein. Und ich weiß, warum du mir nicht den Rücken waschen wolltest. Weil du keinen Kuhgang hast.«

Sie sprang auf, es reichte ihr. »*Nene*, geh jetzt vom Hof.«

Doch der Rundkopf blieb sitzen und strich sich über den Bauch. »Gott gebe dir den Kuhgang, dann weißt du, warum du einem Mann den Rücken waschen musst. Eine gute Frau ...«, setzte er an.

Judith trat gegen die Bank, und er lachte, lachte aus vollem Hals. Als er aber sah, wie sie auf den Boden ausspuckte, und er sich klar darüber wurde, dass sie alles der Mutter erzählen würde, bekreuzigte er sich und sagte beschwichtigend: »Ganz ruhig, Fräulein, was hast du?« Und er fuhr fort: »Eine gute Frau, mein Fräulein, bekommt den Kuhgang. Deine Freundin Irina, die hat den schon, sie schwingt die Hüften anders als früher. Man muss sie nur noch ein bisschen erziehen.«

Er schulterte seine Sense, sagte noch einmal *sărămâna pentru masă*, er sagte das schnell, dass es sich anhörte wie *küssdie-*

handfürdiemahlzeit, und nahm, bevor Judith zurückweichen konnte, ihre Hand an die Lippen. Dann ging er zum Tor.

Judith rieb den Handrücken an ihrem T-Shirt, um den Speichel des Rundkopfs abzuwischen, und rief drei Mal hinter ihm her, der Teufel solle ihn holen. Sie benutzte das richtige Wort für Teufel, es war ihr egal, dass er es dem Popen erzählen würde. Der Rundkopf drehte sich nicht um. Sie hörte ihn von der Straße her pfeifen.

*

Der neue Pope kam also auch in die Schule. Er diktierte Gebete, Bräuche und Glaubensregeln, die die Kinder aus guten Familien von zu Hause her beherrschten und die anderen Kinder nur schlecht verstanden, was auch daran lag, dass der Mann so einen starken moldauischen Akzent hatte.

Judith kannte die Glaubensregeln nicht. Einmal bekreuzigte sie sich sogar falsch herum. Frau Ingenieur, die bisher den Religionsunterricht gegeben hatte, war das egal gewesen. Der Pope erklärte Judith, dass das gefährlich sei und Sünde, weil auf der linken Schulter der Satan sitze. Zuerst rechts, dann links, dann siege der Schutzengel über den gefallenen.

Der Pope lobte George dafür, dass er in die Kirche ging. Er brachte den Kindern ein Morgen- und ein Mittagsgebet bei, die sie jetzt vor und nach dem Unterricht sprechen sollten. Sie sollten sich neben ihren Platz stellen und die Worte sagen. Und die Frau Ingenieur war einverstanden und ersetzte die Nationalhymne, die sie seit einiger Zeit morgens vor dem Unterricht sangen, durch die Gebete. Judith hätte lieber die Hymne weitergesungen, aber Frau Ingenieur war, obwohl sie nie in die Kirche ging, wie der Pfarrer der Meinung, dass die Gebete bei der Sittenerziehung halfen, und die sei sehr wichtig, besonders bei den Mädchen.

Irina, Elena und Pili gingen wie Judith nicht in die Kirche, Cati war das egal.

Der Pope sagte im Religionsunterricht: »Zeig deine Hand her, Mädchen.« Irina musste ihre Handrücken auf den Tisch legen. »Wo warst du am Sonntag?«

Pili, die in der Reihe daneben saß, in der zweiten Klasse, sollte aufstehen und sagen, wo Irina am Wochenende gewesen war. Sie stand hinter ihrer Schwester, die die Hände noch immer ausgestreckt hielt, und sah auf die Bank.

»Man sieht die Sünde zwischen deinen Fingern«, sagte der Pope und verzog angewidert das Gesicht. »Sie sind gelb gefleckt. Schäm dich.«

Auch Pili stand immer noch mit festem Nacken da.

»Die größten Mädchen der Klasse sollten den anderen ein Vorbild sein.«

Mit seinem Akzent hörte der Pope sich an, als komme er direkt aus dem Alten Testament. Er hielt den Mädchen ein Bild aus dem Religionslehrbuch hin. Er legte das Buch vor Judith auf den Tisch. Menschen versuchten, eine Leiter hinaufzuklettern, die schräg durchs Bild lief. Rechts oben waren Engel mit Flügeln und Heiligenschein, links unten brennende rote Engel mit Hörnern, die an den Menschen auf der Leiter zerrten. »Wo gehört deine Freundin hin?«

*

Bei Irina zu Hause gab es eine Katze, die keinen Namen hatte, die einfach *Mâță* gerufen wurde, das kam vom deutschen Wort *Mieze*, so wie viele Wörter im Dorf von den Siebenbürger Sachsen kamen. Aber Irina, die Judith noch nie hatte weinen sehen, hatte Tränen in den Augen, als sie zu ihr sagte, dass Cati und ihre Geschwister immer nur *Mâță* zur Katze sagen würden. Und sie würden noch viel schlimmere

Dinge sagen, sie mit allen Dorf-Schimpfwörtern verfluchen. Anstatt sie zu füttern, gäben sie ihr Klapse, wenn sie versuche, sich etwas zu essen vom Tisch zu holen.

Die Katze hatte auf dem Rücken ein rotes Tigermuster, am Bauch war sie weiß. Sie war schmal und hatte blaue Augen. Judith fand das Blau der Augen wasserfarben und ausgewaschen.

Irina fand die blauen Augen wunderschön. »Eigentlich ist es meine Katze«, sagte sie.

Meine, Judith dachte, dass es doch Irina nicht zustand, eine eigene Katze zu haben, aber sie verscheuchte diesen Gedanken, denn natürlich durfte ein Kind eine Katze haben, egal ob arm oder reich, schwarzhaarig oder blond.

Irina musste täglich nach dem Tier schauen. Wenn sie zu ihm ging, wollte sie allein sein. Alles andere wäre zu auffällig, sagte sie. Sie ging nach der Schule hin und schob die Weidenruten im Zaun etwas nach oben, sodass sie darunter hindurch in den Hof kriechen konnte. Sie wollte ihre Mutter nicht treffen, nur die Katze.

Aber an einem Tag holte Cati sie schon vor der gemeinsamen Hausaufgabenstunde in der 26 ab, weil sie Hilfe brauchte, sie musste im Wald Reisig sammeln für den Ofen.

Später am Nachmittag war Judith mit Elena und Pili im Hof von Irinas Haus. Sie wusste nicht mehr, wer auf die Idee gekommen war, es war ihnen langweilig geworden, hier gab es keinen Ball, keine Schaukel, der Ziegenstall stand leer, es gab auch keinen Garten, aus dem sie hätten Gemüse oder Beeren stibitzen können, ganz hinten am Zaun wuchs nur eine alte Weide, aber die hatte unten keine Astgabelung, in die konnte man gar nicht klettern. Tiere gab es keine mehr, nur den bissigen Kettenhund, die Hühner waren geschlachtet, die Schafe auf der Alm, die Ziegen hatte Cati verkauft, und Schweine oder eine eigene Kuh hatten sie schon gar nicht. Nur die Katze mit den Wasseraugen.

Irgendwer musste auf die Idee gekommen sein. Es war nicht Judith gewesen, die die Katze als Erste am Schwanz gezogen hatte. Die ihr einen Draht um die Hinterbeine gebunden hatte und so weiter. Judith würde nie jemanden quälen, keinen Menschen und kein Tier. So war sie nicht. Sie saßen auf dem offenen Dachboden, Judith streichelte die Katze ein wenig, aber dann ekelte es sie vor ihr, weil sie Flöhe und an Hals und Bauch dicke Zecken hatte. Und da hatten sie begonnen, die Katze vom Dachboden hinunterzuwerfen. Sie warfen sie hinunter und kletterten mit dem Tier die Leiter hoch und warfen es wieder hinunter. Judith schrie: »Lasst das!«, als die Katze maunzte. Aber warum sie nicht wenigstens weggerannt war, als es richtig schrecklich wurde, als sie den Schürhaken holten und die Katze festhielten und ihr ins Loch bliesen, das wusste Judith nicht mehr. Als die Katze blutete und schon nicht mehr maunzte, sagte sie nur: »Ihr seid so grausam, ich hol jetzt Irina.«

Judith konnte Kiefern ausreißen. Sie ging mit großen Schritten über die Hügel. Sieben Schritte, ein Wald, sieben Schritte, eine Weide, sieben Griffe, sieben Kiefern. Natürlich konnte sie das, und sie konnte es immer mehr, je länger sie schritt. Sie riss die Kiefern aus, weil Irina ihr die Schuld für die Sache mit der Katze gegeben hatte.

Die hatte abends mit verdrehten Augen im Keller gelegen.

»Das Fell – zerzaust und verkrustet«, sagte Irina. Sie legte das arme Tier in einer Plastikwanne hinter die alte Weide, gab ihm heimlich lauwarme Milch mit einer Pipette. »Sie wird sterben«, sagte Irina, »meine Katze.«

Die Katze schielte und roch nach Verwesung.

Irina liebte diese Katze immer noch und dachte an nichts anderes. Judith dachte aber an diesen Sonntagmorgen letztens, als sie mit Kurt ums Dorf gelaufen war. Da hatten sie Ovidiu getroffen. Er hielt den Zinkeimer in der einen und den Babybruder Radu an der anderen Hand, neben ihnen lief, ganz ohne Leine, der Kettenhund.

»Ich muss zurück zur Mutter«, hatte er nur gesagt und sich mit *»Sănătate«* verabschiedet.

Kurt hatte ihm auf die Schulter geklopft, und Judith hatte *»Noroc bun«* gesagt.

Gesundheit und gutes Glück.

Seitdem war Ovidiu weg, zurückgekehrt zu seiner Mutter ins Nachbardorf, von der es hieß, dass sie eine Ungarin war. Judith konnte Irina nicht fragen, wie es ihr ohne Vater ging.

*

George streckte den Bauch in die Sonne und legte sich die Persianermütze aufs Gesicht. Darunter, so wollte es Judith, schaute der Schnurrbart hervor. So ein Schnurrbart würde ihr gefallen: mit Schuhcreme schwarz gefärbt und die Spitzen scharf. George hatte zwar noch keinen Bartwuchs, aber bald konnte er Weidewirt werden. Das wollte er. Deswegen übte er auch mit Bauch und Mütze. Nur der *Om* sagte immer, dass George Ingenieur werden müsse. Sein Enkel werde saubere Schuhe tragen.

Judith störte Erde überhaupt nicht, die fiel ja ab, wenn sie trocken war, und den Hirtenberuf hatten die Rumänen von den Vorfahren geerbt, es war ein reiner Beruf, und ein guter Hirte konnte mit seinen Schafen sprechen. Die waren treu und sagten den Hirten ihr Schicksal voraus. Judith träumte davon, Weidewirt zu werden, zusammen mit George. *Weide-*

wirt aus Überzeugung, denn auch ihre Eltern waren *aus Überzeugung* nach Sarmizegetusa gekommen.

Aber sie könnte George nicht mehr so gut mit dem Grashalm in die Nase piksen, wenn er einen Schnurrbart im Gesicht hätte.

»Henne oder Hahn«, fragte sie, zog mit zwei Fingern die Spelzen vom Grashalm ab und steckte George zwei Hähne in die Nasenlöcher. Er drehte sich einfach nur um.

Judith nahm seine Hirtenmütze hoch, um Erdbeeren zu sammeln. Sie wuchsen unter einem Rosenbusch und lagen rosarot in der Mütze mit den weichen schwarz glänzenden Schafslocken und hatten viel mehr Geschmack als die großen aus dem Garten. Sie setzte sich zu den Jungschafen, die unter dem einzigen Baum des Hügels in einer erdigen Kuhle lagen und wiederkäuten. Aber jetzt fand sie, dass die Beeren nach Schafpisse schmeckten. Außerdem wurde es Zeit, dass George wieder aufwachte. Sie gab ein tiefes Wolfsgeheul von sich. Die Schafe käuten und wackelten mit den Ohren. Sie musste also selbst blöken.

George griff ins Gras. Mit einem Ruck richtete er sich auf: »Wo ist meine Mütze?«

Judith setzte sie sich auf den Kopf und sprang hinter den Rosenbusch. »Jetzt bin ich der Weidewirt.«

Sie rannte um den Busch herum. George packte sie. Seine Arme rochen nach Schweiß und trockenem Gras. Er setzte sich die Mütze ordentlich auf und legte den Bauch wieder in die Sonne.

Judith hatte Erdbeersaft im Haar und leckte an den Strähnen. Sie steckte George Erdbeeren in die Nasenlöcher und küsste ihn wach. Es war das erste Mal, dass sie das tat. Sie wollte nur einen Schmatzer machen, und er stieß sie ins Gras. Sie fing an zu lachen und rollte über Schafköttel und Hasenlöcher, lachte, lachte, dass die Schafe nun endlich blökten.

George fluchte, er fluchte wie ein Weidewirt, und als Judith über sich einen tiefschwarzen Himmel sah, nahm sie ihre Gerte und trieb die Schafe durch die Disteln über die stoppeligen Hügel und den rissigen Boden. Die Glocken der Schafe schepperten, und hektisch schepperten dazu vom Dorf die Blechglocken der rumänischen Kirche herauf. George bekreuzigte sich beim Laufen, und jetzt bekreuzigte Judith sich auch, obwohl sie nicht dran glaubte. Die zweihundert Jungschafe liefen folgsam in ihrer Mitte. George trug das gelockte Aschgraue, das fast noch ein Lamm war und hinkte, wie ein echter Hirte.

Sie sahen schon die zwei Holzhüttchen der Schäferei und machten schneller, sogar die sonst so übermütigen Jungwidder liefen geradeaus. Neben der Schäferei stand der grüne Jeep.

»Costache Micuţu«, sagte Judith und spuckte aus. Auch George spuckte aus. Judith sagte, da sei es doch besser auf der Weide, vor den Blitzen habe sie keine Angst, das Gewitter sei schon vorbeigezogen, da müsse man nur jedes Mal bis sieben zählen. Aber George zog bei jedem Donner die Schultern ein und hatte auch Angst vor dem *Om*, der ihm eine verpassen würde, wenn er die Schafe nicht alle zurückbrächte. Eigentlich war er noch ein kleiner Junge, und die Persianermütze verbarg er jetzt an der Brust, denn die war vom Großvater und sollte nicht nass werden.

Die kleine Frau stand am Gatter zum Gehege und schlug das Kreuz bei jedem Windstoß, der an ihren Röcken zerrte. »Meine Küken!«, rief sie den beiden zu und warf ihnen noch im Laufen Decken über.

Sie kamen zur Käsehütte, deren Planen sich blähten. Von drinnen hörte Judith die ätzende Stimme des jungen Costache, der den gleichen Tonfall hatte wie sein Vater: »Küken, kommt, esst Suppe!«

George wollte lieber gleich zum Bretterverschlag am Gehege, wo die Hilfsschäfer, die sich beim *Om* verdingten, nachts schliefen. Aber Costache Micuţu kam schon an, schlug mit ihm ein, sagte »Herr Schäfer« zu ihm und zog ihn zu sich in die Käsehütte.

Judith hatte eine verzogene Nase, setzte sich aber dazu, weil sie George nicht allein lassen wollte mit diesem Kapitalisten. Der *Om* war nicht da, also musste George ihn vertreten.

Costache rief der kleinen Frau zu: »Suppe für die blonde Schönheit und Schnaps für uns Männer.« Er stellte zwei Gläser auf den Tisch.

Judith sagte: »Kinder dürfen keinen Schnaps trinken.«

»Ein Schäfer ist doch kein Kind mehr. Ein Mann muss sich stärken, wenn er seine Braut den ganzen Tag im Stroh gevögelt hat.«

Gevögelt. Judith wollte aufspringen und diesen Typen an der Gurgel packen. Hatte sie das mit den Fußtritten nicht schon längst geübt? Aber ihr Körper klemmte zwischen Diwan und Tisch. Costache Micuţu schlug George auf die nackte Schulter. Der guckte unter den Tisch, nahm aber das Glas in die Hand, weil er beweisen wollte, dass er keine Memme war.

»Wie sie sich schämen!« Costache lachte.

Die kleine Frau sagte zu George: »Ein Gläschen kannst schon trinken mit dem Herrn.«

Weil sie das sagte, vergaß Judith zu pusten und verbrannte sich die Zunge an der Suppe. Und George saß da, fast unterm Tisch, und nippte am Schnapsglas. Costache legte den Arm um seine Schultern und kippte ihm den Schnaps in den Mund.

Da konnte Judith nicht mehr, sie schrie: »Du alter *Securist.*«

Es blitzte, und sie sah, wie die kleine Frau zusammenzuckte

und in ihre Kittelschürze flüsterte: »Iudita, was sagst du da zu dem Herrn.«

Es tat ihr aber überhaupt nicht leid, dass sie das ausgesprochen hatte, sie sprang auf, rannte weg, und beim Wegrennen rief sie noch mehr Beschimpfungen, die mit dem Donner auf den Costache-Sohn herniedergingen. Der kam hierher und spielte sich auf. Verdarb ihr den Nachmittag, nur weil sein Vater mehr Schafe hatte als die anderen im Dorf und weil er sein Kinn so glatt rasierte.

Costache Micuţu lachte lauter als der Regen prasselte, auch als der Donner krachte, und rief: »Sieh an, die Sächsin ist scharf, die kann sogar Flüche.« Und zu George: »Vor der Schlange musst du dich in Acht nehmen, mein tapferes Hirtlein.«

Er patschte ihm in die schwarzen Haare. Und George lachte plötzlich auch, rief »Ziege« und meinte Judith damit.

Sie rannte durch den Schlamm, und erst als sie schon fast unten am Hügel war, holte die kleine Frau sie ein. »Männer sind so, wenn sie Schnaps trinken, mein Kükchen«, sagte sie schwer atmend.

Judith rannte doch nicht nach Hause, obwohl sie wütend war, dass die kleine Frau diesen Kerl nicht einfach rausschmiss. Und es war ein Fehler, dass sie mit ihr wieder zurück zu den Hütten ging, weil es jetzt noch schlimmer kam.

Costache Micuţu und George gingen zum Schafgehege. Die Tiere fingen an zu blöken, und Judith sah, wie sie das gelockte Aschgraue fingen. Sie packten das Jungschaf, und dann hing es dem jungen Costache unterm linken Arm, während er sich mit der rechten Hand bekreuzigte, weil es wieder blitzte.

Judith schrie: »Der Blitz soll dich treffen.«

Das hörte der Sohn des Staatsfarmlers, er duckte sich vor

dem Gewitter, weil er ein Angsthase war, aber er lachte dabei laut, kam mit dem Schaf zur Hütte zurück und hängte es mit den Hinterläufen an den Eingang, dass es schrie und es Judith in den Nacken fuhr.

Und er rief: »Deutschenmädchen, komm doch her, das Schaf streicheln.«

Judith fing an, mit dem Tier zu schreien, es war jetzt ernst, die wollten das Jungtier töten. Sie hörte nicht auf zu schreien, bis Costache dazwischenging: »Jetzt reicht's, du wildes Tier!«

Er packte Judith und trug sie zum jungen Hengst und befahl George, das Tier festzuhalten. Costache Micuţu roch nach Deospray, dass ihr fast die Luft wegblieb. Er presste sie auf den Pferderücken, nahm die Peitsche von George und wollte sie knallen lassen, und weil ihm das nicht gelang im Regen, ließ er es George machen. Judith hing bäuchlings auf dem Hengst und hielt sich an der Mähne fest. Die kleine Frau schrie: »Mein Gott, mein Gott«, das Aschgraue blökte, und Costache lachte so laut, dass alle Schafe mit dem Aschgrauen schrien, als wäre der Bär gekommen.

Judith überlebte das mit dem Hengst, und auch das Aschgraue kam mit dem Leben davon, weil der junge Costache abfuhr, ohne sein Messer zu zücken. Sofort brach die Sonne durch die Wolken, als er fort war, und der Regen hörte auf.

Dann kam der *Om* zurück, jagte George mit einem Peitschenhieb auf den Boden aus der Weidehütte und streckte sich auf dem Diwan aus, um mit Judith zu diskutieren.

*

Kurt musste ihre Aufenthaltsgenehmigung verlängern und nahm die beiden Mädchen in die Kreisstadt mit. Nur Judith und Irina. Elena durfte so lange mit den Kleinen bei Judiths Mutter bleiben. Irina solle einen *unbeschwerten Ausflug* machen, aber Judith wusste nicht, wie sie ihr das übersetzen könnte.

Alle, die kein Auto hatten, mussten trampen. Wenn die Dörfler mitfuhren, hielten sie etwas Geld bereit, das sie während der Fahrt in der Hand rollten und dann nach vorn reichten, wenn sie ankamen. Man musste wissen, wie viel die Strecke kosten würde, danach fragte man nicht, das wusste man. Kurt aber war stolz darauf, dass er fast nie etwas zahlen musste, weil die Leute sich so gern mit ihm unterhielten. Manchmal nahmen ihn sogar Autos mit Klimaanlage mit, denn die Fahrer sahen an seinen Sandalen und seinem Bart schon aus der Ferne, dass er nicht von hier war.

Kurt lief mit den Mädchen bis nach Şedref, wo die Nationalstraße durchging, um von dort aus in die Kreisstadt zu fahren. Das war die einzige gut geteerte Straße der Region, deshalb fuhren hier alle Fahrzeuge, die neuen Autos mit Klimaanlage, die Lastwagen, die Traktoren, die Reisebusse, die Pferdewagen aber auch. Sie liefen bis zum Dorfausgang, etwas weiter von der Polizeistation weg, damit die Autos gut halten konnten. Kurt ließ die Mädchen die Hand raushalten, so wurden sie leichter mitgenommen.

Das Boema war das neue Café in der Kreisstadt. Es hatte weiße, gusseiserne Stühle und Sonnenschirme. Als Kurt Irina fragte, was sie bestellen wolle, sagte sie: »Eine Banane.«

Er notierte das gleich auf einer Postkarte an seine Schwester in Deutschland und schrieb dazu, dass die Kinder hier mit so wenig zufrieden waren. Aber Judith dachte, dass Irina es nur aus Höflichkeit gesagt hatte. Sie bestellte für sich und die Freundin Eis in geschwungenen Glasbechern, es steckten sogar Papierhütchen darin.

Die Mutter hatte beiden Mädchen ein Portemonnaie umgehängt und etwas Geld hineingetan. Judith wollte sich *Das doppelte Lottchen* auf Rumänisch kaufen. Sie saß im Café und stellte sich vor, dass sie und Irina das sein könnten, sie glattes Haar in Zöpfen, Irina lockiges, aber sie war eher die Vatertochter und Irina die Muttertochter, die viel arbeiten musste und sehr brav war. Sie könnten Zwillinge sein und für immer zusammenbleiben, oder sie waren Prinz und Betteljunge und tauschten die Rollen. Irina hatte auch nicht mehr von diesen Sachsen geredet, die sie nach *Germania* holen wollten, hoffentlich hatten die das vergessen.

Irina wurde langsamer, als sie an einem schmalen Türgeschäft in der einzigen Fußgängerstraße der Kreisstadt vorbeikamen. Der Laden glitzerte und war sehr laut, Judith hätte sich nicht getraut, dort stehen zu bleiben. Es gab nicht nur den Verkäufer, der sie gleich hineinrief, es gab da auch noch einen Mann, der Kurt ein Geldbündel in die Hand drücken wollte. Kurt lächelte nicht, wie es Judith von ihm kannte, er schüttelte nur den Kopf und schob die Hand von sich weg. »Diese Geldwechsler sind Betrüger«, sagte er.

An der offen stehenden Tür des Ladens waren von oben bis unten Sonnenbrillen angebracht, und innen an den Wänden stapelten sich Kassetten. Judith wartete lieber in etwas Entfernung und sah sich in einem Schaufenster Porzellanfiguren an.

Irina kam schnell wieder aus dem Laden. Sie hatte gar keine Sonnenbrille gekauft, sondern hielt eine Kassette in der Hand. Darauf war ein Mann mit kastigem Gesicht und einem weißen Hemd, das glänzte und über das er eine schwarze Weste gezogen hatte. Sein Hals war kurz, und in der Hand hatte er etwas, das Judith nicht sofort erkannte. Irina lachte, das war doch ein Mikrofon. Die Kassette hieß *Wenn du Geld hast, bist du wer*, und der Sänger hatte einen Namen wie diese

Kinder, die mit drei schon Geige spielen konnten: *Copilul Minune*. Er aber hielt nur dieses hässliche Mikrofon.

Judith schüttelte den Kopf, denn es war sehr unvernünftig, sich so etwas von dem wenigen Geld zu kaufen und so einen für ein Wunderkind zu halten. Die Musik im Bus war genauso unvernünftig, immer sangen sie dort von *Augen* und *Herzen*. Aber diese Liebe war oberflächlich. Es war so eine Liebe zu einer Frau, die der Sänger allein wegen der Augen liebte, und sie liebte den Mann wegen des Geldes. Freundschaft war wichtiger als Geld. Dass die aus dem Dorf nicht mal das wussten. Manche mache die Liebe verrückt, sagte auch Lizitanti immer, und *Doamna* Ingenieur sagte im Rumänischunterricht, dass es allein auf den Mut ankomme. Edelmut, Großmut, Heldenmut, vielleicht auch Armut. Würde Irina sich Bücher statt Kassetten kaufen, dann wüsste sie das.

Während Kurt zur Behörde ging, schickte er die Mädchen mit einem Einkaufszettel auf den Obst-und-Gemüse-Markt. Weil sie das Handeln nicht geübt waren, gingen sie schnell und ohne sich umzudrehen an den Holzbrettschnitzern, Besenbinderinnen, Korbflechtern und Schmuckhändlerinnen vorbei. Dann aber sah Judith in der Ecke jemanden – das war Ovidiu! Sie hatte die Freundin immer noch nicht gefragt, ob sie ihren Vater vermisste, und Irina sprach auch nicht darüber, sie erzählte nicht einmal von Besuchen bei der Großmutter oder davon, dass sie später auch einmal weggehen wollte.

Sie tippte der Freundin an die Schulter. Die aber drehte sich nicht um. Irina sagte nur: »Lass mich«, und zog Judith zum Stand mit den Tomatensorten: »Kurt sagt, wir müssen einkaufen.«

*

Irina warf die Locken zurück. »Später trete ich mal im Café Boema auf«, sagte sie stolz. Es war kurz vor dem Fest, mit dem das Schuljahr endete, da mussten die Kinder sich schön anziehen, sie mussten auf die Bühne treten, ein Gedicht aufsagen und dann einen Knicks machen. Die Mädchen mussten knicksen, die Jungs sich verbeugen. »Meine Mutter hat sogar schon ein Kleid und neue Lackschuhe für mich.«

Sogar Cati kaufte jetzt also schon so etwas. Das Geld musste sie von der sächsischen Großmutter haben, woher sonst sollte es kommen, die Staatsfarm zahlte keine Löhne mehr, und Ovidiu war weg. Lackschuhe! Judith wollte auch Lackschuhe haben.

Dieser Stimme glaubte man alles: »Wer liebt und doch verlässt, wer liebt und doch verlässt« – Irina stand auf der Bühne im Dorfsaal. Judith schaute nur auf ihre Füße. Irina grollte wie die Stimme aus dem Sender für rumänische Musik, den Kurt immer hörte. Judith sah, wie aus den abgetragenen Sandalen über der weißen Strumpfhose Lackschuhe wurden, rote, glatt, glänzend.

Das Dorf sah nichts, sah nur, dass Irina, die beim Singen kein einziges Wort ausließ, das Lächeln vergaß. Die Frau Ingenieur sagte hinter der Bühne, dass es eine Ehre sei, zu singen.

Judith stand mit einem Blumenkranz auf der Bühne, weil sie die Klassenbeste war. Das Dorf sah auch das.

Die Mutter lobte sie, aber dann sagte sie, dass sie die Noten aus ihrem Notenheft für sich behalten solle, dass die Dorfkinder eben nicht so gute Noten haben konnten wie Judith, weil sie keine Bücher, Stifte und keinen eigenen Schreibtisch zu Hause hatten.

Judith dachte an die Zehnerreihe in ihrem Notenheft. Die eine Acht hatte ihr die Lehrerin nur hineingeschrieben, weil sie beim Wettrennen so oft Seitenstechen bekam, wofür sie nichts konnte, aber in Wahrheit, weil die Mutter nicht wollte, dass sie nur Zehner hatte. Judith werde zu abgehoben von den guten Noten, und ihre Mutter mochte es überhaupt nicht, wenn jemand *nicht mit beiden Füßen auf dem Boden* stand. Aber diese Acht kam erst auf der nächsten Seite, und den Schreibtisch benutzte sie doch gar nicht. Judith machte die Hausaufgaben am langen Tisch unterm Vordach und half Irina, wenn sie es brauchte.

*

Sie fuhren zu Besuch nach Deutschland. Bei der Oma durfte Judith sich immer etwas Neues kaufen: Ohrringe, ein Kleid, Schuhe, ein Kuscheltier. Während der gesamten Zugfahrt freute sie sich auf das Kaufhaus. Deshalb gingen sie am zweiten Tag auch gleich in die Stadt. Die Mutter wollte sofort zu den Ranzen, weil Konsum sie so sehr anstrengte. Judith aber gefiel das alles, die polierten Böden, das automatische Öffnen der Türen, das Plätschern des Springbrunnens bei den Aufzügen. Sie ging durch die Regalreihen und streckte vorsichtig die Hand aus nach den Gegenständen: glitzernde Sticker auf Rollen, Kugelschreiber mit Deckel, ein Block zum Ausprobieren daneben, Federmäppchen zum Aufklappen, da waren gespitzte Bleistifte, Kugelschreiber, Radiergummis drin, und besonders gern hätte sie das eine mit den Filzstiften gekauft.

Die Mutter wollte aber zu den Ranzen. Sie fragte, ob Judith die Familientradition fortsetzen wolle, ein Ranzen für die kommenden acht Schuljahre, das sei reell, dafür wäre es sogar gerechtfertigt, einen richtigen zu kaufen, nicht secondhand oder aus dem Hilfstransport, sondern einen neuen Schulranzen.

»Die Oma schenkt ihn dir«, sagte sie, und sagte es etwas lauter, damit Oma Marli es auch hörte. Judith wusste, dass sie sich jetzt schon einmal bedanken sollte.

Die Verkäuferin brachte sie zu einer Wand, an der bunte Rucksäcke mit Aufschrift hingen. Die Mutter ging aber zielstrebig an den Rucksäcken vorbei auf ein Regal mit eckigen Grundschulranzen zu. Ganz oben standen drei Exemplare aus Leder, fast so groß wie Umzugskartons. Und während Judith noch die Aufschrift der Rucksäcke lesen wollte, zog die Mutter sie an der Hand und sagte: »Schau, der sieht doch solide aus.« Sie drückte ihr einen breiten, braunen Ranzen mit bronzefarbenen Metallschnallen auf den Rücken. Die Mutter fand, dass er sehr gut gearbeitet war.

»Gefällt er dir?«, fragte Oma Marli.

Judith nickte. Aber sie freute sich besonders auf den Geldschein, für den sie aus großen Glasbehältern mit einer Zange bunt gestreifte Schlangen, grüne Schnuller mit süßsaurem Zucker, Schlümpfe und Colaflaschen aus Gummi auswählen konnte.

3.

Zurück in Rumänien, sagte die Mutter: »In der Stadtschule wird es schwer.« Damit meinte sie, dass Judith vielleicht nicht mehr so schöne Zehnerreihen sammeln würde wie in der Schule im Dorf.

Die Mutter war auch einmal zehn Jahre alt gewesen. Sie war aufs Gymnasium gekommen, obwohl Opa Ernst nur als Schreiner in einem Tischlereibetrieb gearbeitet hatte. Sie war eine fleißige Schülerin gewesen, dann aber im Englisch- und Mathematikunterricht nicht hinterhergekommen, hatten die Lehrer gefunden. Deshalb war sie zurück auf die Volksschule gegangen, was für sie angemessen war, fand Opa Ernst.

Judith fasste sich in die Haare, machte einen Knoten, nickte und sagte: »Das ist mir doch klar.« Aber sie dachte vielmehr daran, dass es im Internat nur einen einzigen Duschraum gab und die Duschen keine Türen hatten, das hatte Kurt, der zur Besichtigung hingefahren war, so nebenbei erzählt. Judith würde sich vor wildfremden Mädchen ausziehen müssen, sie würden ihr auf die Brüste starren und sehen, dass da so was wie ein Kehllappen zwischen ihren Beinen war. Aber das sagte sie der Mutter nicht.

Irina war nicht traurig, sie war empört: »Du bist untreu. Ich wusste schon immer, dass du nicht bei uns bleiben würdest. – Warum brauchst du eine Extraschule, um deine Sprache zu lernen? – Wir müffeln wohl, wie? Wir haben dir zu viele Flöhe. Und Krähenhaare.«

Judith wusste auf all das nichts zu erwidern. Sie konnte ihr nicht sagen, dass Kurt sogar im Internat gefragt hatte, ob sie nicht beide gemeinsam in die deutsche Schule gehen könnten, die Betten nebeneinander und Banknachbarinnen in der Schule. Irina konnte ja schon längst Deutsch. Wenn Judiths Eltern sich stritten, verstand sie alles. Judith hätte ihr das gerne alles erklärt, doch wie sollte sie ihr sagen, dass die Internatsverwaltung nur sie, Judith, haben wollte und zu Kurt klipp und klar gesagt hatte: »Diese Rotzigen haben hier im Internat nichts zu suchen.«

Aber Irina hielt sich sowieso die Ohren zu. Sie redete eine Woche lang nicht mit ihr, schrieb ihr bloß Zettel, die sie unter dem Tor durchschob:

Du wirst uns verraten.

Du wirst fremdgehen.

Du wirst so von oben herab.

George war verständiger. Er sagte: »Solange du im Sommer mit uns auf die Weide kommst, ist alles in Ordnung.«

Judith brachte Irina Geschenke: einen Buntstift, den roten; eine Packung Kekse, gekauft vom Taschengeld; den Plüschgorilla. Alles verpackt und mit Schleife. Sie würde Irina sogar einen Lippenstift besorgen oder eine Kassette von diesem Wunderkind, wenn sie nur wieder mit ihr sprach. Aber Irina brachte die Geschenke zurück. Alle noch verpackt, sie hatte nicht einmal hineingeschaut.

Es wäre einfacher gewesen, hätte Irina nicht geahnt, woran es lag, dass Judith ins Internat durfte und sie nicht.

Die Mutter sagte dann noch: »Es ist gut so, Irina braucht mehr Betreuung bei den Schulaufgaben.« Damit meinte die Mutter auch, dass Irina gern zu den Jungs ging und sie befürchtete, das Mädchen könnte schwanger werden, noch bevor es die Schule beendete. Die Mutter sagte auch: »Cati wollte sie sowieso nicht gehen lassen.« Und es stimmte wirklich, Irinas Mutter hatte gesagt: »Ich kann sie nur in die Schule geben, wenn ihr mir mit den Kleinen helft.«

Dass da aber noch etwas war, ahnte Irina, das wusste sie und begriff es in seiner ganzen Folgenschwere. Nur konnte Judith es ihr oder Cati gegenüber nicht aussprechen, weil es so ungeheuerlich war. »Wir zeigen die an«, hatte Kurt aufgeregt gesagt, als er von der Internatsbesichtigung zurückkam, und wollte sofort etwas tun gegen diese *Apartheid*. Kurt fand, dass das wie in Südafrika war, ein paar wenige würden sich anmaßen, die anderen von einer guten Schulbildung auszuschließen, nur weil ihre Hautfarbe etwas bräunlicher sei. Er hatte Judith schon oft begeistert von Nelson Mandela erzählt.

Erst die Mutter beruhigte ihn und sagte: »Es soll vielleicht so sein. Das wäre zu viel für Irina, sie müsste sich da durchbeißen, das können wir dem Kind nicht zumuten.« Und vielleicht stimmte das, auch Ovidiu hatte so etwas gesagt, als er bei ihnen gewesen war, um die Regenrinne zu reparieren.

Judith dachte an Heinrich, der auch mit ihr ins Internat wollte. Sie saß mit dem Hahn auf der Schaukel unter dem Mirabellenbaum und sagte zu ihm, dass er jetzt ordentlich Deutsch lernen könne, dass er Rechtschreibung lernen werde, aber dass er sich anstrengen müsse und ganz leise sein. Sonst dürfe er nicht ins Internat, weil er beim Fressen so glucke. Und sie erklärte ihm auch, dass da gar keine Hühner wären, nur er, der Hahn, als Auszeichnung gewissermaßen, auf die er stolz sein könne. Am Wochenende würde er heimfahren zu den Hühnern. Zugfahren war für Hähne umsonst.

Das sagte sie so, aber sicher war sie sich eigentlich nicht, sie hatte nicht nachgefragt. Sie könnte Heinrich gut einpacken, sodass der Schaffner ihn nicht entdeckte. Sie würde ihm ausnahmsweise eine Schnur um die Beine binden und ihn in eine Tasche legen. Und auf der Fahrt könnte sie ihm das Schlafmittel aus der Apotheke in Rota geben und ihn heimlich streicheln. Sie musste an Lizitanti denken, der sie einmal versprochen hatte, für immer im Dorf zu bleiben.

*

Im Zimmer gab es acht Betten, paarweise aufgestellt. Die Frau Pädagogin betrat mit ihnen den Raum. Nur an den bezogenen Decken erkannte Judith, dass schon andere Mädchen angekommen waren. An den Wänden kein Bild, aber ein roter Läufer zwischen den Betten links und den Betten rechts.

»Der sieht freundlich aus, der Läufer«, sagte Kurt zur Pädagogin. Es war gut, dass er etwas Höfliches sagte, fand Judith, denn die Internatsfrau hatte schon viel zu lange auf seine nackten Füße in den Sandalen geschaut. Judith sah es von hinten, wie die Mutter den Kopf schüttelte über seine Schmeichelei. Und sie fand auch, das Zimmer war nicht freundlich. Sie überlegte, ob sie mit den schwarzen Absatzschuhen, die sie sich auf dem Freitagsmarkt hatte aussuchen dürfen, auf oder neben dem Läufer durch das Zimmer gehen sollte. Die Pädagogin trug Stadtschuhe, sie hatten Riemchen, liefen spitz zu und waren olivgrün. Judith fand sie sehr schick. Und die Frau trug eine Feinstrumpfhose aus Nylon, wie sie auf dem Markt in Rota neben dem Stand mit den bunten Putzmittelkartons hingen. Sie ging ihr auf dem Teppich hinterher, mit den neuen Schuhen durfte sie das bestimmt auch.

Die Eltern traten mit ihr ans Fenster links, wo auf einem Bett noch keine Überdecke lag. Dem Bett fehlte ein Fuß, der durch einen Ziegelstein ersetzt war. Aber wenigstens hatte sie einen Fensterplatz.

Judith sah unter dem Internat die ganze Stadt, wie sie den lang gezogenen Hügel hochwuchs. Sie kannte die Stadt gut, sie musste sich nicht fürchten. Es gefiel ihr, dass sie jetzt neben dem steinernen Tordurchgang wohnte, in einem Haus mit Türmchen, fast wie in einem Schloss. Sie erkannte von oben die Hauptstraße mit dem Hotel, der Post und den Einkaufsläden. Oberhalb der Hauptstraße fingen die Dorfgassen an, unterhalb hatten die Häuser mehrere Etagen. An den Ausläufern der Straße standen Wohnblocks, das Viertel hieß *Bărăgan*, wie die fruchtbare Tiefebene im Süden des Landes.

Die Pädagogin zeigte auf das Bett neben dem von Judith: »Das Mädelchen wird deine Freundin sein.« Auf der geblümten Überdecke lag ein Kissen mit Mäuseschnurrbart und flauschigen Ohren. *Mädelchen* – wie diese Frau das sagte, es erinnerte Judith an Frau Ingenieur. Wenn sie freundlich sein wollte, sprach sie wie aus dem Rumänischlehrbuch. Judith wollte sich anstrengen, damit die Pädagogin auch so zärtlich von ihr sprach. Sie würde das Wort in ihre Wörterliste mitaufnehmen.

Kleiderschränke gab es im Zimmer keine. Judith überlegte, wie sie Kleidung und Schulbücher im Nachtschrank unterbekommen sollte.

Sie kehrte allein ins Zimmer 9 zurück. Neben dem Mäusekissen saßen eine Großmutter und das Mädchen, dessen Freundin Judith werden sollte. Es war Blanca. Der Vater war nicht da und der große Bruder auch nicht. Und ihre Mutter war in Italien, das wussten im Dorf alle, sie hatte sich von Costache getrennt.

Judith wollte auf sie zugehen, doch Blanca blieb so, wie sie dasaß, Arme um die Knie.

Die Großmutter sprang sofort erleichtert auf: »Wie mich das freut, du bist doch die Tochter von Kurt!« Sie küsste

Judith auf beide Wangen, obwohl sie einander gar nicht richtig kannten. Judith mochte die alte Frau immer noch, mit ihrem runden Gesicht, den roten Wangen, dem Kopftuch – eine Märchenoma. Als die Großmutter Blanca aufforderte, nicht so ungezogen zu sein, sprang das Mädchen auf, sein Pferdeschwanz wippte, und seine Hand schoss hervor, sodass Judith einen Augenblick zögerte.

»Sehr erfreut«, sagte sie, wie im Französischunterricht.

Judith erwiderte: »Sehr erfreut.«

Blancas Schuhsohlen blinkten, sie bewegte sich fast hüpfend auf diesen weißen Sohlen. Judith dachte an ihre fleischigen Brüste, aber die waren unter ihrem roten Kapuzenpullover sicher. Sie überlegte, während sie die Finger in den Taschen kreuzte, wie sie das ihrer Mutter erzählen sollte, wer ihre Bettnachbarin war. Irina durfte es auf keinen Fall erfahren.

Ihr wurde heiß, als ihr einfiel, dass sie immer noch den breiten Ranzen auf dem Rücken trug. Da steckte das Federmäppchen drin, die neuen Hefte, die Bücher mit den neuen Umschlägen. Der Ranzen war nicht zu übersehen, groß und schwer hing er an ihr. Sie versuchte, sich darauf zu besinnen, dass die bronzefarbenen Schnallen so schön poliert waren. Doch das half nichts, der Ranzen blieb zu groß, sie stellte ihn aufs Bett, das die Eltern schon bezogen hatten, aber das Ding lag nicht, es thronte darauf. Judith stellte es hinunter, neben den Nachtschrank, aber auch das brachte überhaupt nichts. Jetzt stand der Ranzen am Ende des Läufers im Mittelpunkt, und alle schauten zu ihm hin.

Sie sah Blanca die Nasenflügel aufblähen, bestimmt war das wegen des Ranzens, ihrer Brüste und der schwarzen Absätze, die so laut klackten, wenn sie einen Schritt machte. Sie erklärte das mit der Familientradition, und die andere sagte höflich: »Aha, so ist das bei euch Deutschen.«

Judith wurde wütend. Sie fasste nach dem Ranzen und

hätte ihn ihr fast entgegengeschleudert. Doch anstatt mit dem Ding zu werfen, lächelte sie und nickte der Großmutter zu, die nur *»Ioi«* sagte wie die Frauen im Dorf.

Dann musste die Großmutter gehen. Tränen liefen ihr über die Wangen, und sie sagte noch einmal *»Ioi«* und »Sei artig, Blancakind!«. Und zu Judith sagte sie: »Pass bitte auf die Kleine auf, ja?«

Judith nickte, viel lieber hätte sie aber die Oma im Bett neben sich gehabt.

*

Abends kam die Pädagogin ins Zimmer und setzte sich auf den einzigen Stuhl, der am Tisch in der Zimmermitte stand. Auch sie sagte, dass alle auf *das Mädelchen* aufpassen sollten. Es kenne sich nicht so gut aus. Daher könne es immer passieren, dass es die Hausaufgaben nicht verstünde, dass es bestohlen oder sich in der Stadt verirren würde. Sie sagte: »Schaut, wie ordentlich das Mädelchen Rumänisch spricht, und ihr R ist sehr niedlich.«

Erst jetzt begriff Judith, dass damit sie gemeint war. Was aber das mit dem R sollte, war ihr völlig unbegreiflich, sie sprach es mittlerweile aus wie jeder echte Rumäne, den ganzen Sommer über hatte sie es geübt. Und sie kannte sich schon lange aus im Land, sie war allein Zug gefahren, und die Stadt mit dem Uhrenturm kannte sie wie ihre Westentasche.

Bevor Judith sich wehren konnte, war die Frau schon beim nächsten Thema, der Frage, ob sich alle gewaschen hätten. Sie wollte ihre Füße sehen. Judith wollte einer Fremden nicht ihre Füße zeigen, die Internatsfrau bestand jedoch darauf. Also streifte sie die Strümpfe ab und ließ sie am Boden liegen. Die Pädagogin forderte sie auf, die Strümpfe glatt zu ziehen und aufs Bett zu legen. Sie sagte: »Mädelchen, Mädelchen, du musst noch viel dazulernen.« Und sie ließ Judith nichts erwidern, sondern hielt gleich eine ganze Rede, in der sie die Mädchen anhielt, sich abends ja immer zu waschen, und ankündigte, das zu kontrollieren. Mädchen seien oft schmutziger als Jungs, vor allem die großen. Sie seien zwar noch nicht groß, aber früh anfangen müsse man, da gäbe es bei ihnen aus der 9 noch eine Chance. Sie könnten noch reinlich werden, das sei das Wichtigste im Leben.

Judith schwitzte in ihrem roten Pullover, sie dachte, dass sie sich hier nicht waschen wollte, in diesem Bad, in dem die Duschen keine Vorhänge hatten.

Die Pädagogin sprach das Wort *reinlich* fast wie *Mädelchen* aus. Sie sagte auch noch, dass man sie *Päda* nennen dürfe, weil *Frau Pädagogin* zu lang sei, und dass alle Internatskinder sie immer so nannten, weil sie die Schulwoche über wie eine Mutter für sie sei. Und dann machte sie das Licht aus und schloss die Tür und rief über den Flur: »Ruhe, sofort, die Kleinerchen schlafen!«

Judith ging noch einmal hinaus, sie musste zur Toilette. Am Treppengeländer vor der 9 standen die Mädchen und ließen ihr Haar herunter. Da kam die Päda vom Ende des Gangs, klatschte in die Hände und rief: »Ruhe, sofort!« Sie sah Judith über den Flur huschen, rief, dass sie hier nichts zu suchen habe, und das war überhaupt nicht leise, es war über die ganze Etage und durch das Treppenhaus oben bei den Mädchen und unten bei den Jungs zu hören.

Judith sagte – und ihre Stimme war leiser, als sie wollte –: »Ich muss Pipi machen.«

Da sagte die Frau: »Das heißt *kleines Geschäft*, und warum wirst du rot dabei?«

Judith fasste sich ins Gesicht und rannte schnell ins Zimmer zurück, legte sich ins Bett und konnte wegen des Drucks auf der Blase lange nicht einschlafen.

Auch Blanca blieb wach. Judith lugte zu ihr rüber und sah, dass auf ihrem Kissen ein Heftchen lag. Blanca schaute sich um, und weil alle zu schlafen schienen, kniete sie sich hin und murmelte etwas, was sie aus dem Heftchen vorlas. Dann bekreuzigte sie sich, küsste das Papier und bekreuzigte sich wieder, gleich mehrmals und mit ausladenden Bewegungen. Das Heftchen musste ein Gebetsbuch sein.

Erst als Blanca fertig war, als auch die Köpfe der anderen sechs Mädchen vom Marktflecken und den umliegenden Dörfern auf den Kissen lagen und es auf dem Flur dunkel wurde, traute sich Judith noch einmal zur Toilette. Es gab nur zwei, die Spülung funktionierte kaum, und der Mülleimer quoll über, weil das Papier dorthinein geworfen werden sollte und nicht in die Toilette.

*

Judith verwaltete ihre Internatswoche in einem Heft, in das sie mit der Mutter Tabellen gezeichnet hatte. Die Mutter fand es wichtig, dass man lernte, den Überblick zu behalten. Judith mochte Tabellen. Auf der einen Seite war eine für die Wochentage, da trug sie ein, was sie am Tag machte, auf der anderen war eine für die Ausgaben, da notierte sie, wie viel Taschengeld sie bekam und was sie davon kaufte. Die hinteren Seiten aber verwendete sie für ihre Wörterliste, denn hier im Internat gab es viel zum Aufschreiben.

Einmal die Woche, mittwochs, hatten sie Ausgang. Doch als Judith losgehen wollte, war Blanca schon weg. Die Päda hatte gesagt: »Ihr Kleinen dürft nicht allein in die Stadt, ihr müsst immer jemanden mitnehmen.« Also ging Judith ins Zimmer zurück, aber da waren nur acht leere Betten.

Sie lief zum Tor hinaus, denn das stand gerade offen, und der Pförtner im Keller daneben löste Kreuzworträtsel. Sie machte sich klein, stieg die Burgtreppe hinunter und blickte voraus. Blanca war nirgends zu sehen. Also ging sie zum Buchladen, den kannte sie, dort gab es Hefte, Stifte und Bücher, alles, was sie brauchte. Sie gab ihr Taschengeld für ein Schulheft, einen Bleistift und die Rumänischlektüre aus.

Als sie zurückkam und das große Metalltor geschlossen fand, ahnte sie, dass sie das Internat nicht einfach so hätte verlassen sollen. Der Hausmeister brachte sie zur Päda.

»Ich will gar nicht wissen, was du in der Stadt getrieben hast«, sagte die Frau.

Judith erzählte, dass sie sich im Buchladen nicht hatte entscheiden können, ob sie die Volksballade *Miorița* oder das Poem *Morgenstern* kaufen sollte, und dass sie schließlich *Miorița* genommen habe, weil sie das Dorf mit seinen Schafen vermisse und weil ihre Mutter mit diesem Buch Rumänisch gelernt habe. Und sie erzählte weiter, wie sie noch mal zurückgegangen war, weil sie den *Morgenstern* als Erstes durchnehmen würden im Unterricht, und da habe sie auch noch die Verse über die Grille gefunden, die sie schon in der ersten Klasse auswendig gelernt habe.

Während Judith das erzählte, schrieb die Frau etwas in ihr großes Buch. Dann sagte sie: »Mädchen, schweig jetzt, ich habe solche Lügengeschichtchen satt.«

Lügen. Über das Lügen sprach sonst immer der Pope im Religionsunterricht.

Die Päda forderte Judith auf, im großen Buch nachzulesen, was sie hineingeschrieben hatte:

Schiller, Judith, Zimmer Nr. 9, Ausgang gestrichen bis 1. Oktober!

»Und nächstes Mal holst du dir einen Ausgangsschein, ohne den darf kein Kind in die Stadt.« Dann schickte sie Judith hoch zur Hausaufgabenstunde, die bereits begonnen hatte.

Sie setzte sich zu Blanca an den Tisch und schrieb ihr auf einen Zettel: *Lügengeschichtchen* und *Ausgang gestrichen*. Blanca schnalzte mit der Zunge und schrieb zurück: *Das hab nicht mal ich in der ersten Woche geschafft.*

Am Abend bot Blanca ihr Sonnenblumenkerne aus der Tüte an. Sie aßen die ganze Tüte leer, Sonnenblumenkerne, richtig geröstet und gesalzen, Markensonnenblumenkerne. Sie waren verpackt, und die Firma hatte einen englischen Namen. Blanca lachte Judith gar nicht aus, weil sie die Schalen so feucht ausspuckte, dass das Kreuzworträtselheft durchweichte, das sie als Unterlage für die Schalen auf dem Bett ausgebreitet hatte. Sie erzählte Judith von den Jungs von Rota, denn dort wohnte sie seit der Trennung der Eltern, bei ihrer Großmutter. Blanca war in einen von ihnen verliebt.

Judith musste ans Lügen und an Irina denken und dass sie ihr das mit den Sonnenblumenkernen niemals erzählen konnte.

*

Es gab noch keinen richtigen Schulunterricht, weil die Stundenpläne nicht fertig waren. Blanca saß neben Judith und war mit ihrem Mobiltelefon beschäftigt. Sie hatte es von ihrer Mutter, die nach der Trennung von Costache nach Italien gegangen war, um dort eine alte Frau zu pflegen. Sie schrieb Kurznachrichten an den Sohn des Restaurantbesitzers in Rota, der auch schon so ein Ding besaß, wie Blanca stolz erzählte. Außer Blanca hatte noch keins der Mädchen ein

Mobiltelefon. Ihre Mutter hatte es gekauft, weil sie die Tochter täglich anrufen wollte. Einmal bat sie Blanca auch, das Telefon an Judith weiterzugeben, und sprach zu ihr vom großen Glück, dass sie so ein braves Mädchen sei und ihrer Tochter helfe. Irgendwann wollte die Mutter Blanca nach Italien holen, jetzt aber ging es noch nicht, denn sie hatte selbst keinen gültigen Aufenthaltstitel.

Permesso di soggiorno – Aufenthaltstitel (italienisch), schrieb Judith auf das Briefpapier. Sie hatte versprochen, Irina zu schreiben, strich es aber gleich wieder durch. Immer wieder legte sie schützend die Hand aufs Papier, besonders die Anrede sollte Blanca nicht sehen.

Ihr Brief wurde sehr korrekt, weil Irina lernen sollte, wie man so etwas schrieb, das war sie nicht gewohnt. Judith berichtete, dass sie in der zweiten Bank sitze, dass sie vom Internat aus die Pizzeria sehe und dass sie ihr ein Buch gekauft habe, weswegen ihr die Pädagogin, die eine Brille mit Schlangenmuster trage, den Ausgang gestrichen habe. Irina sollte wissen, dass man auch sie einmal bestraft hatte. Wer ihre Bettnachbarin war, ließ Judith allerdings aus. Dafür schrieb sie, dass sie Irina sehr vermisse und sie Freitag sofort besuchen wolle, um mit ihr die Serie *Leidenschaften* anzuschauen.

Gleich nach der ersten Schulstunde trat die Klassenlehrerin vor die Kinder, um sie in der fünften Stufe willkommen zu heißen. Sie unterrichtete Französisch und wollte daher *Professeur* genannt werden. »Nicht Madame, einfach Professeur«, sagte sie.

Judith war froh, dass sie nicht ihren roten Pullover trug, da konnte die Lehrerin sie nicht sofort entdecken. Nach der allgemeinen Begrüßung kam die Professeur dennoch zu ihr und fragte auf Französisch: »Sprechen Sie Deutsch?«

Judith wurde heiß im Gesicht, weil sie in der Fremdsprache

antworten sollte, und sie nickte nur. Sie mochte die Professeur aber, weil die ihr das Deutschsprechen nicht gleich ansah.

Wenn die Lehrerin Französisch sprach, waren ihre Konsonanten geschliffen, die Vokale waren hell, und sie plätscherten über das klare R der Zunge, wie im Rumänischen.

Judith notierte in ihrer Liste:

Rumänen: 11
Halbungarn: 7
Halbsachsen: 4
Sachsen: 2
Deutsche: 1

Und Roma? Da war sie nicht sicher. Sie übte, wie die Professeur und die Mitschülerinnen im Singsang zu sprechen.

»Bist du fremd hier?«, fragte eine Halbsächsin.

»Ja, ich bin aus Sarmizegetusa.«

»Sarmizegetusa, das Herz Rumäniens.« Das Mädchen vollführte einen Singsang, als sie das sagte, und kicherte, aber es war ein freundliches Kichern, sodass Judith mitlachte. Die Professeur hatte dem Mädchen angeordnet, sich neben Judith zu setzen.

»Dann wohnst du wohl im Internat?«

Die Halbsächsin malte im Französischunterricht Bilder für alle, großäugige Engel auf Pferden, Prinzen mit Posaunen. Aber die auf der letzten Seite des Hefts kosteten eine ganze Packung Neapolitaner im neuen lila Papier, da waren die Engel und Prinzen nämlich nackig, sie saßen breitbeinig da, zeigten *Vögelchen* und *Schniepelchen*, so nannte man das in der Stadt. Blanca leistete sich gleich mehrere Prinzen, denn ihre Mutter schickte reichlich Taschengeld. Judith aber durfte sich sogar umsonst einen Prinzen ausschneiden.

Sie schoben sich unter den Tischen eine bunte Jugendzeitschrift hin und her, die die Professeur nicht sehen durfte.

Die Lehrerin war argwöhnisch und kam in der ersten Woche jeden Tag, um ihnen *Lektionen* zu erteilen, so nannte sie das.

Sie fragte: »Wer hat euch erzogen? Kinder, denen die sieben Jahre von zu Hause fehlen, haben nichts auf dieser Schule zu suchen. Schaut euch das deutsche Kind an. Es rollt die RRR ganz *formidable* über die Zunge. Mit der Zunge habt ihr RRR zu rollen, nicht in den Pausen zu knutschen.«

Die Klasse kicherte, alle Hände blieben dabei unter den Bänken.

»Das versteht wohl nur das deutsche Kind:

Ihr müsst Messer und Gabel beim Essen benutzen.

Ihr müsst eure Hände nach dem Pausenhof desinfizieren.

Ihr müsst euer Sandwich in einer Serviette halten.

Am Telefon nicht einfach *Alo* sagen, sondern sich mit Namen melden, wie es die Deutschen machen.

Ihr müsst beim Husten euer Taschentuch vorhalten.«

Die Halbsächsin war vorlaut: »Wir haben das Taschentuch zu Hause vergessen und konnten es deswegen beim Knutschen nicht vorhalten.«

Alle Kinder schauten zur Wand und prusteten los.

Die Professeur war böse, ihre Stimme stach in die Luft. »Ich senke dir die Note in Betragen.«

Betragen, das hieß auf Rumänisch *Purtare*, so stand es im Notenheft.

»*Madame le professeur*, seien Sie nicht so.« Die Halbsächsin stand neben dem Pult, schaute schuldbewusst und schmeichelte der Lehrerin.

*

Das Café Boema lag oberhalb des Internats. Eigentlich hieß es La Bohème, doch der Akzent fehlte. Das Boema hatte eine Hintertür, was Judith erst jetzt von den großen Mädchen erfuhr. Wenn sie laut an der Tür klopften, auf die Verkäuferin warteten und dann, ohne zu stocken, ihre Bestellung aufgaben, konnten sie dort etwas bekommen. Es war nur wichtig, schnell zu sprechen, weil die Verkäuferinnen wenig Zeit hatten.

Blanca klopfte allerdings nicht an Hintertüren, deswegen ging Judith voran und holte für sich eine Hausschokolade und für Blanca eine Wurst mit Senf im Brötchen, was alles zusammen *Hotdog* hieß.

Blanca wollte im Café sitzen, und zwar während der Hausaufgabenstunde, die im Internat *meditație* hieß. Es klang wie die Meditation, die Judiths Eltern täglich machten. Judith aber wollte nicht ins Café, sie wollte die Hausaufgaben erledigen, sie wollte, dass die Geografielehrerin sah, wie fleißig sie war, wie pünktlich sie in die *meditație* ging und wie sie noch blieb, wenn sich die anderen schon zum Abendessen aufmachten.

»Du kannst auch im Café meditieren«, sagte Blanca. Und: »Du musst deine Jugend leben.«

»Und wann soll ich deine Hausaufgaben machen?«, fragte Judith. Sie konnte Blanca nicht sagen, dass sie lieber mit der Geografielehrerin in der *meditație* saß als mit der Freundin im Café und dass sie an nichts anderes denken würde, als dass die Geografielehrerin sie morgen an der Karte vor der ganzen Klasse prüfen könnte, und dann würde sie vielleicht keine Antwort haben. Ihr würde dabei das Gesicht heiß werden, und die Geografielehrerin würde sich bei der Päda beklagen. Die Päda würde sie verhören, warum sie, ohne es ihr zu sagen und ohne dass der Hausmeister sie gesehen hätte, nicht im Internat gewesen war, und sie würde ihr wieder den Ausgang streichen. Vielleicht würde sie Judith auch anschreien oder sogar allen Mädchen den Ausgang verbieten. Am schlimmsten aber wäre, wenn die Geografielehrerin sie vor der ganzen

Klasse tadeln und sagen würde, dass sie enttäuscht sei von ihrem deutschen Mädchen.

Blanca hatte gute Argumente: »Im Café schreibe ich meine Hausaufgaben selbst. Meine Mutter ruft die Päda an und sagt ihr, dass ich zum Zahnarzt musste, und du warst zum Händchenhalten mit dabei.«

Also saß sie mit Blanca jetzt an einem dieser weiß lackierten gusseisernen Tische auf der Terrasse, wo Judith auch schon mit Irina gesessen hatte beim Ausflug in die Kreisstadt. Als die Kellnerin auf sie zusteuerte, wäre sie am liebsten aufgesprungen und ins Internat geflüchtet. Deswegen bestellte Blanca. An der Hintertür wollte sie nicht klopfen, aber bei der Kellnerin im Café bestellen, das gefiel ihr.

»Zwei Kaffeechen, bitte.« Es ging Blanca so glatt über die Zunge, als würde sie jeden Tag während der Hausaufgabenstunde in einem Café Bestellungen aufgeben. Sie setzte sich die Sonnenbrille auf die Stirn. »He, was hältst du davon, wenn wir zusammen nach Deutschland abhauen?«, sagte Blanca dann. »Du übersetzt für mich, ich besorg uns einen Mann mit Auto.«

»Ich mag keine Männer«, sagte Judith, »und Autos sowieso nicht.« Sie nippte vom bitteren Kaffee und dachte, dass Blanca sich eigentlich gut mit Irina verstehen würde, die trällerte ja neuerdings auch immer Lieder von Sängern mit Golduhren und Mercedes-Autos vor. Aber diese Musik – und dazu würde Blanca sicher dieses Schimpfwort sagen – hörte sie auf keinen Fall. Blanca kaufte sich lieber diese Zeitschrift, die in der Mitte Plakate hatte von ihrer Lieblingsband, die *3rei Sud Est* hieß.

»Das ist egal, du musst ja nur übersetzen.« Die Freundin goss den Kaffee ins Gras neben der Terrasse und blähte angewidert die Nasenlöcher auf: »Der ist nicht echt. In Italien gibt's den besten Kaffee.« Sie rief nach der Kellnerin. »Haben

Sie auch richtigen Kaffee?« Die Frau setzte an zu schimpfen. Doch bevor sie die beiden verscheuchen konnte, sagte Blanca gelangweilt: »Ich habe hier einen Gast aus Deutschland, was soll sie denken von diesem Diebesland.«

Und plötzlich war Judith genauso selbstsicher wie die Freundin und sagte ernst und mit deutschem Akzent: »Kaffee schlecht, ich beschweren bei Chef.«

*

Irinas Brief war mit Kugelschreiber geschrieben, den nahm Judith mit ins Internat und legte ihn sich unters Kopfkissen. Sie las ihn nach Lichtschluss im Schein des Strahlers von draußen.

Costache Micuțu hat mich aus Rota mitgenommen, schrieb Irina, *ich habe den Jeep schon aus der Ferne erkannt. Dass er mich mitnimmt. Er hat es getan. Und dann hab ich vorn neben ihm gesessen, und er so: Fräulein. Managerin soll ich bei ihm werden, stell dir vor. Ich so: Das ist mein Traumberuf. Und er noch mal: Ich mach eine Managerin aus dir. Ich lern jetzt Englisch, auf dem Markt gab es so ein Buch. Vom ersten Geld kauf ich mir ein kleines Telefon, eins zum Einklappen. Kann dich dann in der Stadt anrufen. Ach, du hast ja auch noch keins, dann kauf ich eben zwei, eins für dich, eins für mich. Du willst am Wochenende mit mir spielen oder fernsehen, aber dafür hab ich keine Zeit, ich muss hart arbeiten, weil ich meiner Mutter bald ein Haus kaufen will. Eine Villa mit Teich und Brücke und so einer Rutsche für die Kleinen, weißt du noch, wie auf dem neuen Spielplatz in der Kreisstadt. Ein Italiener kommt, um die Farmverwaltung zu prüfen, den will ich heiraten. Der passt auch vom Teint her gut zu mir. Mit 18 mach ich einen Führerschein, weißt du, kann dann ein Pizza-Restaurant in Sarmize-*

getusa bauen, da können die Touristen rein, die Pizzeria heißt Tre amici, das heißt Drei Freunde, du kannst ja kein Italienisch, und du hast ja kein Fernsehen, deswegen weißt du so was nicht.

Tre amici, so hieß die Pizzeria in der Kreisstadt, die sah Judith vom Internatsfenster aus. So ein italienischer Name passte nicht ins Dorf. Und wer wäre schon bereit, so viele Zutaten über die schlechte Straße anzuliefern. Die Touristen wollten Pferdewagen fahren, aufs Plumpsklo gehen und Maisbrei essen, keine Pizza, die wollten ja Rumänien kennenlernen, aber das begriffen die Leute hier nicht, das begriff Irina nicht. Und dass der kleine Costache plötzlich so große Stücke auf Irina hielt, der doch immer abfällig über ihre Familie geredet hatte. Er sagte doch *Damen vom Dung* zu Irina und ihren Schwestern. Warum er sie plötzlich mit seinem Auto mitnehmen sollte, den Geruch kriege er da nicht mehr raus, sagte er sonst immer. Und er schimpfte noch ganz anders, weswegen Kurt ihn schon angebrüllt hatte.

Judith hätte Blanca fragen können, aber Irina bloßstellen, das wollte sie nicht. Irina war ihre beste Freundin, was sie Blanca so natürlich nicht sagte, die wusste ja vielleicht nicht einmal, wer Irina war.

*

Judith wurde Zimmerchefin. Auf Deutsch hätte sie Zimmer*sprecherin* geheißen, aber *Chefin* war genauer, denn sie musste entscheiden und dirigieren. Die Päda schlug sie vor, die Mädchen stimmten ab und waren einverstanden. Judith führte dienstags die sieben Mädchen zum Teppichklopfen in den Internatshof und ging mit dem Klopfer voran. Sie achtete darauf, dass die Mädchen in einer Reihe gingen und dass sie ihre Betten machten. Sie sorgte dafür, dass alle abends nach Lichtschluss in ihren Betten blieben und still waren.

Blanca beglückwünschte Judith nicht zu diesem Amt. Sie erzählte nach Lichtschluss von der Motorradfahrt am Wochenende, und dafür legten sie die Köpfe an die Kissenkanten und zogen eine Decke über beide Köpfe, sodass sie unbemerkt von den anderen Mädchen flüstern konnten.

Blanca hatte zum ersten Mal einen Jungen geküsst, das war der, bei dem sie hinten auf dem Motorrad gesessen hatte. Ein Zungenkuss. Es hatte ihr nicht gefallen. Der Sohn des Restaurantbesitzers aus Rota putzte seine Zähne nicht. Aber sie hatte durchs Schlüsselloch beobachtet, wie die Jungs ihre *pulas* miteinander verglichen. Sie flüsterte das Wort: *pula*. Judith hatte zwar früher oft mit dem Wort geflucht, aber seitdem sie die sehr elegante Rumänischlehrerin aus der neuen Schule kennengelernt hatte, verwendete sie es nicht mehr. Blanca schilderte, wie lang die *pulas* der Jungs waren, der des Restaurantbesitzersohns, des Waldinspektorsohns, des Sohns des Polizisten und der ihres großen Bruders.

Judith stellte sich vor, wie Blanca die *pulas* durchs Schlüsselloch beobachtete, und sagte: »Ich würde eine Tabelle machen und alles reinschreiben.« Sie sollte raten, wer das kürzeste und wer das längste Geschlechtsteil hatte, aber dazu hatte sie keine Lust. »Das ist doch eine rhetorische Frage«, sagte sie und stellte sich weiter vor, wie Blancas nach der Zahnpasta aus der Fernsehwerbung duftende Zunge an der nach Zwiebeln und Schmalz riechenden Zunge des Restaurantbesitzersohns kleben blieb.

Blanca drehte sich weg, vergaß sogar ihr Gebet und sprach die nächsten Tage nicht mehr mit ihr. Judith wollte alles mit Blanca teilen, was sie von zu Hause mitgebracht hatte, Butter, Käse, Müsli. Auch auf Judiths Erinnerungen an die Mathematikhausaufgabe reagierte sie nicht.

Judith nahm ihr Heft und schrieb die neuen Wörter hinein.

4.

Sobald es dunkel wurde, schaltete die Stadt den Scheinwerfer ein, der den Turm anleuchtete, weil es gut war für den Tourismus. Judith konnte deshalb auch nach Lichtschluss ihre Arbeit fortsetzen. Sie schrieb die Handlungsmomente der Volksballade *Miorița* auf. Deren Held war ein schöner Mann, ährenbärtig, brombeeräugig, rabenhaarig, das würde sie der Rumänischlehrerin mit den eleganten Hosenanzügen zeigen, und sie würde den bewundernden Ausdruck ihrer Augen sogar durch die blau getönte Sonnenbrille erkennen. Die Rumänischlehrerin würde vielleicht sogar sagen: »Dieses Talent ist unglaublich.«

Am Fuße aller Berge, am Munde des Paradieses. Schau! Da kommen sie ins Tal: Lämmer, drei Herden, drei Schäfer. Der jüngste Schäfer, der hat die größte Herde, gehörnt sind seine Schafe und aufrecht, seine Pferde klug, die Hunde heldenmütig. Und das eine Schaf, Mioara heißt es, seine Wolle glänzt silbern, ist seit drei Tagen unruhig, es blökt und schreit, das Gras mundet nicht mehr.

Vielleicht, schrieb Judith, waren diese Schäfer Brüder. Mioara aber war das kluge Schaf, sie war die treue Weggefährtin des Jüngsten, des Moldauers. Es war ein kleines, gelocktes Aschgraues, fast noch ein Lamm, und hinkte. Die anderen beiden Schäfer waren vielleicht älter, der eine war Ungar, und der andere kam aus dem Rumänischen Land. Die beiden beschlossen, den Jüngsten umzubringen, bei Sonnenuntergang. Das war die Intrige. Der Jüngste aber sagte zärtlich zu seinem Schaf: »*Dulce mioară.*« Da glänzte die aschgraue Wolle silbern. *Mioara* war ein Kosename. Der Jüngste sagte das, weil er tierlieb war, das gefiel Judith. Das Schaf warnte ihn vor den Plänen der Brüder. Da der Schäfer aber diesen schicksalsergebenen rumänischen Nationalcharakter hatte, fand er sich sofort damit ab, dass er bald sterben würde. Er nahm Abschied von der geliebten Natur und versorgte seine Tiere. Und dann hatte er noch eine Bitte an das Schaf Mioara: Es solle seiner Mutter ausrichten, dass er mit einer Märchenprinzessin Hochzeit gefeiert habe. Der Schäfer sagte: *Wenn es so weit ist und ich sterben sollte, dann sag ihnen, den Brüdern, begrabt mich hier! Hier seid ihr, meine Schafe, ich will bei euch sein, bei meinen Schafen und Hunden. Und legt mir aufs Grab drei Flöten: aus Buche,* das sagte er mit Liebe, *aus Knochen,* das sagte er zart, *und aus Holunder,* das sagte er mit Feuer. *Die Flöten werden euch rufen, meine Schafe, und ihr werdet die sein, die mich beweinen werden, mit Tränen aus Blut. Aber, meine Mioara, sag meinen Lämmern, sag meinen Schafen nichts von dem Mord, sag ihnen, dass ich mich vermählt habe. Dass bei meiner Hochzeit ein Stern vom Himmel fiel, dass Sonne und Mond den Brautkranz hielten, dass meine Gäste Tannen und Ahornbäume waren, Priester, die Berge, Tausende Vögel, die Musiker, und die Sterne waren mein Licht.*

Die Hausaufgabe für den Rumänischunterricht war es, zu erörtern, warum der Mioara-Schäfer sich nicht gegen die älteren beiden wehrte. Judith gefiel es, dass er sich so in sein Schicksal fügte und eins mit der Natur werden wollte. Sie wäre gern selbst dieser Schäfer, dann hätte sie auch diesen Nationalcharakter und könnte so dichten. Aber es ging leider hinten und vorne nicht auf, das bedrückte sie sehr. Natürlich, sie war die Jüngste in ihrer Familie, aber sie war auch das einzige Kind und ganz und gar nicht aus der Moldau wie dieser schöne Mann.

Im Dorf wäre die Geschichte anders verlaufen, da gab es, bis auf den neuen Popen, niemanden aus der Moldau, und es wurde daher auch kein Moldauer umgebracht, und auch die Sachsen, Rumänen und Ungarn nicht. Nein.

Kürzlich aber hatte Judith auf Kurts Schreibtisch ein Heft gefunden: *Deportarea rromilor în Transnistria.* Sie nahm den Titel in ihre Wörterliste auf: *Die Deportation der Roma nach Transnistrien. Roma* war auf Rumänisch mit Doppel-R geschrieben, damit sich das Wort von *România* unterschied. Sie kannte kein anderes Wort der rumänischen Sprache, das so seltsam aussah. *Transnistrien*, das hörte sich noch geheimnisvoller an als *Transsilvanien*, das war nicht nur *hinter dem Wald*, das war auch noch *hinter dem Nistru*, dem Fluss, der an der Grenze Großrumäniens zur sowjetischen Ukraine gelegen hatte. Judith erfuhr aus diesem Heft, das sie in einer Nacht durchlas, dass die rumänische Gendarmerie 1942 im Süden Siebenbürgens genauso wie in den alten Fürstentümern, der Moldau und dem Rumänischen Land, die Roma abgeholt hatte, die keinen festen Wohnort hatten oder die von den Behörden als gefährlich für die Gesellschaft eingestuft worden waren.

Im Fach *Geschichte der Minderheiten* hatten sie etwas über die Deportation der Siebenbürger Sachsen in die Sowjetunion nach dem Weltkrieg gelernt. Das war die *Verschleppung*, von der Lizitanti immer erzählte. Aus dem Deutschunterricht kannte Judith *Das Tagebuch der Anne Frank.* Von einem Transnistrien aber hatte sie in der Schule nichts erfahren, nicht einmal im Geografieunterricht, und auch im Dorf hatte sie das Wort noch nicht gehört.

Blanca war überhaupt nicht erstaunt, als Judith ihr davon

erzählte. Sie sagte, dass das doch eine gute Idee aus Deutschland gewesen sei. Sie sagte auch, dass jetzt, bei der Präsidentschaftswahl, ihre Oma die Großrumänienpartei wählen wolle, die habe einen sehr vernünftigen Kandidaten. Der wolle alle, die nicht arbeiteten, in Lager bringen. »Er ist ein kluger Kopf«, sagte Blanca.

»Aber sogar die Rumänischlehrerin hat uns vor ihm gewarnt«, Judith war erschrocken über das, was ihre Freundin sagte.

»Wirklich wahr? So eine Schlange«, sagte Blanca, die im Unterricht nie aufpasste.

Judith konnte sich nicht vorstellen, dass Blanca es ernst meinte.

Blanca küsste sie auf beide Wangen und sagte: »Meine kleine, heilige Judith.«

Am Wochenende fragte Judith die kleine Frau, ob sie etwas über Transnistrien oder den Fluss Bug wisse. War es nicht sie gewesen, von der Judith dieses Wort schon einmal gehört hatte? Die kleine Frau sagte *»Ioi«* und *»Of«*, und dann sagte sie: »Beim Schwanz des Hengstes, das war eine schwere Zeit, aber diese Zeit hier ist auch schwer.« Vielleicht dachte sie auch an den Kandidaten von der Großrumänienpartei, der im Fernsehen mal etwas Kluges über den Nationaldichter Eminescu, mal etwas über diese Lager, die er plante, erzählte. Die kleine Frau wich aus und sagte, dass vielleicht Lizitanti etwas zu Judiths Frage sagen könne, denn sie sei die Älteste.

Judith dachte an den Ährenbart und die Rabenhaare des Hirten. Hatte Irina nicht auch solche Rabenhaare? Während sie sich bei Scheinwerferlicht mit den Handlungsmomenten der *Miorița* beschäftigte, tippte Irina vielleicht gerade Nachrichten in ein Mobiltelefon, das ihr Ovidiu – und hatte der nicht einen Ährenbart? – geschickt hatte. Nachrichten an ihren neuen Freund, der einen Namen von anderswo trug, vielleicht Călin, Răzvan oder Tudorică. Dabei lag sie vielleicht unter der Bettdecke in der 26, wo sie die Mutter in letzter Zeit gerne übernachten ließ, damit es im Kinderzimmer nicht so leer war. Judith hielt das alles für Zeitverschwendung. Nur auf Papier geschriebene Sätze waren echte Sätze.

Im Dorf wäre die Geschichte vielleicht so verlaufen: Es waren drei Schwestern, eine Hellblauäugige, eine Brombeeräugige und eine Braunäugige. Die Hellblauäugige war die einzige rechtmäßige Tochter, die brombeeräugige Hofdienerin aber war ihre Freundin. Und die Braunäugige? Kam erst später.

Die Brombeeräugigen waren schon seit Generationen die Hofdienerinnen. Einmal, als der Hofwirt und Vater der Blauäugigen in die Wälder und Berge ging, nahm er die Hofdienerin mit. Sie ward schwanger und gebar ein kleines Mädchen. Niemand durfte wissen, dass dem Hofwirt dieses späte Kind als ein brombeeräugiges, rabenhaariges Kind geboren worden war. Aber die Hellblauäugige wusste es und neidete dem unrechtmäßigen Kind die zärtliche Liebe des Vaters. Der Hofwirt wurde Soldat und zog in den großen Krieg, den zweiten. Er schickte Briefe: *Dulce Mioară*, schrieb er, *sorg' für mein Kind, wächst mein Kind?* Und es war vielleicht die Hellblauäugige, die diese Briefe des Vaters öffnete und die rumänische Sprache auf ihnen sah. War sie es, die dafür sorgte, dass die Hofdienerin auf die Listen der Gendarmen kam? Die Brombeeräugige sollte nämlich dorthin, in dieses *Transnistria*. Die vom Hof, die aus dem Dorf oder die Milizionäre machten ihr weis, dass sie dort frei sein würde. Dort, das war am Rand hinter diesem Grenzfluss, hinter dem Nistru, dort, wo dieser unbekannte Fluss mit dem harten Namen war, den sie Bug nannten. Die Brombeeräugige und das Mädchen, das vielleicht ein paar Jahre alt und schön war wie die Märchenprinzessin, würden dort keine Hofdienerinnen mehr sein, sie würden frei sein, ein eigenes Haus und Land bekommen. Deshalb ließen die vom Hof sie, so sagten es die Leute, in die Listen schreiben.

Die Brombeeräugige habe selbst die Freiheit gesucht, die Freiheit für sich, für ihr Kind. Das würde die Hellblauäugige vielleicht so erzählen, so erzählt haben. Wenn Judith gefragt hätte, würde sie gefragt haben, warum dieses Bild an der Wand hing, warum die Hühner diese Namen trugen, warum sie dieser brombeeräugigen Urenkelin heimlich Plastiktüten zusteckte.

Die Brombeeräugige wollte es ja vielleicht wirklich, wollte wirklich weg von hier, wollte dieses Leben in Freiheit. Überhaupt habe sie einen Hang zum Verschwinden, sagte man im Dorf. Vielleicht habe sie dort auch Verwandte, denn Brombeeräugige gebe es überall, sagten die Leute, Verwandte, bei denen das kleine Mädchen unterkommen könne. Die Hellblauäugige würde jedenfalls gesagt haben, dass sie dort einen finden würde, der ihr gleich sei. Oder die Hellblauäugige würde gesagt haben, dass sie nicht gehen solle, sie seien doch wie Schwestern, jetzt, im Krieg, wo der Vater kämpfte, brauche sie jede Hand. Wenigstens das Kind solle sie dalassen, es sei zu klein für so eine weite Reise, und sie könne es aufnehmen. Aber die Brombeeräugige habe gehofft, so würde es die Hellblauäugige erzählen, erzählt haben, dass dort, jenseits von diesem Fluss, der Bug hieß, der aus dem Mund des Paradieses floss, der am Fuß aller Berge lag, dass sie dort einen finden würde, der ihr gleich war: einen Schmalschultrigen, einen Rabenhaarigen, einen Ährenbärtigen, einen Milchschaumhäutigen, einen Brombeeräugigen.

Doch waren es diese Gendarmen, die sie abholten, da riss

sie die brombeeräugigen Augen auf. Sie sagte kein Wort, nahm ihr Kind an die Hand und ließ sich auf einem papiernen Schiff über den Fluss fahren. Denn von solchen Schiffen erzählten sich die Brombeeräugigen später, als sie von den Verlorenen, von den Toten und Verhungerten schweigen mussten oder aus Scham nicht erzählen konnten.

Die Mutter aber rannte über die Felder und Berge und suchte nach ihrem Sohn, dem Schäfer, sie weinte aus den Augen, und sie fragte alle und sagte zu allen: Wer kannte ihn, wer hat ihn gesehen, mein stolzes Schäferlein, meinen Schmalschultrigen, meinen Rabenhaarigen, meinen Ährenbärtigen, meinen Milchschaumhäutigen, meinen Brombeeräugigen. Und auch der Vater rannte, als er zurückkam, er sah seine einzige Tochter nicht an, er rannte, wo ist meine Mioara, und rannte, wo ist mein brombeeräugiges, mein rabenhaariges Kind?

Und als die neuen Patrouillen kamen, um die Hellblauäugige in die sowjetische Verschleppung zu bringen, hatte sie keinen Vater mehr, dem sie Lebewohl sagen konnte, der Vater war verschwunden, und sie hinterließ den elterlichen Hof leer.

Judith war sich sicher, das war keine Auflösung, das war eine Katastrophe. Aber schön war der Schmerz des Vaters schon, er war so zärtlich und voller Bewegung. Vielleicht verschwand er auch in der Natur, verschwand er im Kosmos wie der rabenhaarige Sohn aus der *Miorița*. Judith musste für ihn weitersuchen.

Und sie fand die Hofdienerin, die Brombeeräugige. Die war eines Tages zurückgekehrt und hatte den Hof leer vorgefunden. Mit dieser Mitgift konnte sie den stolzesten Schäfer des Dorfes heiraten, einen Braunäugigen. Sie gebar ihm sein erstes Kind, eine braunäugige Tochter, die aber die Trauer der Mutter um den verlorenen Mann spürte und deshalb bis ins Erwachsenenalter klein blieb. Sie würde eine fleißige Schäferin werden, und ihre Kindeskinder würden Weidewirte sein, jeden Sommer auf die Hügel ziehen und dort ihre Käsehütten aufbauen. So konnte es eine ganze Weile gegangen sein – bis eines Tages auch die hellblauäugige Schwester zurückgekommen wäre, die Haare fahl, der Rücken schon gebeugt von der harten Männerarbeit. Aus Scham würde die Hofdienerin mit ihrem Schäfer länger im Jahr auf den Hügeln geblieben sein, würde ein schmächtiges Lehmhaus abseits des Dorfes bezogen haben. Die Hellblauäugige würde als rechtmäßige Erbin auf den Hof des Vaters zurückgekehrt sein, gebeugt von den schweren Jahren der Verschleppung, gekrümmt von der Trauer um den verschwundenen Vater. So würden sie eine Weile in Ruhe gelebt haben.

Was aber, wenn das brombeeräugige Kind eines Tages zurückgekommen war? Was, wenn das brombeeräugige Kind nicht mit den Papierschiffen gesunken war, nicht unter Ahornbäumen und Tannen ruhte, sich nicht unter dem Licht der Sterne mit einem Märchenprinzen vermählt hatte? Was, wenn auch sie die Hand einer Tochter an ihrem Rock gehabt hätte? Einem Rock, der so farbenfroh war, dass alle Dorffrauen auf ihren Bänken ihr nachschauten, dass alle Männer mit den Zungen schnalzten?

Zurück von dort, vom Bug, oder aus einer anderen Freiheit, brombeeräugig und unerschrocken, würde sie geschlagen haben an die sommerliche Weidehütte der Mutter und an das Hoftor der hellblauäugigen Tante. Würde sie geschlagen haben, bis die Mutter und die hellblauäugige Tante ihr geöffnet hätten? Aber warum war das Kind, das an ihrem Rock lief, bei der Hellblauäugigen geblieben? Könnte die Hellblauäugige, die gebrochen und unfruchtbar aus der Verschleppung zurückgekehrt war, ihr gedroht haben, sie bei den Gendarmen zu melden, wenn sie ihr das Kind nicht in Obhut geben würde? Könnte sie ihr versprochen haben, dass es etwas lernen, dass es saubere Kleidung haben und ein Foto an der Wand des Hauses der Familie haben würde?

5.

Judith bot Blanca an, sie am Wochenende zum Motorradfahren zu begleiten. Sie hoffte, dass die Freundin sich wieder mit ihr vertragen würde. Da sagte Blanca zum ersten Mal wieder etwas: »Nein, das ist nichts für kleine Mädchen.«

Judith warf ein Buch nach ihr, was Blanca nur als Beweis nahm. Nicht das Motorradfahren solle sie ihr versprechen, verlangte Blanca, sondern der erste Schritt sei die Teilnahme an einer Kinderüberraschung für das kleinste Mädchen im Internat.

Gerthild war neu und hatte das Bett direkt neben dem Ofen zugewiesen bekommen. Sie war das einzige Internatsmädchen, das in die erste Klasse ging. Alles an ihr war schmal, die Körper der anderen wuchsen längst.

Gerthilds Gegenwart beunruhigte Judith. So ein Mädchen gehörte ins Dorf, dachte sie, zu den kleinen Geschwistern, Hühnern und Hunden, vielleicht auch aufs Feld. Aber dass sie das dachte, lag nicht nur an Gerthilds schmaler Stimme und schmalen Schultern, es lag auch daran, dass die Mädchen sich gleich am ersten Tag zuflüsterten, dass sie nicht ins Internat gehöre, dass es nur am Namen liege, dass sie hier sein dürfe.

Es war der braune Ton ihrer Haut. Judith schimpfte mit den anderen, dass sie wegen dieses Farbtons flüsterten, und zugleich musste sie immer zu Gerthild hinschauen und schämte sich für sie, weil sie hier wirklich nicht hingehörte.

Und sie konnte das neue Mädchen deshalb auch nichts fragen und nicht bei ihm auf dem Bett sitzen, und selbst bei sich am Fenster war es ihr unbehaglich. Warum war sie hier? Sie hatte nicht einmal eine Puppe dabei oder anderes Spielzeug, es war unerträglich, wie Gerthild abends dalag, Kopf auf dem Kissen, und in eins ihrer Lehrbücher starrte, während die anderen aufgereiht auf den Betten saßen.

»Komm doch her«, sagte Blanca sogar. Aber die Kleine schüttelte heftig den Kopf und schaute weiter in ihr Buch. »Bist ja schlimmer als diese Streberin hier«, sagte Blanca, und das ganze Zimmer lachte mit, sogar Judith selbst.

Sie beschloss, das kleine Mädchen zu übersehen, Gerthild sollte selbst über die Runden kommen. Aber die anderen fragten sie aus, und Gerthild antwortete. Vielleicht war sie stolz, vielleicht war sie verzweifelt.

Gerthild wurde sonntagabends von ihrer Mutter mit dem Zug in die Stadt gebracht. Im Internat hatten die Mädchen die Mutter allerdings noch nie gesehen, sie brachte die Tochter immer nur bis ans Tor und wollte dann schnell zum Bahnhof zurück, um den nächsten Zug noch zu erwischen. Gerthild kam in karierten oder gepunkteten Kleidern, sie sahen aus wie Kittelschürzen, waren selbst genäht, so etwas hatte nicht einmal Judith. Wenn Gerthild durch das Zimmer ging, tat sie es leise, mit kleinen, sehr eiligen Schritten und immer sofort zu ihrem Schlafplatz am Kachelofen.

Eines Abends wollte Judith sie doch zu sich aufs Bett einladen, da blieb Gerthild vor ihr stehen und beantwortete ihre Fragen in ganzen Sätzen. Alles an Gerthild war schmal, ihre Haare lagen schmal um den Kopf, die Schultern waren schmal, und ihre Kinderstimme lag schmal im Raum, wenn sie sprach. Judith hätte sich fast wie zu einem Kleinkind hingehockt. Aber Gerthild sagte, sie müsse gleich Hausaufgaben machen. Und dann zeigte sie Judith ihr Notenheft und schaute dabei zu Boden.

»Fräulein Lehrerin hat gesagt, dass ich die Gedichte lauter vortragen muss.«

Judith bot ihre Hilfe an. Gerthild schaute aber weiter nur zu Boden und zuckte die Schultern, die nicht rund waren, sondern spitz zuliefen.

Doch dann gingen sie jeden Morgen zwischen fünf und sechs Uhr zusammen in den Lernsaal, nahmen sich ihre Rumänischbücher vor und übten gemeinsam die Gedichte und bestimmten Wortarten, was Judith am liebsten tat.

Die Mädchen im Zimmer 9 erzählten sich gern Geschichten. Sie erzählten, wie sie Gerthild in der Stadt mit Jungs gesehen hätten, und nachmittags lockten sie die Kleine in den Keller, wo sie *ein Rendezvous* mit einem schmächtigen Jungen arrangierten. Beim Faschingsball stimmten sie dafür, dass Gerthild, die als Marienkäfer verkleidet war, den ersten Preis bekam. Und dann musste sie wieder mit dem schmächtigen Jungen tanzen, und nach dem Faschingsball erzählten sie sich, Gerthild hätte einen Zungenkuss gemacht. Die aber steckte nur den Kopf unters Kissen. Judith, die beim Fasching ein Zauberer gewesen war, wofür sich keiner interessiert hatte, war früh gegangen, sie wusste also nicht, ob es stimmen konnte, das mit der Zunge.

Einmal war Gerthilds Bett morgens nass. Sie zog das Laken schnell ab und versteckte es im Schrank, und am Abend legte sie sich so hin, ganz ohne Laken. Als ihre Nachbarin Zsófi das sah, schob sie ihr Bett von Gerthilds weg und an Blancas Schlafplatz heran. »Die liegt ganz ohne Laken auf der schmutzigen Matratze«, rief sie in den Raum. Und so klebten jetzt drei Betten aneinander, und Gerthilds Bett blieb allein neben dem Ofen stehen.

Als die Päda kam, riss sie das Laken aus dem Schrank. Das passierte, weil Gerthild verdächtigt wurde, einer anderen Geld aus dem Portemonnaie genommen zu haben. Sie weinte mit ihrer schmalen Kinderstimme und stand da mit ihren schmalen Schultern und ihrem schmalen Kopf und schaute zu Boden. Die Päda forderte sie auf, den Blick zu heben, und weil sie das nicht konnte, sagte sie, dass sie ihren Schrank kontrollieren müsse.

Auch Judith musste zu Boden schauen, weil ihr die Hitze ins Gesicht stieg. Ihr Nacken wurde fest, und während sie hörte, wie die Stimme der Päda hässlich wurde, und sie den Inhalt des Schranks für alle Augen hervorholte, dachte sie daran, wie auch Irinas Blick an ihren Füßen geklebt hatte am ersten Tag, als Lizitanti sie vor Judith und ihren Eltern *Teufel* genannt hatte. Sie hörte die Päda den Schrankinhalt auf den Tisch knallen und über das, was sie vorfand, schimpfen, dass es zu unordentlich und schmutzig sei.

Judith blieb an ihrem Platz, sie konnte sich nicht bewegen und musste an ihre Eltern denken, was die wohl dazu gesagt hätten. Da hörte sie plötzlich ein Weinen. Gerthild schluchzte und rief, dass sie nach Hause wolle. Und plötzlich fing Judith an zu reden: »Das liegt doch an ihrer Hautfarbe, dass die Mädchen sie verdächtigen, warum soll sie es gewesen sein? Zsófi verliert öfter Geld, ich habe ihr auch mal was geliehen.« Und sie wurde ganz rot dabei, weil sie sonst nie so lange Sätze sagte, wenn die Päda bei ihnen war und alle zuschauten.

Am Abend saßen die Mädchen auf Gerthilds Bett am Kachelofen. Sie rösteten sich Brote in der offenen blauen Gasflamme und nannten das *Sitzung*. Die Brotscheiben waren aus der Kantine, sie bestrichen sie mit der Butter, die Judith von zu Hause mitgebracht hatte, die schmolz so schön. Sie erzählten sich Witze vom Land, lasen Zeitschriften, die die Päda nicht sehen durfte, und planten den Kauf einer Ikone mit ewigem Licht, die sie am Kopf des Zimmers aufhängen wollten. Dass Gerthild schlafen wollte, ließen sie nicht gelten.

Und da war Gerthild zur Päda gegangen, weshalb die Mädchen wiederum entschieden, ihr als Strafe eine *Kinderüberraschung* zu bereiten.

*

Judiths größte Lust war das Heft. Das Heft hieß *carnet*, das hörte sich sehr persönlich an. Sie arbeitete angestrengt daran, eine volle Zehnerreihe zu bekommen, das war ihr im Dorf schon einmal gelungen, aber hier war es tatsächlich schwerer, die Mutter hatte recht. Am liebsten hätte sie eine volle Reihe ganz ohne Minus.

Das *carnet* war Identitätsausweis und Zeugnisheft zugleich. Es war mit dunkelblauem Leinen beklebt, darauf gedruckt ein Wappen, nicht irgendein Wappen, es war das Wappen der *Sozialistischen Republik România*, so wie das Land hieß, bevor von der ganzen Komposition nur noch *România* übrig blieb. Wappen drückten die Eigenschaften des Volkes aus. Auf der ersten Seite klebte ein Passbild, das Judith vor den anderen versteckt hielt, da hing ihr das grüne Band mit dem Schrankschlüssel um den Hals, das hatte ihr Kurt beim Fotografen nicht abgenommen. Es folgten einige Seiten Tabellen mit den Fächern und Durchschnittsnoten der Schulhalbjahre. Alle anderen Seiten enthielten Listen mit den Tag für Tag eingesammelten Noten. Da schrieben die Lehrerinnen die Fächer hinein, dann folgten Note und Unterschrift. Die Unterschriften zu zeichnen übte Judith, wenn ihr in der Hausaufgabenstunde langweilig war, auf den Schmierseiten ihrer Hefte.

Das größte Machtinstrument der Lehrer war das Pendant

zum *carnet*, der *catalog*. War das *carnet* klein, war der *catalog* groß. Er hatte einen kartonierten, weinrot gemaserten Umschlag, und er war geheim, die Kinder konnten nur, wenn sie einmal neben dem großen Lehrerpult standen und vor der ganzen Klasse geprüft wurden, verstohlen auf die beim eigenen Namen aufgeschlagene Seite blicken. Der Moment der größten Begierde war, wenn eine Lehrerin für ein paar Minuten vor die Klassentür ging – und den *catalog* einfach liegen ließ. Dann stürzten sich alle darauf und versuchten, Fehlstunden als entschuldigt zu markieren, denn Schwänzen wirkte sich sehr schlecht auf das Zeugnis vorne im *carnet* aus. Für fünf unentschuldigte Fehlstunden wurde die allerwichtigste Note, die in *Betragen*, um einen Punkt gesenkt. Schon bei zwei abgezogenen Punkten waren die Versetzung und dann der Platz auf der weiterführenden Schule nach der achten Klasse gefährdet. Judith schwänzte nie und hatte es daher auch nicht nötig, sich auf den *catalog* zu stürzen.

Ihr Ziel war es, den besten Durchschnitt der Stufe zu erreichen. Für ihre Strebsamkeit erhielt sie im Laufe des Jahres Lob und Unterschriften aller Lehrerinnen. Und am Ende des Jahres bekam sie eine Urkunde. Dafür packte sie abends, wenn alle schliefen, ihre Hefte aus und ging morgens um fünf schon in den Hausaufgabenraum. Sie war froh, dort jetzt Gesellschaft zu haben, auch wenn es bloß Gerthild war. Sie schaute keine Telenovelas, spielte nur manchmal und nur in der Mittagspause zwischen Schule und Hausaufgabenstunde Hüpfspiele im Hof mit, ging abends nie in die Jungszimmer, hörte keine Musik, rauchte nicht heimlich, und auch die neuesten Zeitschriften las sie nur verstohlen, wenn sie einmal offen dalagen, auf den Betten von Blanca oder Zsófi. Zum Sport, zum Tanzen, ins Schwimmbad, zum Eislaufen oder in eine Bar konnte sie als Internatsschülerin sowieso nicht gehen, was auch gut für ihre Noten war.

Zur Übergabe der Notenhefte war Judiths Gesicht rund, auf dem Kopf trug sie einen Zopfkranz, darauf Margeriten. Dazu die feinen Ohrringe von Oma Marli und dann noch eine schwarze Acrylhose mit eingenähten Bügelfalten. Die Hose glänzte, und auch die hochgeschlossene Rüschenbluse hatte Bügelfalten. Die senkrechten Falten waren vorteilhaft für ihren Körper, der weich geworden war.

Blanca trug schon einen BH, weil sie hoffte, dass ihre Brüste damit schneller wachsen würden, und sie hatte von der Blinddarmoperation eine Narbe auf dem Bauch, weswegen sie nicht mehr zum Meer fahren wollte. Judith aber trug keinen BH, sie dachte, dass das etwas für Mädchen mit Miniröcken war, die Prinzessin sein wollten. Sie schwitzte, weil sie einen Stapel mit Landnelken im Arm trug, die sie gemeinsam mit Kurt besorgt hatte, der nicht hatte verstehen wollen, was das sollte. Sie war die beste Schülerin des Jahrgangs, und deshalb musste sie diese in Plastik verpackten roten oder rot-gelb gemusterten Blumen an die Lehrerinnen verteilen.

Blanca war nur ihretwegen noch einmal in die Stadt gekommen und weil ihre Mutter, die nach drei Jahren endlich eine italienische Aufenthaltserlaubnis erhalten hatte und deshalb zu Besuch kommen konnte, etwas mit dem Mathematiklehrer besprechen musste. Blanca hatte die letzte Klassenarbeit einfach abgegeben, ohne irgendetwas hinzuschreiben. Wenn die Mutter nicht mit dem Lehrer sprach und ihm vielleicht etwas zusteckte, würde Blanca sitzen bleiben.

Als Belohnung für ihre Noten bekam Judith einen ganzen Stapel Bücher mit bunten Umschlägen. Die Seiten waren grau, die Buchstaben darauf glänzten, und vom Lesen bekam man graue Finger. Es gab diesen Moment, an dem die Klassenlehrerin – auf Rumänisch – sagte: »Der erste Preis geht an Schiller. Schiller, Judith«, und an dem sich die Klassenkameradinnen nach ihr umdrehten und sie über den Schulhof nach vorne lief und sich mühte, nicht über die Platten zu stolpern, und die Klassenlehrerin und besonders die Rumänischlehrerin hinter ihrer blau getönten Sonnenbrille sie anlächelten, Judith den Kopf senkte und die Urkunde ihr über den Tisch gereicht wurde und mit den knisternden, duftlosen Blumen zusammenstieß, die sie den Lehrerinnen gab.

Judith wollte eine rumänische Dichterin werden, für die rumänische Nation. Im Sommer würde sie zur Rumänisch-Olympiade auf Schul-, Stadt-, Kreis- und *nationaler Ebene* fahren. Ihre tägliche Arbeit wurde bestätigt von der Gesamtheit aller Lehrkräfte, veredelt durch ihre tägliche Hilfe für die schwachen (Gerthild) und verblendeten Mitschülerinnen (Blanca, Zsófi), die lieber im Speisesaal saßen und Telenovelas schauten oder die zum Eislaufen oder ins Schwimmbad gingen oder sogar zum Tanzen (die Halbsächsin). Was waren diese Vergnügungen, die am Ende des Tages kein Ergebnis hatten, gegen die reine Reihe der doppelten Zehn und das anerkennende Lächeln der Lehrerinnen an diesem Tag und das Lob in jeder Stunde für diese *Zierde der rumänischen Sprache*, dieses keusche, reine und belesene Mädchen, das im Internat so allein und doch so strebsam und gescheit sich die Zuneigung aller Lehrerinnen eroberte!

Später, als sie mit Blanca und deren Mutter bei Tre amici saßen, erzählte Kurt davon, wie er selbst durchs Abitur gefallen war. Er erzählte das, weil Blancas Mutter Judith immer wieder lobte und die eigene Tochter wegen deren Faulheit und der Sorgen, die sie ihr bereite, tadelte. Kurts Misserfolg in der Abiturprüfung habe daran gelegen, dass der Deutschlehrer ihn nicht habe ausstehen können: »Schweinchen, ha, Schweinchen haben wir zu ihm gesagt.« Er erzählte von der Schülerzeitung, in der er unumwunden geschrieben hatte, der Deutschlehrer sei ein Prügler. Deshalb habe der ihn dann auch durchs Abi rasseln lassen, so einfach war das. Und er schimpfte über seinen Vater: »Der war ein Musterschüler, pfui«, schon deshalb sei er, Kurt, das Gegenteil gewesen, *unangepasst*, er habe nämlich die Schule immer geschwänzt und stattdessen lieber in der Bibliothek gelesen, was ihn interessierte.

Später, auf der Rückfahrt mit dem vom Staatsfarmler geliehenen Auto, der solche Anlässe seiner Ex-Frau überließ, konnte Kurt gar nicht mehr aufhören, von seinem Vater zu erzählen, obwohl die Mutter, die am Steuer saß, fand, dass es nicht zur feierlichen Stimmung des Tages passte. Aber Judith wusste bereits aus den Büchern, die sie bei Scheinwerferlicht las, dass die Deutschen sogar Kinder umgebracht hatten. Sie fand es richtig, dass Kurt das nicht vor ihr verheimlichen wollte.

Auf ihre Frage, ob der Großvater da auch mitgemacht habe, echauffierte Kurt sich sehr: »Immer Bestnoten, er liebte Sprachen, Altgriechisch, er war immer Primus, stell dir das mal vor, ein Kind aus einer Proletarierfamilie, nicht mal das, die waren nicht mal Proleten, der Vater von meinem Vater war Kleinkrimineller. Neugriechisch hat er sich in ein paar Wochen beigebracht, Dolmetscher auf dem Griechenland- und Balkanfeldzug. Hat immer gesagt, er habe Partisanen das Leben gerettet. Wer's glaubt, wird selig. Zurück kam er mit einem Siebenstriem. Weißt du, was das ist?«, fragte Kurt und hörte wirklich gar nicht mehr auf zu reden. Der Großvater habe ihm sogar verheimlicht, dass die Deutschen Juden und auch Roma, ja, Roma, und auch Kinder, ja, umgebracht, nein, ermordet hätten. »Ich habe ihm später einen gepfefferten Brief geschrieben, aber dafür musste ich mich erst mal von meiner ersten Frau trennen und richtig auf die Nase fallen. Meine Geschwister waren dankbar: Endlich hast du es diesem alten Schnüffler mal gezeigt, hat mein Bruder gesagt.« Der Großvater habe sofort einen Antwortbrief geschrieben, sogar mit Betreffzeile, in der gestanden habe: *Haben wir es gewusst?* So eine Frage, die sei doch unerträglich zynisch, sagte Kurt zu Judith, so eine Frage, wo der Vater mitten in Berlin aufgewachsen war und in der Schule doch mal hätte aufstehen können, als seine jüdischen Mitschüler plötzlich nicht mehr kamen. Das dürfe er als Sohn von seinem Vater wohl erwarten.

Die Mutter sagte zu Kurt: »*Zynisch*, das versteht sie doch nicht.«

Und Judith, der langsam doch der Kopf zu schmerzen anfing, versuchte, an die zarten, duftlosen Landnelken zu denken.

*

Judiths Deutschaufsatz trug den Titel: *Eine lustige und aufregende Nacht.*

Sie schrieb: *Im Internat spielten wir jedes Mal vor den Ferien jemandem einen Streich. So auch jetzt. Da G., die erst seit diesem Jahr im Internat war, noch keine Kinderüberraschung erhalten hatte, beschlossen wir, ihr eine zu bereiten.*

B., die gerne zeitig schlief, legte sich früh ins Bett, und auch wir anderen Mädchen folgten ihrem Beispiel und legten uns hin, aber keine von uns wollte schlafen. Als wir nun alle in den Betten lagen, gesellte sich G. dazu und schlief kurz darauf tief und fest ein. Nach etwa einer halben Stunde holten B. und ich unsere Wasserfarben heraus, dann rüttelten wir Z. und die anderen Mädchen, die inzwischen doch eingeschlafen waren, wach. Zu fünft fingen wir an, G. zu bemalen: Gesicht, Hände und Füße, Beine und Arme, überall, wo wir Platz fanden. B., die sich das Gesicht der Schlafenden vorgenommen hatte, es sah ohnehin schon komisch aus, wickelte ihr Toilettenpapier um Kopf und Hals. Das war zu viel, ich begann laut zu lachen – das muss ich immer, wenn ich etwas lustig finde –, und die anderen fielen mit ein. Wir sahen erschrocken auf. Wir hatten die Frau Pädagogin vergessen. Wir horchten auf, Gott sei Dank, kein Laut zu hören, keine Pädagogin, die die Treppe hochkam, kein Schimpfen. Puh, wir hatten Glück gehabt.

Wir nahmen nun ein Band und befestigten G.s Beine am Bett, und ihre Kleidung hängten wir auf eine Leine, die wir vom Nachtschränkchen bis zu einem Tischbein spannten. Plötzlich, gerade als wir einen Zweig Flieder an ihr Kopfende legen wollten, ging die Tür auf … Wir sprangen in die Betten und zogen die Decken über unsere Köpfe. Also hatte die Frau Pädagogin uns doch gehört! Es vergingen wohl Minuten, in denen sie merkwürdigerweise nichts sagte. Da nahm ich all meinen Mut zusammen und lugte unter der Decke hervor! Es war C. aus dem Nachbarzimmer, die gerne mitmachen wollte.

*

Dabei war sie erst zwölf Jahre, aber es half nichts. Als sie in der großen Pause auf die Toilette ging, sah sie, dass es stimmte, dass es nichts anderes war, dass da Blut aus ihr herausfloss. Sie musste sich auf dem Schulhof Taschentücher leihen, Toilettenpapier gab es ja keins. Blanca reichte ihr nur zwei Taschentücher, und Judith wollte ihr nicht sagen, dass sie bestimmt die ganze Packung brauchen würde, die Freundin sollte nicht argwöhnen, worum es ging. Erst zwölf Jahre, aber da war nichts zu machen, da war Blut, auch fünf Minuten später und zehn Minuten später, es blieb dabei.

Sie sagte der Lehrerin, dass ihr übel sei, und war erleichtert, wie zärtlich die Frau reagierte: »Dann geh ins Internat und leg dich ein wenig hin.«

Judith dachte an die aufgequollenen Brustwarzen. Sie verschränkte die Hände in der Tasche ihres Pullovers. Aber als sie überlegte, was ihr jetzt bevorstand, wurde ihr noch übler. Sie musste in den Laden gehen und über die Theke rufen. Sie musste *Binden* über die Theke rufen, und zu Binden sagte man im Dorf *tampon*. Aber korrekt war *absorbant*, das hatten sie letztens von der Frau von der Bindenfirma gelernt, die in den Unterricht gekommen war und die Jungs hinausgeschickt hatte. Judith wusste nicht, was sie jetzt über die Theke rufen sollte. Was sie sagen sollte, wenn die Verkäuferin sie nicht verstand oder fragte, für wen oder warum.

Daher ging sie ins Selbstbedienungsgeschäft und suchte alle Regale ab, sie fand Waschmittel, Shampoo, Seife und Toilettenpapier, Binden aber fand sie keine. Sie suchte und merkte, dass sie sich beeilen musste, weil das Blut einfach weiter floss und weil im Internat niemand merken sollte, dass sie während der Unterrichtszeit in die Stadt gegangen war.

Judith musste also doch in ein normales Geschäft. Sie lief bis zum Rand der Innenstadt, so weit kam sie sonst nie. Dort kannten sie die Verkäuferinnen nicht, sie würden niemandem erzählen, dass die kleine Deutsche schon mit zwölf Jahren, eine Frau, so früh, heutzutage die Mädchen so früh, in Deutschland so früh, ob vielleicht schon ein Junge im Spiel sei bei der Deutschen, die mit ihren Zöpfen, aber doch noch ein Kind.

Im Geschäft war die Theke sehr hoch und sehr breit, und dahinter standen zwei Verkäuferinnen, die sich unterhielten, die aufhörten zu reden, als Judith herantrat, die Judith mit Lippenmündern und schwarz umrandeten Augen musterten. Judith sagte etwas mit *tampon* über die Theke.

Eine Verkäuferin drehte sich um zum Regal mit Hygieneartikeln. Sie reichte ihr eine kleine Packung. Das konnten keine Binden sein, das waren diese kleinen Rollen mit Schnur, für die gab es in jeder Serie Werbung. Da sollten die Kinder wegschauen, wenn sie das bei der kleinen Frau zu Hause im Fernsehen zeigten. Die steckte man sich innen rein. Judith wurde heiß, und sie konnte gar nicht mehr richtig über die Theke gucken, die Frau dachte sicher, dass sie sich da innen was reinstecken würde, mit zwölf Jahren was innen reinstecken, Judith war heiß im Gesicht. Hatte Blanca nicht gesagt, dass diese Rollen für *Jungfrauen* gefährlich waren? Bei ihrer Mutter hatte sie so etwas noch nicht gesehen, die hatte Binden zum Auswaschen, aber wo würde sie im Internat etwas auswaschen können, ohne dass alle Mädchen ihr über die Schultern schauten? In der Zeitschrift stand sowieso, dass die deutschen Frauen die schmutzigsten seien, dass sie überall Haare hätten – wenn Blanca sehen würde, dass Judith Blut auswusch, würde sie ihr Bett wegschieben und sich die Nase zuhalten, wenn sie nur in ihre Nähe käme.

Die Verkäuferin demonstrierte Judith, wie es mit der Rolle ging, sie machte mit den Fingern ein Loch und schob die Rolle hinein, und die andere Verkäuferin prustete aus ihrem Lippenmund heraus. Judith wollte weg, aber sie konnte nicht ohne gehen, sie nahm der Frau die Packung aus der Hand und legte ihr Geld auf die Theke. Die Verkäuferin nannte den Preis, das war mehr als die Hälfte von Judiths Taschengeld.

»Man kann sie auch einzeln haben«, sagte die Frau.

Schnell sagte Judith: »Ja, zwei bitte.« Und dann sagte sie hinterher und verhaspelte sich dabei schrecklich, sodass die Verkäuferin merken musste, dass sie gar keine richtige Rumänin war: »Entschuldigen Sie, bitte, ich wusste nicht, wie viel das kostet.«

Ihr war schwindelig. Sie brauchte doch Binden, aber das Wort *absorbant* kam nicht über ihre trockene Zunge. Das Wort war ihr fremd, das sagte man im Dorf nicht, sie konnte es nicht aussprechen, ganz rot wäre sie geworden und hätte gestottert, und dann hätte sie es mehrmals wiederholen müssen.

Zwei Stück von den Rollen kosteten mehr als ein Schulheft, so viel wie ein ganzes Kilo Äpfel. Judith nahm die zwei, sie sah die Binden hinter der Theke, nahm aber die Rollen, weil die Verkäuferinnen sie aus ihren schwarz umrandeten Augen ansahen und gleich wieder ihre Münder aufreißen würden zum Lachen. Hinter ihr standen neue Kundinnen, die ihre Hälse vorreckten, die gleich rufen würden, schneller da vorn, die mit den schwarz umrandeten Augen der Verkäuferinnen genervte Blicke tauschten. Judith verließ den Laden und rannte davon.

Blanca konnte sie nicht bitten, ihr wegen der Binden zu helfen, weil die es im ganzen Zimmer 9 verbreiten und die Päda rufen würde. Daher sagte Judith nichts und bastelte sich Binden aus dem rauen Toilettenpapier, das sie von zu Hause mitbrachte, dessen Oberfläche wie Löschpapier war. Die Tampons versteckte sie unter der Kleidung im Schrank. Duschen ging sie nicht. Sie setzte sich auf ihr Bett, las und musste alle fünf Minuten zur Toilette, um das selbst gebastelte Material zu überprüfen.

Blanca fragte, ob sie mit zum Duschen komme. Sie gingen abends immer zusammen zu den Duschen. Judith schüttelte den Kopf und sagte, sie müsse jetzt lesen.

»Aber du willst doch keine Stinkerin sein«, sagte Blanca so leise, dass es die anderen nicht hörten.

Judith sagte: »Lass mich in Ruhe.«

Blanca sagte: »Meine kleine Streberin, warum bist du so schlecht drauf«, und blähte die Nasenflügel auf, wie sie es immer tat, wenn ihr etwas missfiel.

Judith konnte nicht mehr an sich halten und warf das Buch nach ihr. Jetzt blutete Blanca aus der Nase. Das Zimmer scharte sich um die blutende Nase der Freundin und den Skandal, den Judith angerichtet hatte.

Blanca sagte: »Judith kann nicht zugeben, dass sie unsere kleine Streberin ist, dafür hab ich sie gern.« Und sie sagte: »Ich wusste nicht, wie gefährlich du bist«, und das war ein Lob.

Alle lachten, und die Freundin machte die Nasenlöcher weit und sah Judith streng an, küsste ihr aber mit geschürzten Lippen die Wangen.

Am Kartentelefon, das unten am Internatseingang hing, schluchzte Judith auf, aber die Mutter hörte es zum Glück nicht.

»Was ist?«

»Ich habe die Periode bekommen.« Sie versuchte zu flüstern, sonst würden es alle hören. Sie hätte jetzt gern aufgelegt, und es knackte auch ein wenig in der Leitung.

»Da bin ich aber froh, mein Kind, und ich dachte schon, es ist was.« Und dann sagte die Mutter feierlich: »Jetzt bist du eine Frau.« Judith hörte, dass ihre Stimme belegt war. »Ich bin stolz –«, setzte die Mutter an.

Judith sagte schnell: »Ich muss jetzt los!«

»Tut es sehr weh?«, fragte die Mutter noch.

»Nein, gar nicht. Ich muss aber ins Zimmer, Grammatik erklären.«

»Mach dir eine Wärmflasche, am Wochenende kannst du alles erzählen.« Die Mutter dachte nicht daran, dass es im Internat weder Wärmflasche noch Wasserkocher gab.

*

Irina und ihre Schwestern übernachteten bei Judith. Sie wollte mit der Freundin draußen im Verschlag schlafen, in einem Bett war es auch nicht so gruselig. Judith holte die Puppen aus ihrem Zimmer: »Welche willst du heute Abend?«

»Du kannst beide haben, ich bleibe im Haus bei den anderen.«

Judith machte noch ein paar Vorschläge, aber Irina wollte nicht mitkommen. Selbst das Spiel mit dem Aufklärungsbuch lehnte sie ab. »Du bist süchtig nach Jungs«, sagte Irina und holte ihr Nachthemd.

Judith hatte sich das so ausgemalt: ein Abend mit Irina unter dem Dach mit den Puppen, den Aufklärungsbüchern und den neuesten Dorfwitzen. Sie hatte auch ihre Süßigkeitendose neu befüllt.

Aber Irina zog ihr Nachthemd an und wollte jetzt gleich ins Bett gehen. »Ich bleibe hier«, sagte sie.

»Bitte, komm mit mir nach draußen«, flehte Judith noch einmal. Es half nichts. Also musste sie sofort anfangen. »Weißt du was, Irina, ich habe zum ersten Mal meine Tage bekommen.« Sie hoffte, dass die Freundin sie trösten würde.

Aber die sagte: »Dann stimmt es also doch, haben doch alle gesagt, dass du mir was verbirgst.«

Judith wusste zwar nicht, was die Menstruation mit Blanca zu tun haben konnte, aber Irina musste von ihr gehört haben, vielleicht sogar, dass sie jetzt Freundinnen waren.

»Weißt du, du bist doch meine beste Freundin«, sagte Judith.

Irina sagte nichts dazu, sie nahm sich einfach den Kassettenrekorder, stellte die Musik so laut, wie es ging, und sang mit: *»Of, mein Leben, of, mein Herz, of, ich weine umsonst, ich bin haltlos, ich bin arm, ich bin traurig, ohne dich.«*

»Was soll ich noch sagen?«, kam es von Irina am nächsten Morgen. »Ich hab nichts mehr zu sagen.«

»Lass uns gehen«, sagte Judith. »Was machen wir heute?«

»Nichts«, sagte Irina.

»Wie ist es in der Schule in Şedref?«

»Wie soll's da schon sein«, sagte Irina. »Die Kinder lernen nicht, die Musiklehrerin benutzt ihren Stock.«

»Hat sie dich auch geschlagen?«

»Wie auch nicht.«

»Warum?«

»Hab mich geküsst.«

»Mit wem?«

Irina antwortete nicht. Sie wollte es Judith nicht verraten. Sie holte den Brief, den Judith ihr geschrieben hatte, unter dem Kopfkissen hervor und hielt ihn ihr hin. Judith aber weigerte sich, ihn anzunehmen, sie fand das lächerlich. Da zerriss Irina das Papier, öffnete die Ofentür und warf die Reste in die Glut.

*

Der Himmel war trocken und das Land eine austreibende Kartoffel, es war braun und wuchs. Die Mutter schickte Judith ins Dorf, sie sollte von Haus zu Haus gehen und Strickaufträge für die Wollmützensaison verteilen. Es war gut, dass Mittagszeit war, da saß die Frau mit dem Busen nicht auf der Bank, da standen keine jungen Männer vor den Läden und schnalzten mit der Zunge oder knallten die Peitsche, da fragte niemand, was macht Anna, was macht Kurt. Irina, Elena und Pili mussten auf der Farm zur Feldarbeit sein, George auf der Schafsalm.

Unten an der Schule jedoch sah sie junge Männer sich auf Mädchen stützen. Judith konnte nicht überblicken, wie viele dort standen. Die Männer hielten lange Zigaretten in den Mundwinkeln fest und machten Mittagspause. Sie winkten Judith zu sich, und sie ging hin, obwohl sie dieses Herumstehen überhaupt nicht leiden konnte und heute nicht mal ihren Taschenpullover trug.

Judith kannte diese Männer nicht, sie waren Zugereiste, sie renovierten die Kirchenburg, die jetzt immer häufiger von Touristen besichtigt wurde. Erst als sie näher herantrat, sah sie, dass da nicht nur an der großen Schwester von Codruţa und an Georges Cousine Laura, die beide schon lange nach Şedref in die Schule gingen, Männer lehnten. Da war noch einer, und der stützte sich auf – Irina.

Jetzt war es zu spät, Judith war auf dem Weg zu ihnen. Und sie war sich nicht sicher, ob die nicht gerade über sie lästerten.

»Weißt du, die hat nie ein Wort rausgebracht«, sagte Laura. »Aber zum Glück hat der Herr Vater auf ihre Alte eingeredet, die hat sie endlich in die Kirche gebracht. Stell dir vor, sie ist schon zehn.«

Judith war erleichtert, es ging nicht um sie, es ging um das Mädchen, das hinter der rumänischen Kirche wohnte, *Cocoşu*, das *Hähnchen*, wie alle es nannten, und das nicht zur Schule ging. Es hatte eigentlich den seltsamen Namen: Hajni. Einmal, als Hajni, von der Großmutter geschickt, sehr schön gearbeitete Mützen in die 26 brachte, hatte Judith sie gefragt, was das für ein Name war. Hajni erklärte ihr, und hatte dabei eine wirklich langsame Zunge, dass das von *Hajnalka* komme, was so etwas wie *Morgenröte* hieß. Morgenröte, das war doch schön, dachte Judith. Aber das war nicht der Moment, um es den anderen zu erklären.

Die Erleichterung, gar nicht gemeint zu sein, dauerte nur kurz, denn was Laura da erzählte, war völlig unsinnig. Judith vergaß ganz, dass sie eigentlich hatte schauen wollen, was das für ein Mann war, der da hinter Irina stand und auf ihren Bauch tatschte. Jedenfalls war es nicht mal der kleine Costache, von dem sie letztens noch geschwärmt hatte.

»Geheiligtes Wasser auf den Kopf, und stell dir vor, jetzt ist Hajni nicht mehr behindert, jetzt kann sie plötzlich sprechen. Seid *ihr* eigentlich auch solche Bekehrten?«

Judith merkte zu spät, dass die Frage an sie gerichtet war. Viel zu laut sagte sie: »Gott bewahre!«

»Aber ihr esst doch kein Fleisch, oder?«, fragte die große Schwester von Codruţa.

Judith konnte nur »Nein« sagen.

Irina wusste, dass sie wie Hajni nicht getauft war, aber sie sagte nichts dazu, ließ nur die Haare nach vorn fallen. Judiths Kehle war so heiß, sie brachte kein weiteres Wort heraus. Sie würden alle einen Schritt von ihr wegtreten, wenn sie erführen, dass sie nicht getauft war. Sie würden es im ganzen Dorf herumerzählen. Würde Lizitanti ihr den alten Hahn wegnehmen?

Irina waren in diesem Winter die Brüste gewachsen, sie drückten spitz durchs T-Shirt. Um ihre Augen waren schwarze Striche. Und der Mann klebte seine Lippen auf ihr Haar. Seine Lippen, über denen ein Schnurrbart war.

Judith spuckte auf die Straße aus und ging einfach davon. Sie ließ sich nicht den Kopf verdrehen. Sie knutschte nicht, sie las. Aber dass Irina vor der Schule herumstand und nicht mehr zu ihr in die 26 hochkam, ließ ihr keine Ruhe. Vielleicht erzählte sie doch herum, dass Judith eine schmutzige Ungetaufte war. Wo war die Irina, die mit ihr über den Hügel zur Schule gelaufen, die mit ihr am großen Tisch gesessen hatte? Sie lief ein Stück die Straße hinunter, vielleicht würde Irina doch mitkommen, zu ihr in den Verschlag, in die Scheune oder in den Hühnerstall. Sie blickte sich um. Aber Irina war nicht mehr zu sehen.

Als sie dann doch umkehrte, vergaß Judith das Köpferecken, das Zungeschnalzen, das Lippenschmatzen der Männer mit den Zigaretten.

»Sie ist mit Călin spazieren.« Laura kicherte.

»Warum kicherst du so?« Călin, das war doch der Traumjüngling, der Flugjunge aus dem Langgedicht des Nationaldichters, das sie letztens auswendig gelernt hatte. Judith konnte kaum glauben, dass dieser dümmlich dreinschauende Junge, der nicht einmal aus dem Dorf war, auch noch einen so erlesenen Namen haben sollte.

»Wohin ist sie mit diesem Călin?«

Codruțas große Schwester kicherte nun auch: »Na, wohin soll die schon sein.«

Judith war wütend. »Warum geht sie mit diesem Tölpel?«, schrie sie. »Ihr wisst ja nicht mal, wo die herkommen.«

Cati hatte sie gebeten, mit ein Auge auf Irina zu haben. Judith hatte gesagt, das sei nicht ihre Angelegenheit. Aber jetzt war Irina mit diesem Mädchenverführer weg. Sie rannte und rannte, rannte bis zu Irina nach Hause.

»Ein Blauauge, das gefällt mir«, sagte Cati, die gerade vor dem Haus Wäsche wusch, mit heiserer Stimme. »Sie wird schon nicht schwanger werden.« Und sie zog die Schultern hoch.

»Aber dieser Typ ist nicht ernst«, schrie Judith. Ihr war, als würde das Diensthaus zusammenbrechen.

»SCHT«, sagte Cati, legte den Finger vor den Mund und machte eine Bewegung mit dem Kopf zur geschlossenen Tür.

Judith war jetzt alles egal, sie riss die Tür auf. Aber da war niemand, Irina nicht, Călin nicht, nicht mal die kleinen Geschwister. Cati lachte, und Judith verstand nichts mehr.

*

Seit drei Tagen lag Lizitanti bei Judith zu Hause im Schlafzimmer der Eltern. Sie würde sterben. Aber sie hielt sich an der Hand der Mutter fest. Der Krückstock lehnte am Nachtschrank. Judith schlief mit Kurt im anderen Raum, sie auf der Ofenbank, Kurt oben auf dem sächsischen Hochbett. Sie hatten Geduld, denn nachts rief Lizitanti nach ihren Töchtern, Elisabeth und Martha. Nach Katharina rief sie nicht. Die Töchter waren in Deutschland. Jeden Abend klingelte das Telefon, sie wechselten sich ab, einmal Martha, einmal Elisabeth.

Die Mutter flüsterte der Alten ins Ohr, was die Töchter sagten: »Mama, bleib noch ein wenig, das sagt Elisabeth, Mama, stirb noch nicht, das sagt Martha.« Lizitanti zählte dabei die Töchter mit ihren Fingern, die sie in die Luft streckte, und sie streckte auch den dritten Finger hoch, die dritte Tochter aber meldete sich nicht.

»Meine Töchter sind nicht an meinem Sterbebett«, das sagte Lizitanti zu Judith, wenn sie bei ihr saß, mit ihrer Hand in Lizitantis Hand, es war alles, was sie sagte, und dabei machte sie die Augen auf. Judith sah auf dem Kissen ihren Kopf, der jetzt ohne Tuch war, drum herum lagen dünne geflochtene Zöpfe, so weiß wie das Kissen.

Judith zog sich eine Hahnenfeder aus den Haaren und sagte: »Ich passe gut auf den alten Hahn auf, Lizitanti.« Aber dann taten ihr die Finger weh, und sie zog sie aus Lizitantis Hand, was schwer war, denn der Griff war fest.

Dann eines Nachts rief sie nach Anna, Judith ging hin, und da schimpfte die Alte: »Anna, bring mir diese Mioara, die mir den Vater gestohlen hat.«

Judith lief durch den Obstgarten zum Sachsenfriedhof.

»Elisabeth Müller liegt dort fünfzehn Mal begraben, ich habe die Gräber gezählt.« Als sie das sagte, sah die Mutter sie bedrückt an. »Und jetzt ist Elisabeth Müller zum sechzehnten Mal tot«, sagte Judith feierlich.

Sie brachten Lizitanti zu sich nach Hause, zur Leichenwache.

Die Beisetzung war groß. Alle kamen sie zusammen, weil Lizitanti allen schon einmal geholfen hatte, auf der Kirchgasse, auf der Hauptstraße, um die rumänische Kirche herum, in Şlam. Fanfaren spielten auf, und nach den Fanfaren gingen die jungen Männer und trugen über sich den Sarg. Es liefen Martha und Elisabeth, die Adoptivtöchter. Sie waren aus Deutschland angereist, um sich am Grab zu verabschieden. Und es lief der Pfarrer mit einem Kreuz. Und die Frau Ingenieur, auch der Herr Vater und drei winzige Frauen, die jeden Abend zur rumänischen Kirche gingen, auch der *Om*, die kleine Frau mit George, die Frau mit dem Busen, die schwitzte, weil es bis ganz hinauf zur Kirchenburg ging, Codruţa mit ihrer Großmutter, Cati mit Irina, Elena und Pili, Laura aus Şlam mit ihrer Mutter, die Judith noch nie gesehen hatte, Leana lu' Gigi und zwei ihrer Stammgäste, die dann aber doch abbogen, als sie beim alten Relu vorbeikamen, es liefen Costache mit seinem Sohn und Blanca und neben ihnen der Bürgermeister und die Frau Bürgermeisterin aus Şedref. Es liefen sogar die Zugereisten, es lief Călin, es lief Tudorică. Judiths Mutter und Vater liefen mit dem Rundkopf, und Kurt und der Rundkopf trugen ihre Flöten in den Händen. Das ganze Dorf durfte heute zur Kirchenburg kommen.

Judith trug auf dem Kopf einen Federkranz, und unterm Arm hielt sie Heinrich, den zerzausten alten Gockel. Sie und der Hahn gingen als Letzte die Treppe hinauf, und die Fanfaren spielten so schief und traurig, dass Judith auch sterben wollte. Vom Kirchentor aus sah sie das ganze Dorf sich in die

Kirche drängen, wie die Männer ihre Mützen und Persianerhüte abnahmen. An der Tür standen Kurt und der Rundkopf und hatten blanke Köpfe und setzten ihre Flöten an. Judith stand mit der Mutter neben ihnen, hielt den Hahn und trug den Federkranz. Während der Pfarrer von der Kanzel herab zu Lizitanti sprach, die vor dem Altar im offenen Sarg lag, während die Fanfaren spielten, die Orgel erklang und das ganz Dorf sang, obwohl es die lutherischen Lieder nicht kannte, hielt Judith Heinrich den Schnabel zu, damit er an diesem Ort nicht krähte. Der Herr Pfarrer hatte das verboten.

Judith nahm sich vor, den Hahn am Grab krähen zu lassen und dort auch zum Dorf zu sprechen und zu sagen, dass sie, als Lizitantis Erbin, wie diese für immer für das Dorf da sein wollte. Sie wollte den Hahn flattern lassen, und er sollte zum Abschied Kukuriku rufen, und dann wollte sie drei Handvoll Erde ins Grab von Lizitanti streuen. Die würde wissen, dass es weiterging, dass sie das Dorf beschützen würde. So würde sie ruhen können. Die Adoptivtöchter wollten ja nach Deutschland zurück.

Die Fanfaren spielten noch einmal, der Herr Pfarrer segnete den Sarg. Die Männer legten den Deckel über Lizitanti und nagelten den Kasten zu. Sie machten sich auf zum Friedhof, wo rote, lehmige Erde auf einem Hügel bereitlag, und daneben war ein Loch, in das die Männer den Sarg an Seilen hinabgleiten ließen. Judith schlängelte sich durch die Menge und stellte sich an die Grube.

Es bildete sich eine Schlange. Martha und Elisabeth nahmen Erdklumpen und warfen sie ins Loch. Hinter ihnen entstand plötzlich ein Gedränge. Es war Cati, die sich nach vorne schob, an den Händen Irina und Elena. Sie nahm einen Klumpen, Judith sah sie um die rote Erde eine Faust machen. Und sie ließ ihn nicht einfach fallen, Judith sah, dass sie ihn schleuderte.

Sie dachte an die vollen Plastiktüten, die Irina früher heimlich bei Lizitanti abgeholt hatte, und sah Irinas und Elenas tränenlose Brombeeraugen. Sie flüsterte in die feinen Federn, die Heinrichs Gehörgang schützten: »Cati, Cati – Katharina!«

Martha und Elisabeth, ja, auch der Pfarrer und die Lehrerin, sie schienen das mit dem Hahn nicht zu bemerken.

Das ganze Dorf nahm nun die lehmigen Klumpen und ließ sie auf Lizitantis Sarg regnen. Judith wartete, dass sie an die Reihe kam. Aber es hörte einfach nicht auf, und während sie alle warfen, nahmen Kurt und der Rundkopf ihre Flöten und spielten.

Und dann, während die beiden Männer noch spielten, fing der Pfarrer an, das Grab zu segnen, und die jungen Männer nahmen flink die Schaufeln auf und schippten die restliche rote Erde auf den Sarg. Judith weinte laut, und sie wollte rufen, dass sie aufhören sollten, aber sie konnte nicht rufen, sie ließ nur den Hahn flattern, und Heinrich rief nicht Kukuriku, er zog die ergrauten Flügel ein und rannte davon.

Judith wollte ihm hinterher, aber die Mutter nahm sie in den Arm und sagte: »So ist es nun einmal, alte Leute müssen sterben.«

Während das Dorf zum Totenmahl in die 26 ging, denn die Eltern hatten den langen Tisch und die Bänke dafür bereitgestellt, musste Judith Heinrich suchen. Der Hahn versteckte sich gut, und sie musste schluchzen und fand ihn erst am späten Abend, als der Leichenschmaus längst vorbei war, im Schuppen am Eingang des Friedhofs. Er hatte sich unter einen alten Leiterwagen gekauert und fiepte nur, als Judith ihn fing.

*

Sie half beim Aufräumen nach der *Großen Mützensitzung*, wie die regelmäßig stattfindende Versammlung aller Frauen aus dem Dorf nun hieß. Sie stellte mit der Mutter die langen Bänke wieder unters Vordach. Es wurde langsam kühler, und die Mücken fielen über sie her.

»Haben wir Mückenspray?«, fragte sie die Mutter.

Im Internat gab es keine Mücken, hier im Dorf aber musste sie ständig um sich schlagen. Die Mutter antwortete nicht auf ihre Frage, es war klar, dass sie so etwas nicht hatten, Mücken gehörten zum Leben, wen das störte, der musste sich mit Zwiebeln einreiben, denn so ein Spray war teuer, außerdem zerstörten solche Dosen die Umwelt.

Die Mutter sagte nur: »Kümmerst du dich heute um die Hühner?« Als hätte sie nicht selbst an die Hühner gedacht! Aber was jetzt kam, verschlug ihr die Sprache: »Wenn du im Internat bist, übernimmt Irina die Aufgabe.«

Judith nickte nur, sodass die Mutter weiterräumte. Dabei erzählte sie, wie gut und zuverlässig Irina sich um die Hühner kümmerte, wie sie den schwachen Hahn pflegte und dass das auch ein Vorwand sei, sie nachmittags zum Hausaufgabenmachen dazubehalten und abends von den Jungs wegzulocken. Sie mache sich Sorgen um Irina und habe ihr schon Kondome in die Tasche gesteckt, aber ob sie sich dann wirklich trauen würde, die Männer seien das hier nicht gewohnt. Das mit den Hühnern sei also wirklich eine gute Sache.

Judith nickte kräftig und begriff nicht, warum ihr beim Gedanken, dass die Mutter Irina mit der Versorgung der Hühner beauftragt hatte, so übel wurde. Und die Mutter sagte noch: »Sie ist die Einzige, die der Hahn nicht anspringt«, machte eine Pause und dann: »Außer dir natürlich.«

Sie rollten die Plakate ein und brachten sie in die alte Sommerküche, die *Mützenannahmestelle*. Dann ging Judith nach hinten. Die Hühner saßen alle schon oben im Stall, der nach

Kot roch. Obwohl der Geruch ihr vertraut war, musste sie die Luft anhalten. Heinrichs Federn schimmerten im Halbdunkel, sie waren wieder lang gewachsen. Sie streichelte ihm über den Rosenkamm. Der Vogel kam langsam in die Jahre, er gluckte verhalten und duckte sich, sogar ein wenig ängstlich. Das war nicht mehr der stolze Gockel, wie sie ihn kannte, der sofort aus dem Stall sprang, der Kratzfüße machte, der die Hühner zusammenrief, der tänzelte, wenn sie kam. Heinrich alterte. Judith kämmte dem Hahn mit den Fingern die Halsfedern.

Mit den neuen Mützen war alles anders geworden. Als die letzte Solidaritätsmütze in der Annahmestelle abgegeben worden war, sagten die Eltern, dass sie die Brandstiftung vergessen wollten, sie nannten es nur noch *den kleinen Brand* und sprachen nicht mehr darüber. In ganz Deutschland kauften Freundinnen und Freunde Mützen mit schönen Mustern und spendeten für den Wiederaufbau der Mützenannahmestelle. So ging es in einem fort, bis alle Frauen wieder mit Strickzeug in der Hand auf den Bänken vor ihren Häusern saßen. Sie erinnerten sich sogar daran, dass es Sünde war, sonntags zu arbeiten, und legten einmal die Woche die Hände in den Schoß.

Kurt kümmerte sich um die Etiketten für die Strickware. Er redete gern über Mützen. Die Mutter war misstrauischer, was er, wenn er gut gelaunt war, *Qualitätskontrolle* nannte und mit schlechter Laune *Schnüffelei*. Das ließ ihn dann zornig werden, weil er an seinen Vater dachte. Aber er sah ein, dass die Mützen elegante Muster haben mussten, damit die Leute in Deutschland bereit waren, sie zu kaufen.

Die Mutter hatte den Rundkopf gebeten, Anschlagkästen an fünf Toren im Dorf anzubringen, in denen Listen ausgehängt waren, wer wie viele Mützen stricken sollte, aber auch, wann das nächste Vereinstreffen stattfand und dass sie bald einen Ball veranstalten wollte. Schon längst war im Dorf bekannt, dass die Mutter Kurt beim Tanzen am Hosenbund hielt, damit er wusste, in welche Richtung es ging. Im Haus hatte sie Koffer bereitgestellt, mit denen er die deutschen Weihnachtsmärkte bereisen sollte.

Man war ein Vorzeigedorf geworden, über das Zeitungen und Fernsehen berichteten. Die deutschen Zeitschriften schrieben von den rumänischen Frauen, die Selbsthilfe und Solidarität übten, die rumänischen Blätter vom anständigen sächsischen Dorf, das dem Namen Sarmizegetusa Ehre mache. Es war ansehnlich geworden, es hatte jetzt einen Frauenverein, Arbeitsstellen, neue Finanzierungen und kleine Pensionen. Und einmal im Jahr organisierte der Verein einen Ball, auf dem die Frauen tanzten, wohin aber auch die Männer kommen durften.

Die Frauen strickten vor ihren Häusern, und wenn Costache, der Bürgermeister oder der Förster vorbeikamen, senkten sie nicht mehr ihren Blick. Die Frauen gingen in der 26 ein und aus, die Mutter kannte die Sorgen in jedem Haus, Kurt aß Süppchen bei der Postlerin, beim Bürgermeister und bei Costaches Mutter.

Haus und Hof füllten sich mit Betriebsamkeit, schrieb Kurt auf seiner Schreibmaschine, die inzwischen eine elektrische war. Die Postlerin und die Staatsfarmbuchhalterin saßen in der Mützenannahmestelle. Weil sie mehr Klassen Schule hinter sich hatten als die meisten Frauen im Dorf, glaubten sie auch, alles über das Benehmen junger Mädchen zu wissen. Sie ekelten sich vor Hühnerkot und schüttelten den Kopf über die Kinder, die Judith *auf den Hof ließ*, wie sie sagten. Sie fanden wie Lizitanti, dass die Kinder nicht der richtige Umgang für sie wären, gerade jetzt, wo Judith größer wurde, aber das sagten sie nicht den Eltern, das sagten sie nur ihr, denn sie wussten, dass Kurt und Anna solche Ansichten nicht tolerierten.

Judith ging durch den Morast zum Weg der verlorenen Eichen, der neue Schilder hatte, bezahlt vom Mützenverein. Sie suchte die Weite. Sie ging zur Buche der Tränen, die sich, obwohl auf der einen Seite kahl, niemand getraut hatte zu fällen. Es war so kalt und klar, dass sie in der Ferne die Umrisse der Berge sehen konnte. Dann schaute sie ins Tal auf den langen, flachen Stall der Staatsfarm mit den Straßenlaternen an Pfeilern aus gerütteltem Zement, an denen sie früher hinaufgeklettert waren und die vielleicht immer noch jede Nacht leuchteten, obwohl die Kühe längst zum Schlachthof gebracht worden waren.

Sie überlegte, was aus Cati, Irina und den Geschwistern werden würde. Sie schrieb etwas in ihr Heft. Vielleicht würden sie bald doch zu den Sachsen nach *Germania* gehen oder Erdbeeren ernten in Spanien. Aber Irina hatte ja andere Pläne.

*

Am Wochenende trug Kurt der Mutter den Schaukelstuhl in den Hof und verriegelte das Tor. Er setzte sich an den langen Tisch, schrieb Berichte und Briefe, die Mutter holte ihre Karteikarten aus der Kiste auf dem Dachboden, und Judith saß neben ihr auf einer Platte des Steinkreises und bemühte sich, eine Physiklektion zu lernen.

Eigentlich lauschte sie zum Tor hin, hörte aber nur die Hummeln in den Stockrosen baden und das Klappern der Schreibmaschine. Kein leises Rufen, kein Klopfen von draußen durchbrach die Stille. Sie überlegte, ins Dorf zu gehen, wusste jedoch kein Ziel. George war, wann immer es ging, mit dem *Om* und den Pferden unterwegs, und es lohnte sich auch nicht, zu Costache zu gehen, um eine Telenovela mit Blanca zu schauen, denn die war sicher beim Bürgermeistersohn oder bei der Großmutter in Rota. Eigentlich fand Judith es auch genau richtig, dass sie Ruhe für ihre Schularbeit hatte, die gab es im Internat so gut wie nie.

Jetzt hörte sie die Mutter regelmäßig atmen. Die Karteikarten schien sie gar nicht angerührt zu haben. Judith sah zu ihr auf, selbst im Schlaf noch wirkte das Gesicht ihrer Mutter müde und angespannt.

Als die Mittagsglocke von der Kirchenburg her läutete, hielt Kurt mit dem Tastenklappern inne. Judith griff nach der Mutterhand. Aber er schüttelte den Kopf, legte einen Finger an die Lippen und sagte leise: »Lass sie sich ausruhen, Cati und die Kinder und die Mützen, all das setzt ihr zu.« Kurz dachte Judith, dass sie ihren Vater kaum jemals so leise hatte sprechen hören. Ja, auch das Tippen ließ er jetzt sein und stellte sich auch nicht mit ihr zum Mittagslied in den Steinkreis. Er holte einen Hocker und schob ihn der Mutter unter die Beine, als wäre sie Lizitanti.

Da aber kam doch ein Geräusch vom Tor, kein Klopfen, es war ein lautes Schlagen. Voller Erwartung sprang Judith auf, und noch während sie nach vorne lief, wurde das Schlagen zu einem kräftigen Hämmern. Sie öffnete den Riegel, und hinein kam der Rundkopf.

»Herr Nachbar, es ist Sonntag«, sagte Judith, »kommt an einem anderen Tag wieder.«

Der Rundkopf aber zog seine abgewetzte Persianerkappe vom Kopf, trat mit der Sense im Arm in den Hof und setzte sich an den langen Tisch zu Kurt. »Ich habe gehört, die *Doamna* ist krank«, sagte er und hatte dabei eine fast weinerliche Stimme.

Kurt schüttelte den Kopf, und auch Judith hatte keine Ahnung, was die Leute im Dorf wieder für Gerüchte verbreiteten. Sie wusste nur, dass Kurt nicht in der Lage war, den Rundkopf nach Hause zu schicken. Deswegen versuchte sie es noch einmal: »Herr Nachbar, machen Sie sich keine Sorgen, es ist alles in Ordnung.« Und jetzt sprach sie langsam und so sauber, wie sie es in der Stadtschule gelernt hatte: »Heute ist Sonntag, das ist bei uns Deutschen ein Ruhetag.«

Der Rundkopf legte aber seine Hand auf Kurts Schulter und sagte: »Für dieses Dorf sollte man nicht kämpfen. Das Dorf dankt es den Großherzigen und Kühnen erst, wenn sie gebrochen sind.«

Und während Kurt immer weiter von ihm wegrückte und der Mann ihm hinterherkam und sie beide bald vor dem Hungertuch saßen, hörte der Rundkopf gar nicht mehr auf zu reden. Er erzählte von einer Zeit, als er noch ein kleiner Junge gewesen war und auch sein Vater erst ein paar spärliche blonde Schnurrbarthaare im Gesicht gehabt hatte.

»Mein Vater hatte einen Freund, den alle Cloşca nannten, weil er stolz war und sich von den Aktivisten und Geheimdienstleuten, diesen Dahergelaufenen aus Rota, nichts sagen ließ. Cloşca war ein Rom, so schwarz und stark, dass alle ihn fürchteten. Seit der Bodenreform besaß er Land und musste nie für die Sachsen arbeiten. Ja, er war ihresgleichen, sprach ihre Sprache und ließ sich von diesen Nichtsnutzen nichts sagen. Deshalb setzten sie ihn auf die Wandzeitung. Die Dörfler liefen daran vorbei und fürchteten sich. Cloşca versteckte sich jedoch nicht, sondern bat meinen Vater eines Tages, ihn zur neuen Kollektivverwaltung nach Rota zu bringen. Hier trat er vor die Aktivisten der Regierung und rief: So wahr ich lebe, meinen Boden geb ich nicht her! Mein Vater wollte beschwichtigen, aber die Dahergelaufenen packten Cloşca, schmissen ihn in ihr angeberisches schwarzes Auto und brachten ihn fort. Cloşca kam irgendwann zurück, aber er war ein anderer Mensch. Er küsste Frau und Kinder, nahm einen Strick und hängte sich auf an der alten Buche dort oben am Hügel. Da haben sich die Zweige herabgesenkt. Daraufhin gab sich mein Vater den Namen Horea, und selbst die Sachsen riefen ihn nun so und zogen den Hut vor ihm, denn wer war schon so tapfer, zum Aufstand nach Rota zu fahren. Aber was brachte ihm das, wo er den besten Freund verloren hatte? Mich hat er gelehrt, dass die Leute im Dorf gar nicht wissen wollen, was Freiheit ist.«

Während dieser erstaunlich langen Rede des Rundkopfs hatte Judith immer wieder zu ihrer Mutter hingeblickt, die sich nicht gerührt, die weiter ganz regelmäßig geatmet hatte. Sie dachte an Ovidiu und an die Tochter der Hofdienerin, und sie dachte an Lizitanti. Da sprang die Mutter plötzlich auf und wollte dem Nachbarn den großen Eintopf aufwärmen, den sie für die nächste Woche vorbereitet hatte.

*

Im Internat gab es einen Kartoffeleintopf mit Fleischeinlage, der *tocană de cartofi* genannt wurde, den konnte Judith nicht essen, weil sie schon lange kein Fleisch mehr aß. Also ging sie zu ihrem Spind, um die Käsedreiecke aus dem Selbstbedienungsladen und das von zu Hause mitgebrachte Vollkornbrot zu holen.

Da stand auf dem Spind in Großbuchstaben ein Wort: *Turnător*.

Sie konnte das Wort nicht richtig übersetzen, aber während sie es vor sich hin sagte, trocknete ihr der Mund. Sie ging ins Zimmer zu Blanca, die auf ihrem Nachtschrank gerade ein Sandwich zubereitete, und sagte ihr das Wort. Blanca fragte gleichmütig, ob sie noch eine Gurke habe.

Judith öffnete ihren Nachtschrank und reichte ihr die Schlangengurke, die sie sich immer mittwochs im Gemüseladen holte. Blanca schnitt die Gurke sorgfältig in dünne Scheiben und belegte ihr Sandwich. Judith fragte sie noch einmal, was es mit dem Wort auf sich habe.

Blanca sagte nur: »Es hat etwas mit der *Securitate* zu tun. Aber jetzt heul nicht, ist doch egal, ist nur ein Wort.« Dabei wippte ihr Pferdeschwanz, den sie durch die hintere Öffnung ihrer Basecap gesteckt hatte. Sie aß ihr Sandwich und fragte nicht einmal, was Judith vorhatte, als sie ihre Sachen zusammenpackte, ihre Tasche nahm und sich anzog.

Während Judith die Burgtreppe hinunterlief, sagte sie das Wort immer wieder leise vor sich hin: »*Turnător.*« Langsam wurde ihr klar, es hieß nicht einfach nur Petze, es war ein ernstes Wort, ein offizielles. Die Mädchen aus ihrem Zimmer mussten es auf den Spind geschrieben haben. Aber warum sagten sie es ihr nicht direkt ins Gesicht?

Und jetzt fiel es ihr ein: *Denunziant*, so hießen Leute, die andere verrieten. Sie hatten sich nicht einmal die Mühe gemacht, die weibliche Form hinzuschreiben. *Denunziant* und basta. Dabei scharten sie sich noch jeden Tag um sie, um die Matheaufgaben abzuschreiben oder Satzmodelle abzuzeichnen.

Aber vielleicht hatten sie recht mit diesem Wort. Immerhin kam sie nie mit zum Knutschtreff auf dem Zinngießerturm, sondern ging stattdessen mit einem Bücherstapel im Rucksack in die Schule, setzte sich in der Hausaufgabenstunde in die erste Reihe, direkt vors Pult der Geografielehrerin, die Aufsicht führte, und sie schrieb unter der Bank auch keine Liebesbriefe. Sie schrieb nur an Irina.

Sie nahm ihr Heft heraus und notierte das neue Wort in ihre Sammlung.

Judith schleppte die Internatstasche zum Taxistand, aber als sie das Ziel nannte, schüttelte ein Taxifahrer nach dem anderen den Kopf. Nicht einmal der, der die Eltern schon kannte und für die Schotterstraße normalerweise den doppelten Preis verlangte, ließ sich heute breitschlagen. »Es hat zu viel geregnet«, sagte er kurz angebunden und drehte das Autoradio wieder laut.

Sie ging zur Ausfahrtsstraße der Stadt, die schwere Tasche zog an ihrem Rücken. Hier stellten sich alle Leute hin, wenn sie trampen wollten. Es hielt ausgerechnet ein Lastwagen. Normalerweise stieg Judith nicht mal mit Kurt zusammen freiwillig in einen Lastwagen ein. Nach diesem Tag aber war ihr das egal. Die Tür ging auf, sie warf die Tasche hinein und kletterte hinterher.

Erst als sie die Tür zugezogen hatte, sah sie, wer da am Steuer saß. Es war eine Frau. Brombeeräugig, rabenhaarig. Es hätte Cati sein können oder Irina.

Die Fahrerin sagte: »Ich bin Narcisa. Und wer bist du?«

»Iuţi«, sagte sie zögernd, und dann, als Narcisa freundlich lächelte, noch mal, etwas sicherer: »Ich bin Iuţi.« Narcisa störte es anscheinend nicht, dass sich der Name magyarisch anhörte, vielleicht wusste sie sogar, dass sich das in Wirklichkeit *Iuci* schrieb, denn dieser Kosename war magyarisch, wie Zsófi erklärt hatte, nein, es störte sie nicht einmal, dass Judith immer noch Reste eines deutschen Akzents hatte.

Sie musste sich an der Internatstasche festhalten, während der Lastwagen die Kurven nahm, aber bei einem so großen Gefährt war das ungefährlich. Sie schrieb in ihr Heft die rumänischen Wörter *papuci de lac, cocoş, briceag – Lackschuhe, Hahn, Taschenmesser*. Ab und zu blickte sie zu Narcisa rüber, auf deren Arm das Bild eines Vogels prangte, der einmal schwarz gewesen sein musste und jetzt blau war. Er hatte den starken Schnabel einer Krähe oder eines Raben. Es war schön, sich so in die Kurven zu legen.

Narcisa fragte: »Kennst du das?« Sie schob eine Kassette in den Rekorder, eine Frau sang: *Heute ist die Frau der Boss, das Geld macht klein, macht groß, das Geld hat Kraft, Frauen schaffen alles*. Judith summte mit.

»Schau, da vorne«, sagte Narcisa.

Sie hatte recht. Dieses Wort hatte Judith in ihrer Liste vergessen: *Carpați* – Karpaten.

Literaturverweis

Adrian-Nicolare Furtună: *Rromii din România și Holocaustul: istorie, teorie, cultură/Rroma from Romania and the Holocaust: History, Theory, Culture/E Rroma Rumuniatar thaj o Holokausto: historia, teorie, kultura.* Popești-Leordeni: Dykhta! Publishing House, 2018.

International Commission on the Holocaust in Romania: *The Deportation of the Roma and Their Treatment in Transnistria*, in: *Final. Hg. v. dies.* Iași: Polirom, 2005, S. 223–241.

Vasile Ionescu: *Deportarea rromilor în Transnistria: de la Auschwitz la Bug.* București: Ed. Centrului Rromilor pentru Politici Publice »Aven Amentza«, 2000.

Charles Smith: *Identität.* Aus dem Englischen von Dagmara Kraus. Zitiert nach: *Die Morgendämmerung der Worte. Moderner Poesie-Atlas der Roma und Sinti.* Gedichte versammelt und ediert von Wilfried Ihrig und Ulrich Janetzki. Die Andere Bibliothek: Berlin, 2018, S. 153.

Dank

Wir sind hier für die Stille hat seinen Beginn 1993, als meine Eltern mit mir nach Rumänien gingen. Ich trug den Text während langer Jahre zusammen und habe in dieser Zeit den Rückhalt und die Fürsorge von Verwandten und Freund:innen, Lehrer:innen und Mentor:innen erfahren – ohne sie hätte ich nicht die Kraft und die Momente des Rückzugs gefunden, die fürs Schreiben notwendig sind.

Besonders danke ich Ana-Maria, Aurica, Ioana, Cristina, Ana, Simona, Tibi und Maria für ihre großherzige Gastfreundschaft, für ihre Sprache und alles, was ich von ihnen gelernt habe.

Ich danke meinen Eltern Maria und Harald, dass sie mit mir nach Rumänien gingen. Ich danke ihnen für ihre unermüdliche Nachsicht mit meinen Zweifeln. Ich danke Eva-Maria und Margot für ihre bedingungslose Unterstützung. Ich danke Franziska für den wunderbaren Austausch.

Dass das Buch erscheinen kann, verdanke ich Dagmar Leupold, die mich von Anfang an ermutigte, Jenny Erpenbeck, bei der ich lernte und die entschlossen dafür eintrat. Ich verdanke es Josef Haslinger und Jürgen Hosemann, meinem Lektor Andreas Paschedag und meiner Agentin Meike Herrmann.

Zutiefst dankbar bin ich meinem Mann Philipp für die Kinderbetreuung und für das jahrelange Gespräch. Ohne seine Mitarbeit, seinen Einfallsreichtum und sein offenes Ohr hätte ich dieses Buch nicht schreiben können. Ich danke meinen Kindern Mirjam und Benjamin, dass sie die Arbeit am Text verzögert haben, bis ich weiter war.